이 시대를 사는 **따뜻한** 사람들의 이야기 1

저자_ 이민정

1판 1쇄 발행_ 1997. 8. 20.
2판 1쇄 발행_ 2004. 5. 3.
3판 1쇄 발행_ 2008. 5. 15.
3판 10쇄 발행_ 2024. 6. 1.

발행처_ 김영사
발행인_ 박강휘

등록번호_ 제406-2003-036호
등록일자_ 1979. 5. 17.

경기도 파주시 문발로 197(문발동) 우편번호 10881
마케팅부 031)955-3100, 편집부 031)955-3200, 팩스 031)955-3111

값은 뒤표지에 있습니다.
ISBN 978-89-349-2975-8 03810
       978-89-349-2979-6 (세트)

홈페이지 www.gimmyoung.com   블로그 blog.naver.com/gybook
인스타그램 instagram.com/gimmyoung   이메일 bestbook@gimmyoung.com

좋은 독자가 좋은 책을 만듭니다.
김영사는 독자 여러분의 의견에 항상 귀 기울이고 있습니다.

김영사

이 시대를 사는 **따뜻한** **사람**들의 이야기

이민정 지음

1

사랑은 사람들을 치료해준다.

사랑을 주는 사람과 받는 사람 모두를.

-칼 메닝거

〈이 시대를 사는 따뜻한 부모들의 이야기 1·2〉에 이어 그동안 연재했던 글들을 모아 또다시 책 한 권을 내게 되었다. 그동안 수강자들은 물론 독자들이 보내 준 훈훈한 격려와 신뢰는 때때로 허약해지려는 나를 받쳐 주는 든든한 버팀목이 되었음을 고백하며 감사드린다. 더욱 큰 용기를 얻을 수 있었던 것은 책을 읽고 변화된 자신들의 체험을 들려 줄 때였다.

요즈음 청소년 폭력 문제가 두드러지게 드러나고 있다. 그것도 점점 연령층이 낮아지고 있다. 많은 전문가들은 이대로 두면 안 된다고 한다. 그러나 콩 심은 데서 콩을, 팥 심은 데서 팥을 거두는 것은 당연한 결과가 아닌가. 나는 오늘의 청소년의 모습은 우리들이 살아 온 모습을 그대로 반영하는 것이라 생각한다. 국회의원들이 국회에서 폭언과 폭력을 자연스럽게 휘두르고 대학 교수와 대학생이 부모를, 남편이 아내와 아이들을, 아내가 남편을 죽이는 뉴스를 보며 자라는 오늘의 아이들이 아닌가. 그들이 누구에게서 인자함과 부드러움, 용서와 존중을 배우겠는가.

더욱이 그들이 진심으로 사랑과 이해와 용서를 받아야 할 부모로부터도 폭언과 체벌을, 그들이 모든 것을 배워야 할 선생님으로부터도 폭언과 체벌을 받는다면 그들은 어디서 무엇을 배우겠는가. 우리는 어떻게 부모 노릇, 교사 노릇, 어른 노릇을 해야 할 것인가.

'청소년들을 사랑하는 것만으로는 부족합니다. 그들이 사랑받고 있다고 느끼게 해야 합니다.' 가톨릭 사제이며 교육자인 요한 보스꼬 성인의 말씀이다. 자녀가 부모로부터, 학생이 교사로부터, 남편이 아내로부터 이해받고 있으며 존중받고 사랑받고 있음을 느끼도록 해야 한다. 그래야 그들이 다른 사람을 이해하게 되고 존중하게 되며 사랑하는 마음을 갖게 된다. 가족과 이웃을 배려하는 따뜻한 마음이 길러지면 자연히 폭력은 힘을 잃게 된다. 위대한 힘은 '폭력'이 아닌 '따뜻함'에 있는 것이다.

여기에 더하여 부모와 교사는 자녀와 학생에게 엄격해야 한다. 아니, 모든 인간 관계에서 서로가 서로에게 자애로우면서도 엄격해야 한다. 서로의 잘못을 깨우쳐 주어야 함께 성숙한 인격체로 발전할 수 있기 때문이다. 엄격함이란 상대방이 잘못했을 때 체벌을 가하거나 평가, 판단하여 무시하거나 창피를 주는 것이 아니다. 상대방의 자존심을 상하지 않게 하면서 체벌을 가하지 않고, 상대방이 자신의 잘못을 깨닫고 그 잘못을 스스로 시정하도록 도와주는 것이다.

이 책에서는 이러한 방법을 배운 수강자들이 일상 생활에서 부딪치는 크고 작은 갈등들을 자애로우면서도 엄격하게 어떻게 풀어갔는지를 구체적으로 보여 주고 있다. 이러한 대화 방법은 부모와 자녀, 교사와 학생, 상사와 부하 직원, 남편과 아내, 이웃과의 관계 등 모든 인간 관계의 의사 소통에 적용된다.

다음은 이 교육에 참가했던 교사의 말이다.

"저는 교사의 본분은 학생을 열심히 가르치는 것이고 옳지 못한 버릇이나 게으른 습관은 제 힘이 닿는 한 늦기 전에 고쳐 주어야 한다고 생각했습니다. 잘한 일은 상을 주고 잘못한 일은 책임 의식을 심어 주기 위해 반드시 체벌을 해야 한다고 생각했습니다. 그러나 이 프로그램에 참가하면서 제 생각은 옳았지만 방법에는 많은 문제가 있었음을 깨닫게 되었습니다. 그들을 변화시키기 위해서는 마음을 움직여야 한다는 간단하면서도 명백한 진리를 깨닫게 되었습니다. 그동안 전 '바람과 해' 동화에서 바람의 역할을 해 왔습니다. 이제부터는 따뜻한 해님이 되어 그들의 마음을 움직여 그들 스스로 옷을 벗을 수 있는 판단력을 키워 줄 것입니다. 이것은 물론 어머니로서도 같은 생각이었습니다. 이제 학교에서나 가정에서 진정한 의미의 엄격함과 자애로움을 갖춘 교사와 어머니가 되겠습니다."

회사에 다니는 어느 수강자도 말했다.

"회사에서 제 실력과 업적은 자타가 인정합니다. 그런데 그동안 두 번의 승진에서 누락되었습니다. 동료들보다 더 빨리 승진해도 모자랄 텐데요. 사표를 내려고 했습니다만 심혈을 기울여 회사에 쏟아 놓은 제 노하우가 아까워서 참았습니다. 두고 떠나기엔 너무나 억울하고 애석했습니다. 일 년을 더 참고 기다렸습니다. 엊그제 그 세 번째의 승진 기회에서 또 누락되었습니다. 저는 곰곰 생각해 보았습니다. 이 교육에 참가하면서 그 원인을 알 것 같았기 때문입니다 제 탓이라는 것을, 그것도 함부로 말하는 대화에 근본 원인이 있다는 것을 알았습니다. 자칫 했으면 인사 조치가 부당하다고 원망하면서 결국에는 자멸감에서 헤어나오지 못했을 것입니다. 사장님께서 왜 사원들에게 이 교육을 받게 했는지 이해가 갑니다. 아마도 제게 특별 승진의 기회를 주기 위해서였나 봅니다. 변화된 모습으로 재도전하겠습니다."

나 또한 열등감과 무력감에서 허우적거리던 때가 있었다. 그 늪에서 빠져 나올 수 있었던 힘은 선배의 한마디 말이었다. 교직 생활을 그만둘 때 교무주임이시던 그 분은 내게 말했다.

"이 선생, 이 선생이 교직을 그만두면 국가적으로 손해야."

교생 실습에서 뽑힌 교직 생활 5년의 결실이자 최대의 선물이었다. 그 말은 18년 동안 평범한 가정주부인 내게 늘 꺼지지 않는 불씨로 남아 나의 희망이 되어 주었다.

'그렇지, 어느 한 귀퉁이에서라도 사람들에게 도움이 되는 일을 할 수 있을지도 몰라.' 난 늘 그런 생각을 했다. 그 말은 다른 이유들과 함께 내가 뒤늦게 강사가 되고 또 글을 쓸 수 있는 밑거름이 되었다. 나 또한 내가 만나는 사람들에게 꺼지지 않는 희망의 불씨를 심어 주고자 노력하고 있다.

이번에, 김영사로부터 내용을 수정 보완할 수 있는 기회를 받고 새롭게 개정쇄를 내게 되었다. 이 기회에 올해로 19년째 하고 있는 부모 교육 강사의 역할을 되돌아본다.

교육을 하면서 더욱 확고해지는 것은 행동주의 심리학자 왓슨의 말이다.

"나에게 갓 태어난 열 명의 아이를 맡겨 달라.

나는 이 중에서 유명한 과학자, 사상가를 배출할 수도 있는 반면,

극악무도한 폭력범, 살인범도 길러낼 수 있다."

이 말은 평생교육의 필요성을 절절하게 하며 또한 서글픔이기도 하다. '나에게'의 '나'에 따라 상대방을 달라지게 할 수 있기 때문이다.

그러므로

더 큰 책임감을 느끼는 나는 오늘도, 이 책을 통하여 만날 사람들이, 그들의 소중한 사람들에게 꺼지지 않는 사랑의 불씨를 심어 주는 '나'를 준비하길 기대한다. 그 기대는 내가 밤을 밝히며 글을 쓰는 소박한 기쁨이기도 하다. 이 책을 만드는 데 도움을 주신 모든 분들께 진심으로 감사드린다.

2008년 오월

산이 보이는 나의 집에서

이민정

차례

책머리에

우린 둘 다 행복해

　며칠 전 저는 초등학교 4학년 아들과 함께 버스 정류장에서 버스를 기다리고 있었습니다. 조금 떨어진 곳에는 제 또래의 아주머니가 제 아들보다 한두 살 적어 보이는 사내아이와 함께 있었습니다. 저는 어머니 주위를 조심스럽게 맴돌고 있는 아이를 보면서 늘 만나는 아이처럼 친근감이 들었습니다. 제 아들도 아이를 지켜보며 귀엽다는 듯 저를 보고 싱긋 웃었습니다. 그 아이와 무슨 얘기든 나누고 싶은 생각이 들었습니다. 그런데 그때 지나가던 한 아주머니가 그 아이의 어머니와 반갑게 인사를 나누었습니다.

　"어머나! 여기서 만나다니, 아까 집으로 전화했었는데!"

　상대방 아주머니는 할 말이 넘쳐나는 듯 쉴 새 없이 얘기를 꺼냈습니다. 김치를 담가야 하는데 누구에게 부탁해야 할지, 또 연락해야 할 몇 사람이 있는데 워낙 바빠서 연락도 못하고 있다는 둥 그런 내용이었습니다.

아이의 어머니는 상냥하고 부드럽게 말했습니다.

"걱정마세요. 제가 할게요. 김치도 담그고요, 연락도 제가 할게요. 그리고 또 할 일이 있으면 얘기해 주세요. 저는 집에만 있어서 시간이 많아요."

저는 감탄했습니다. 요즘 제 또래의 어머니들이 얼마나 할 일이 많은데요. 또 할 일이 없고 시간이 남는다고 해도 김치를 담그는 일은 번거롭고 귀찮은 일인데 그걸 맡겨 주어서 고맙다는 듯이 말하다니요. 저는 그 아주머니의 마음씨가 비단결 같다는 생각이 들었습니다. 아이는 어머니가 아주머니와 얘기하는 동안 버스 정류장 옆 건물의 계단을 오르내리고 있었습니다. 저는 그 아이가 마음씨 좋은 아주머니의 아들이라는 생각이 들자 한층 더 사랑스러웠습니다. 아주머니와 헤어진 아이의 어머니는 아이를 찾아 두리번거리다가 계단에 있는 아이를 보고는 황급히 말했습니다.

"정수야, 이리 내려와!"

아이는 어머니의 말이 들리지 않는지 계속 오르내렸습니다.

"정수야! 너 엄마 정신 없게 만들지 말고 내려오라면 내려와!"

한껏 커진 목소리에는 짜증스러움이 배어 있었습니다. 그러나 아이는 그 말에도 아랑곳하지 않고 여전히 하던 일을 계속했습니다.

"이리 오라면 와!!"

재빨리 계단으로 달려가 아이의 등덜미를 사납게 움켜잡은 그는 아이에게 다그쳤습니다.

"너 엄마 말이 말 같지 않다 이거지. 너 두고 봐. 집에 가서 혼날 줄 알아!"

"엄마, 잘못했어요. 다신 안 그럴게요. 다시는 절대로 안 그럴게
요. 엄마 집에 가면 때리지 말아요, 예? 엄마 안 그럴게요."
아이는 잔뜩 겁에 질린 목소리로 발발 떨며 말했습니다
"시끄러! 입 닥쳐! 저기 차 오니까 빨리 타기나 해!"
버스가 오자 그 모자는 얼른 올라탔습니다. 저는 얼떨떨했습니
다. 영화의 한 장면을 보는 듯했습니다.
'아니, 어떻게 저럴 수가!'

한 사람의 모습이 그렇게 다를 수가 있을까. 멍하게 서 있는 제게 아들이 다가와 말했습니다.

"엄마, 아까 그 애는 참 불쌍하다, 그치?"

"……그러게 말이야."

"엄마, 난 엄마가 울 엄마라서 참 행복해."

아들이 웃으며 말했습니다.

"고맙다, 상엽아. 엄만 네가 내 아들이어서 참 행복해."

"그럼, 우린 둘 다 행복하네."

"그래, 우린 둘 다 행복해."

저는 아들과 애기를 나누면서 제 마음 깊은 곳에서 뭔가 왈칵 쏟아지는 느낌이 들었습니다. 얼마 전만 해도 저는 그 어머니와 비슷했었습니다. 그때 같았으면 아마 조금 전 아이를 보면서도 '꽤나 엄마 속을 썩이는 녀석이구나' 하는 속단을 했을 것입니다. 또 상엽이가 그 아이를 불쌍하다고 했을 때도 '불쌍하긴 뭐가 불쌍하냐. 엄마 말 안 들으면 야단맞아 마땅하지'라고 했을 겁니다. 그랬다면 우리 상엽이가 '엄마가 울 엄마여서 행복하다'고 했을까요. 저는 그동안 아이들은 부모의 어떠한 명령이나 지시에도 즉각 따라야 한다고 생각했었으니까요. 어떻게 부모가 아이들의 생각이나 욕구를 헤아립니까. 저는 속으로 아들에게 고백했습니다. '상엽아, 너도 하마터면 아까 그 아이처럼 불쌍한 아이가 될 뻔했단다' 하고요.

우연히 만난 모자에게서 자신의 지난날의 모습을 보며 아찔했다는 상엽이 어머니는 다음의 말을 덧붙였다.

"가끔 그 아이의 모습이 떠오를 때마다 죄책감과 함께 후회되는 일이 있어요. 그 어머니에게 이 교육을 권해 볼걸 그랬구나 하고요. 그 아주머니도 틀림없이 당신의 아들을 지극히 사랑할 테니까요. 그랬다면 그 아이도 행복해질 수 있었을 텐데."

"그 아주머니 얘기가 제 얘기네요."

"저도 사람이 보건 말건, 친구들이 보건 말건 가리지 않고 아이를 때렸는데요."

"저는 '너는 내가 낳았으니까 내 맘대로 해도 되는 거야' 하며 제 마음대로 휘둘렀는걸요."

"저도 비슷해요."

"저도요."

"그렇지 않은 사람 있으면 나와 보라고 해요."

거의 모든 수강자들이 자신의 부끄러운 과거를 털어놓으며 묘한 미소를 나눈다. 그 미소 속에 안도감이 스며 있는 것처럼 보이는 것은 나 또한 그들과 같은 잘못을 저지른 데 대해 위안을 얻고자 함이었을까.

"상엽이 어머니의 말을 들으니까 저도 죄책감이 드네요. 며칠 전에 딸과의 사건이 있었는데 그때는 딸이 잘못해서 그런 줄 알았는데 아닌 것 같네요."

말없이 듣기만 하던 주희 어머니가 사연을 털어놓기 시작했다.

그날 아침은 제가 깜빡 늦잠을 잤어요. 요즘 입맛이 없는 큰아이에게 아침에 지은 따끈한 밥으로 도시락을 싸 주려고 했는데 늦은 거예요. 저는 딸에게 말했지요.

"주희야, 오늘은 학부모 회의가 있는 날이니까 엄마가 새로 지은 밥으로 도시락을 싸서 학교로 갖다 줄게."

"싫어요. 전에도 엄마가 늦었잖아요."

"오늘은 시간 맞춰 갈게."

"안 돼요. 그냥 싸 주세요."

"늦지 않는다니까, 고집 좀 그만 부리고 엄마 말 들어!"

"알았어요. 늦으면 안 돼요."

그렇게 주희를 보냈는데 그날따라 꼭 해야 할 일들이 얼마나 많은지, 남편의 동사무소 일까지 심부름하느라 결국 좀 늦었어요. 학교에 도착했을 때는 점심 시간이 20분 정도 지난 뒤였습니다. 저는 조마조마하면서도 점심 시간이 40분 정도는 남았기에 점심 먹기엔 충분한 시간이리라 생각했습니다. 주희는 교실에 없었고 마침 아들을 만났습니다. 아들은 누나를 찾아오겠다며 운동장으로 재빨리 뛰어나갔습니다. 잠시 기다리는데 후배를 만났습니다. 그 후배는 주희 친구 어머니인데 한동네 살면서 자주 만납니다. 후배는 제가 거기 서 있는 이유를 말하자 본인이 알고 있는 빈 특활 교실로 안내하겠다고 했습니다. 어느새 왔는지 아들이 헐떡거리며 말했습니다.

"엄마, 누나 점심 안 먹어도 된다고 안 온대요."

"뭐라고? 누나 어디 있는데?"

저는 아들을 따라 주희가 있는 곳으로 갔습니다.

"주희야!"

"왜 왔어! 싫다고 했잖아. 나 점심 안 먹는다고 했는데……"

주희는 저를 보자 눈을 흘기며 피하는 것이었습니다. 저는 안에서 부글거렸지만 꾹 눌러 참고 주희를 따라가며 한 번 더 불렀습니다.

"주희야, 잠깐만! 잠깐만 엄마를 봐!"

주희는 마지못해 억지로 저를 따라왔습니다. 후배의 안내를 받으며 주희를 끌다시피 해서 빈 교실로 갔습니다. 얼른 도시락을 펼쳤습니다.

"절반이라도 먹어. 엄마가 정성껏 싸 왔잖아."

"엄마 늦지 않는다고 했잖아. 점심 안 먹어요. 친구들이 기다린단 말이에요."

"일부러 늦은 거 아니잖아. 맨날 만나는 친구들이 그렇게 중요해? 빨리 먹어!"

"싫다니까요."

저는 화를 참느라 더 이상 말이 나오지 않았습니다.

"주희야, 너 그렇게 고집 피우지 말고 엄마 정성 봐서 조금이라도 먹어라. 웬 고집이 그렇게 세냐!"

옆에 있던 후배가 거들었습니다.

"그럼, 아줌마가 드세요."

"아니? 이 녀석 말버릇 좀 봐, 어서 먹어!"

저는 버럭 소리를 질렀습니다. 그러나 주희 고집도 만만찮았습니다.

"싫어요, 싫다니까요."

"뭐라고!"

저는 주희의 등을 한 대 철썩 때렸습니다.

"왜 때려요. 왜요? 엄마가 뭘 잘했다고 때려요!"

주희가 교실 문을 박차고 나갔습니다. 아뿔싸, 이게 무슨 꼴이람. 후배 앞에서 애 망신, 엄마 망신 다 당하다니. 생각 같아서는 딸을 끌어다 앉혀 놓고 쥐어뜯고 싶었습니다. 눈물이 핑 돌았습니다. 감정을 진정시키느라 어물쩡거리는데 아들이 살며시 제 손을 잡았습니다. 조용히 우리를 지켜보던 후배가 다시 말했습니다.

"세상에! 주희를 그냥 두세요?"

'그럼 지금 이 마당에 어쩌란 말이냐' 라고 쏘아 주고 싶었지만 잠시 생각하고 말했습니다.

"내가 아이를 잘못 키웠나 봐."

제가 감추고 싶어하는 부분을 후배에게 들킨 것 같아 그런 행동을 보인 저 자신이 한심하고 원망스러웠습니다. 저는 도시락을 정리하고 창가로 가서 운동장을 바라보았습니다. 제 눈에 잡힌 딸은 언제 그런 일이 있었느냐는 듯이 친구들과 어울려 히히덕거리는 모습이었습니다. 그렇게 엄마를 괴롭히고도 저렇게 깔깔거리며 웃을 수 있다니…… . 울지 않아 다행이라 생각하면서도 한편으로는 배신감이 들었습니다. 그 다음의 일들은 어떻게 끝났는지 모릅니다. 일찍 파하는 아들과 함께 집으로 돌아오는 길이었습니다.

"엄마, 누나 어떡할 거야? 엄마를 창피하게 만들었는데?"

아들의 부드러운 질문이 제게 위안으로 들렸습니다. 먼지 일어나는 마당에 촉촉히 내리는 봄비 같았습니다. 아들은 제 편인 것 같았기 때문입니다.

"글쎄, 엄마도 잘 모르겠어."

"그렇게 엄마를 창피하게 했잖아요."

"글쎄, 생각 중이야."

저는 혼란스러웠습니다. 후배도 아들도 잘못된 주희의 행동에 대해 처벌을 내려야 한다고 말하는 것 같은데, 저는 어떻게 해야 할지 난감했습니다. 얼마 전까지의 저라면 주희에게 벌을 주었겠지만 대화 방법을 배우면서 그 방법만이 옳은 건 아니라는 생각이 들었기 때문입니다. 나중에 안 일이지만 주희는 그날 점심으로 빵을 사 먹었답니다. 제 잇속을 다 차리더라고요. 저는 딸에게 맛있는 점심을 먹이려고 그렇게 애를 쓰다가 저녁까지 굶었는데요.

다음날 만난 후배는 또 어제 일을 확인하였습니다.

"선배님, 주희 어떡하셨어요. 그냥 두셨어요?"

"잘 모르겠어."

무성의한 대답이 심술스럽게 튀어나왔습니다. 요즘 며칠 동안 살 의욕까지 잃었으니까요. 그 후배가 우리 모녀 얘기를 주위에 뭐라고 하고 다닐지도 걱정되고 딸에게 벌써부터 무시당하는 제 자신도 한심했어요. 그리고 그날은 제 편이었던 초등학교 2학년 아들이 누나처럼 5학년이 되어도 계속 그럴지 그것도 의심스럽더군요. 그러나 오늘 상엽이 어머니의 얘기를 들으면서 갈등의 원인이 다른 사람에게 있는 것이 아니라 제게 있다는 생각을 하게 되었어요. 뭐가 어떻게 잘못된 것인지 알 것 같아요.

주희 어머니처럼 생각이 바뀌기 시작하면 희망이 보인다. '네 탓'이 아니라 '내 탓'이라 느끼게 되면 일단 큰 줄기가 잡힌 것이다. 많은 토론을 하면서 주희 어머니는 차곡차곡 자신을 정리한다.

그러니까 그날 아침 제가 늦잠을 자지 않았다면 아무 문제가 없었
겠네요. 제가 늦잠을 잤더라도 주희가 그냥 싸 달라는 도시락을 굳
이 따끈한 밥으로 싸 주겠다고 욕심을 부리지 않았어도 문제가 없
었고요. 그러고 보니 고집이 센 것은 주희가 아니라 저 자신이었네
요. 전에도 몇 번 중요한 약속을 어긴 적이 있는데 그날도 사실은
주희와의 약속을 좀 소홀히 했어요. 그러면서도 미안하다는 말 한
마디 못했어요.

제가 미안하다는 말만 했어도 주희는 몇 숟가락이라도 먹었을
거예요. 저는 부모가 자식에게 잘못했다는 말을 안 해도 아이들이
다 헤아려야 한다고 생각하고 있었거든요. 주희는 친구 엄마와 동
생 앞에서 혼났으니 자존심이 많이 상했을 거예요. 제가 잘한 게
하나도 없네요. 아들이 누나를 어떡하겠느냐고 했을 때도 잘못한
것은 누나가 아니라 엄마라고 말했어야 했어요. 제가 주희를 존중
해 주어야 제 아들도 누나를 존중할 텐데요. 이제 뭔가 보이기 시
작하네요.

오늘 집에 가면 주희에게 이렇게 말해야겠어요.

"주희야, 그때 일 미안해, 엄마가 약속을 지키지 못해서. 또 동생
이랑 네 친구 엄마 앞에서 널 때리고 야단치고 창피하게 해서 미안
해."

그리고 아들에게도요.

"누나가 엄마를 창피하게 해서 어떡할 거냐고 했었지? 엄마가 가

만히 생각해 보니까 그건 다 엄마 잘못이었어. 엄마가 누나와의 약속을 못 지켰기 때문에 일어난 일이었거든. 엄마가 그때 부끄러운 실수를 했어. 다시는 그런 일이 없도록 노력할 거야. 그리고 네가 엄마랑 누나를 걱정해 줘서 고마워. 엄마는 그날 너랑 함께 있어서 얼마나 위로가 됐는지 몰라. 고마워."

이렇게 아이들과 얘기하고 또 후배에게도 말할 거예요.

"우리 주희 염려해 줘서 고마워. 그날 일을 가만히 생각하니까 내 잘못이 커. 내 욕심이고 고집 탓이었어. 주희랑 얘기를 했어. 그날 여러 가지로 도와줘서 고마웠어."

이제부터 할 일이 더 많겠죠.

그렇다. 주희 어머니가 할 일은 힘들고 대단히 어렵겠지만 하나씩 실천해 가면 된다. 후배와 아들 앞에서 딸을 쥐어뜯고 싶었던 주희 어머니. 그러나 그는 주희를 얼마나 사랑하고 있는가.

부모가 어린 자녀였을 때 사랑이라는 이름 뒤에 숨겨진 부모의 욕심을 어떻게 받아들였던가. 부모의 말 한마디에, 그 억양에 따라 기뻐하고 슬퍼했던 기억들은 모두 어디로 갔는가.

그 오랜 기다림의 끝

한동안 우리를 경악케 했던 삼풍백화점 붕괴 참사 2주기 추모식이 며칠 전 텔레비전 뉴스에서 짤막하게 보도됐다.

사람들은 그렇게 잊으며 살게 되나 보다. 당시의 떠들썩했던 현장 생중계가 2주기에서는 그렇게 간단하게 보도되다니. 하긴 나도 뉴스를 놓쳤더라면 희생자 가족들의 애통해 하는 울부짖음에 오버랩된 한 소년의 영상을 떠올리지 못했으리라.

그날은 오전 10시부터 오후 1시까지 강의가 있었다. 수강자들 중에서 중학교 2학년 아들과의 갈등을 풀고자 유난히 초조해 하는 어머니가 있었다.

"선생님, 저는 초등학교 5학년 딸과는 거의 문제가 없어요. 그런데 아들은 너무나 어려워요. 그동안 아들과 잘 지내려고 여러 가지 교육도 받았지만 잘 안 됐고, 이번엔 끝까지 참여하면서 잘해 보고 싶어요. 그래서 날마다 마음을 다져 먹지만 오늘 아침에도 또 다퉜어요. 지나고 보면 아주 사소한 일인데 말이에요. 오늘도 제 아이는 일찍 일어나긴 했지만 어물쩡거리다가 학교 갈 시간이 다 되어 고함을 지르며 절 부르는 거예요. 저도 소리 지르며 말했지요. 무슨 일인데 숨 넘어가게 야단이냐고요. 저는 아들 방으로 달려가 거칠게 방문을 열었지요. 아들이 뭐라고 하는지 아세요? 어제 책상 위에 두었던 과학 공책 찾아내라는 거예요. 바로 앞 책꽂이에 꽂혀 있는데요. '눈은 뒀다 뭐 할 거냐?'며 아들 등을 치자 '왜 때려요. 그리고 엄마는 왜 내 책상 맘대로 뒤져요?' 라고 하는 거예요. '뒤지긴, 네 책상이 쓰레기통이라 치웠지' 라고 하자 '쓰레기통이 돼도 내 방은 내가 알아서 할 테니 그냥 두세요' 라며 끝까지 말대꾸예요 그냥 놔두면 이틀이고 사흘이고 손 하나 까딱하지 않고 엉망이에요."

"며칠을 기다려 보셨나요?"

"사흘 이상은 못 참겠어요. 답답해서요."

나는 사흘을 기다리기 힘들어하는 그에게 숙제를 냈다. 아이가 어머니를 부르면 하던 일 다 두고 얼른 아이 방으로 달려가서 "엄마 불렀니?" 하고 부드럽게 말하고, "수학 공책 어디다 뒀어요?" 하면 얼른 찾아 주면서 "미안해. 엄마 맘대로 네 방을 치워서 찾기 힘들었지? 네 방이 복잡하고 어수선해서 내 맘대로 치웠거든"이라고 하며 역시 부드럽게 말할 것을 당부했다. 대화 방법에서 배운 대로, 말하기 전에 자녀와 온화하고 다정한 관계를 맺는 것이 중요하기 때문이다. 아이가 소리 지르지 않고 친절하게 말하기를 원하면 부모 또한 다정하게 말해야 한다. 물론 실천할 것인지 아닌지는 수강자가 선택한다.

일주일 후 그는 말했다.

"우리 아이 괜찮은 아이더라고요. 아이가 부르는 대로 제가 달려가서 조심스럽게 말했어요. 그랬더니 사흘째 되는 날은 아이가 부엌으로 저를 찾아와서 부드럽게 말하더라고요. '엄마, 혹시 제 생물책 보셨나요? 얘기만 해 주시면 제가 찾을게요. 죄송해요' 하고요."

그날, 1995년 6월 29일 목요일은 소년의 어머니가 세 번째 참석하는 날이었다.

"선생님, 요즘은 제가 화낼 일이 없어요. 제 아들이 그렇게 효자인 것을요. 자기 방 정리도 좀 하고요. 요즘 뭐라고 하는지 아세요? 엄마가 너무너무 좋대요. '엄마, 참 이상해. 이렇게 좋은 엄마를 왜 전에는 보기만 해도 짜증이 났지?' 하는 거예요. 사실 그 말은 저도 하고 싶은 말이었어요 아들의 표정이 많이 밝아졌어요. 축 처진 어깨도 펴졌고요. 학교에서 있었던 일도 자상하게 말해요. 이렇게 행복한 것을요. 아이도 저도요."

그러던 그가 그날 오후에 삼풍백화점으로부터 바겐세일 시작하기 전에 미리 구경오라는 전화를 받고 잠깐 다녀오마고 나갔다.

그리고 나는 성당 장례 미사에서 관 속에 시신으로 누워 그렇게 아끼던 아들의 가슴에 영정으로 안겨 있는 그를 다시 만났다. 그의 아들은 창백했지만 정갈해 보였다. 꿈꾸듯 고요한 그의 눈에서 눈물이 흐르고 있었다. 그 눈물엔 어머니의 노력과 인내와 끝없는 사랑이 가득 녹아 흐르고 있었다.

나는 애석함과 안타까움과 분노와, 그리고 감사의 마음이 뒤엉킨 기도를 드렸다.

"정직함이 무엇인지, 성실함이 어떤 것인지, 어떻게 사는 것이 바른 삶인지, 또한 사랑이 무엇인지를 사람들에게 가르치기 위해 세상에 오신 예수님. 이들 모자를 화해케 해 주셔서 감사합니다.

오늘 당신 곁으로 부른 이 가엾은 영혼의 모든 죄를 저 어린 아들의 사랑의 눈물로 용서하시고, 한없이 포근한 당신 품에 그를 품어 주소서."

나는 조용히 눈을 감고 생각해 보았다. 어머니가 아들과의 화해 없이 영원한 이별을 했다면 편안히 눈감을 수 있었을까. 아들은 삶의 근원인 사랑의 실체를 이해할 수 있었을까. 어머니의 사랑을 체험하지 못한 사람이 형제를, 배우자를, 이웃을 사랑할 수 있을까.

내가 자녀를 위해서 할 수 있는 노력과 인내는 오늘, 지금 이 순간에 해야 한다. 내일은 보장된 삶이 아니기에. 오늘도 삼풍백화점이 있던 곳을 지날 때면 그들 모자를 떠올리게 되고, 또 그와 비슷한 부모들의 음성이 생생하게 들려온다.

"선생님, 제 아들은 한 달만 있으면 중학교 3학년이 됩니다. 아들은 아직까지 크게 거짓말한 적이 없었습니다. 그런데 오늘 오후 학교에서 전화가 왔습니다. 우리 아들이 어제도 오늘도 학교에 안 나왔다는 거예요. 집에서 알기로는 어제도 학교에 다녀왔고, 오늘도 학교에 갔는데요. 그런데 저녁 늦은 시간에 아들에게서 전화가 왔어요. '엄마, 저 갈 데까지 다 간 놈이니까 이제부터 찾지 마세요' 하고요. 청천벽력이었습니다.

'뭐라고? 갈 데까지 가다니? 그런 말 하지 말고 빨리 들어와. 아

빠 오시기 전에 빨리 오지 않으면 아빠에게 혼나!'

'아빠가 혼내킨다고요? 아빠가 혼내키면 가만 있을 줄 아세요? 저도 이제 다 컸어요. 아빠가 혼내키면 이젠 죽여 버릴 거예요.'

'뭐? 아빠를 죽여?'

'됐어요. 전화 끊어요!'

이렇게 됐는데, 제가 아들에게 어떻게 해야 합니까?"

전화로 상담해 온 한 독자의 고민이었다. 나는 다시 그와 얘기를 나누었다.

"아들과 아버지와의 관계는 어떤가요?"

"남편은 아들에게 끔찍하게 잘해요. 아들이 원하는 것은 거의 다 들어 주고 학교 시간이 조금만 늦어도 차로 태워다 줘요. 그런데 한 번 화났다 하면 남편은 물불을 못 가려요. 아마 아들이 초등학교 1학년 때였던 것 같아요. 아들이 뭘 잘못했는지 남편은 버릇을 가르쳐야 한다면서 사정없이 때렸어요. 그때 아이가 맞으면서 이가 부러졌어요. 아들은 이를 치료하면서 악을 쓰며 울었어요. 그리고 집으로 돌아오는 길에 주먹을 불끈 쥐고 씩씩거리며 말하는 거예요. 이 다음에 크면 아빠를 죽일 거라고요. 그 후에도 아들은 자라면서 종종 아버지에게 그렇게 맞았습니다. 얼마 전에도 많이 맞았습니다.

"학교에 대한 불만은 없었나요?"

"있었죠. 3, 4개월 전이었나 봐요. 아들이 불쑥 말을 꺼내더라고요. '엄마, 나 학교에 자퇴서 낼까 봐' 하고요. 그게 말이 됩니까. 중학교 2학년이 자퇴서를 내겠다니요. 미쳤냐고 했죠. 한 번만 더 그런 말 하면 아빠에게 일러서 혼날 줄 알라고요. 그 다음엔 그런 말이 쏘옥 들어가 버렸어요. 그런데 선생님이 쓰신 〈이 시대를 사는 따뜻한 부모들의 이야기〉 1, 2권을 읽으면서 제 대화 방법이 잘못되었구나라고 생각했는데 이런 일이 생겼어요."

위의 얘기는 평범한 부모의 일상적인 대화다. 부모는 자녀를 사랑하는 방법이라고, 부모의 입장에서만 행동하며 그것이 사랑 때문이라고 덮어 버린다. 아이가 부모에게 사랑받지 못하고 이해받지 못한다고 느낀다면 태산만큼 쏟아 붓는 부모의 사랑이 무슨 소용이겠는가.

다음은 은영이 어머니의 자식 사랑 얘기다.

선생님, 저는 제 아이가 고등학교도 제대로 졸업하지 못하리라고는 꿈에도 생각하지 못했습니다, 어렸을 때부터 정말 영특했거든요. 하나 있는 제 오빠와는 다르게 뛰어났거든요. 그 아이는 저희 집안의 희망이었습니다. 고등학교 2학년 때까지는 모든 친구들과 학부모들의 부러움의 대상이었습니다.

그러나 고등학교 2학년 학기 말부터 시험을 못 치렀습니다. 머리가 깨어질 듯 아프다는 거예요. 뇌에 대한 모든 진찰을 끝낸 담당의사는 특별한 이상이 없다고 했습니다. 휴학계를 내고 신경정신과에서 치료를 받기 시작했습니다. 제 꿈이 깨어져 버렸습니다. 저는 어렸을 때부터 공부를 많이 해서 전문인이 되고 싶었습니다. 그러나 저의 집 경제 사정 때문에 저는 하고 싶은 것을 하지 못했습니다. 저는 딸에게 말한 적은 없지만 딸이 제 꿈을 이뤄 주기를 기대했습니다. 제 아이도 잘 따라 주었습니다, 고등학교 2학년 때까지는요.

그러나 이제는 저도 직장에 휴직원을 내고 아이 옆에 붙어 있어야 합니다. 그날부터 우리 집은 지옥이 되었습니다. 아이를 보고 있노라면 숨이 막혀 옵니다. 지금 이 시간에 저 아이가 집에서 이리 뒹굴, 저리 뒹굴, 그럴 시간이 아니거든요. 저는 모든 기운이 다 빠져 버리고 우울했습니다. 살아야 할 모든 이유가 없어졌습니다. 결국 저도 아이와 함께 치료를 받다가 의사 선생님의 권유로 이 교육에 참여하게 되었습니다. 그리고 저는 참여한 첫날부터 제 답답한 문제를 내놓았습니다. 왜냐하면 교육에 참가하던 다음날 아이와 바지를 사러 가기로 약속했기 때문입니다

저는 두려웠습니다. 아이와 옷을 사는 날은 고통의 날이고, 그날부터 며칠씩 서로 으르렁댑니다. 이 가게 저 가게에서 이것저것 들척거리다 불평만 늘어놓고 사지 않으면 전 정말 죄송하고 창피합니다. 그렇게 서너 시간 돌다가 제 인내의 한계에 부딪히면 제 강요에 따라 적당한 옷을 하나 삽니다. 집에 돌아오면 은영이는 저를 때리면서 항의합니다.

"엄마는 독재자야. 엄마는 언제나 엄마 맘대로만 해. 모든 게 다 엄마 때문이야. 내가 병이 난 것도 모두 다 엄마 때문이라고. 엄마가 물어내!"

바락바락 소리 지르며 울어 댑니다. 아이가 토해 내는 말뜻을 저는 알아듣지 못했습니다. 이 교육에 참가하기 전까지는요. 그럴 때면 저도 억울하고 분해서 아이를 따라 통곡하고 싶었지만 속으로 울음을 삼켰습니다. 마음을 비우자. 욕심을 버리자. 은영이가 내 곁에 살아 있는 것만으로 감사해 하자. 백 번 천 번 다짐을 해도 안 되

더라고요.

그런데 교육에 참가한 첫날 저는 숙제를 받았습니다. 바지를 사러 가는 날, 오전 9시부터 오후 9시까지 12시간을 헤매다 옷을 사지 못하더라도 웃으며 은영이를 대하라는 숙제였습니다. 감시하고 평가하고 불만이 가득 찬 눈빛으로 투덜대지 말고 이해와 사랑으로 인자한 어머니가 되어 따라다니라고요. 저는 단단히 다짐을 했습니다. 은영이는 여전히 색상이 어떻고, 바지통이 어떻고, 주머니가, 박음질이, 허리선이 마음에 들지 않는다고 투덜댔습니다. 이 가게에서 뒤척, 저 가게에서 뒤척, 갔던 집에 또 가서 뒤척거리고 불평을 늘어놓았습니다. 저는 아이 뒤를 쫓아다니며 점원에게 미안하고 죄송하다고 했습니다. 지치도록 돌아다니다 실망하는 딸에게 저는 말했습니다.

"네 맘에 맞는 옷이 없어서 어떡하지? 아예 바지를 하나 맞추는 건 어떨까?"

"맞춘 옷도 다 그래. 내일 또 오지 뭐."

'뭐? 내일 또? 오늘 그렇게 뒤졌는데, 내일 또? 맙소사!' 속으로는 쏘아붙이고 싶은 굴뚝 같은 마음을 꾹 참고 말했습니다

"그래, 그러자. 그런데 힘들지 않겠니?"

"괜찮아. 엄마만 괜찮다면."

"엄만 괜찮아. 네게 도움이 된다면." 제 모든 감정을 죽이고 말했습니다.

"알았어."

은영이도 편안하게 말했습니다. 그날은 옷을 못 샀지만 우린 처

음으로 다투지 않고 장보기를 끝낼 수 있었습니다. 우리는 좌석버스에 나란히 앉았습니다. 저는 창밖을 보았습니다. 사람과 사람들, 많은 건강한 사람들이 부러웠습니다. 특히 마음이 건강한 사람들이요. 나는 이게 뭐람. 지난날 내가 가고 싶은 대학을 포기하고 2년제 대학에 합격하여 텅 비어 버린 가슴을 쓸어내리던 날의 기억이 떠올랐습니다. 실력이 모자라서가 아니라 경제적인 이유 때문에 포기했던 희망. 눈가가 촉촉히 젖어 왔습니다. 그때 은영이가 살며시 제 손을 잡으며 말했습니다.

"엄마, ……미안해요."

"……."

저는 딸의 부드러운 행동에 울컥 목이 메어 아무 말도 할 수 없었습니다.

"엄마, 옷 살 때마다 까다롭게 굴어서 미안해요. 저도 잘 모르겠어요. ……다시는 안 그럴게요. ……저 잘할게요."

저는 흐르는 눈물을 닦으며 고개만 끄덕였습니다. 그리고 속으로 '은영아, 미안해. 돌이켜 보면 엄마가 네게 잘못한 게 너무나 많아' 하고 말했습니다.

은영이는 다시 말했습니다

"엄마, 내일은 나 혼자서 할게요. 엄마는 집에서 쉬세요. 그리고 공부도 열심히 할게요."

제 아이가 자기의 잘못을 말하고 옷을 혼자 사겠다니요. 제 아이는 혼자는 옷을 못 사는 아이인 줄 알았거든요. 어쩌면 병원에 다니기 훨씬 이전의 모습으로 돌아온 것 같았습니다. 어둠의 장막이 서서히 걷히는 기분이었습니다. 이것이 첫 번째 성공 사례입니다. 모든 것은 제 욕심의 결과였습니다. 겉으로는 아닌 척했지만, 제 딸은 제 욕심을 채워 주기 위해 받은 스트레스로 인해 병이 든 것이었습니다. 제 욕심을 버리고 아이를 현재 있는 그대로 받아들여 진정한 의미의 사랑을 주려고 조금 노력했을 뿐인데 결과는 엄청난 것이었습니다. 그런데 참 이상한 것은, 마음은 그렇지 않은데 말을 하고 나면 말처럼 되는 것입니다. 가령 괜찮지 않아도 '괜찮아' 하면 괜찮아지는 것입니다. 이 모든 것은 겨우 일곱 시간의 인내와 노력 끝에 얻어진 결과였습니다. 제 아이에 대한 새로운 가능성이 보이기 시작한 것도 그렇게 길다고 느껴졌던 일곱 시간의 기다림 때문이었죠.

수강자들의 모습을 떠올리며 창밖을 보는데 장마의 틈을 뚫고 햇빛이 쏟아지고 있었다. 나는 언뜻 칼 메닝거가 했다는 말이 떠올랐다.

"사랑은 사람들을 치료해 준다. 사랑을 주는 사람과 받는 사람 모두를."

딸딸이 아빠의 행복

"다녀오셨어요."

저는 부모, 자녀의 대화 방법을 배운 뒤부터는 외출했다가 돌아왔을 때 식구들의 마음을 헤아리기 위해 우선 그들의 표정을 살피게 되었습니다.

그날은 틀림없이 무슨 일이 일어난 것 같았습니다. 퇴근한 저를 맞는 가족들의 표정이 그야말로 각양각색이었으니까요. 제 아내는 무거운 근심거리가 있는 듯 표정이 흐려 있었고, 초등학교 2학년인 큰딸 미연이의 눈언저리는 눈물 자국으로 얼룩져 있었습니다. 그러나 작은아이만은 신나는 일을 알고 있다는 듯 밝은 표정이었습니다. 저는 먼저 아내에게 물었습니다.

"여보! 무슨 일이 있었나?"

"몰라요. 저는 말도 하기 싫어요."

저는 큰아이에게 물었습니다.

“미연아, 네게 뭐 언짢은 일이 있었구나.”

미연이는 한참 동안 저를 쳐다보았습니다. 예전 같으면 ‘왜 그래 왜? 말을 해야지. 왜 답답하게 말을 안 해. 너 또 엄마 말 안 듣고 말썽 부렸지?’ 하면서 윽박질렀을 텐데 그날은 조심스럽게 아이의 표정을 살폈습니다. ‘이 조그맣고 여린 아이에게 무슨 일이 있었을까. 도대체 뭘 잘못했길래 저렇게 말도 못하고 쳐다보기만 할까.’ 저는 그 맑고 여린 눈망울에 담긴 마음을 따뜻한 시선으로 감싸 주려고 했습니다. 미연이는 아빠가 자신을 혼내려는 것이 아니라 도움을 주려고 한다는 것을 알아차렸는지, 긴장을 푼 듯 눈에 눈물이 가득 고였습니다. 그때 옆에 있던 동생 수연이가 갑자기 큰 소리로 말했습니다.

“아빠! 오늘 언니가 학교에서 산수 시험 봤다!”

“오, 그래?”

“근데 아빠 알아? 언니 빵점 받았다.”

“으응?”

저는 멍했습니다. ‘빵점? 뭐, 우리 딸이 빵점이라고?’ 저는 믿을 수가 없었습니다. 하나둘 틀려서 80점이나 90점을 받았다고 해도 이해가 될까 말까인데 빵점이라니. 아이의 마음을 헤아리려던 자상함은 어디로 사라져 버렸는지 알 수 없는 울분만 가득 차 올랐습니다. 그러나 그때 자신을 억제할 수 있었던 것은 분명 교육의 효과였던 것 같습니다. 우선 ‘말을 하지 말자, 이대로는 말을 하면 안 된다’ 라는 생각으로 자제력을 발휘할 수 있었으니 말입니다.

저는 솟아오르는 분노를 누르고 그대로 일어서서 싸늘한 바람을 일으키며 안방으로 걸어갔습니다. 하마터면 터뜨려졌을 감정들을 정리하기 위해서였습니다. 저는 방문을 걸어 잠갔습니다. 방문을 잠그지 않으면 벌컥 문을 열고 달려나가 '야! 이 녀석아. 그게 사실이야? 산수 시험 빵점이라는 게 사실이야? 아빠가 평소에 뭐라고 했어. 미리미리 준비하고 예습 복습 철저히 하라고 했지. 아빠가 좋은 소리로 말하는 것은 말 같지 않았어? 머리가 나쁘면 노력이라도 해야지……' 하며 사정없이 하고 싶은 말들을 쏟아 낼 것 같았기 때문입니다. 지나고 보면 별일 아닌 것 같은데 당시에는 완전히 감정의 노예가 되더라고요. 저는 방문을 잠근 채 건강 관리를 위해 배웠던 단전 호흡을 시작했습니다. 20분 정도를 하고 나자 머리가 조금 맑아졌습니다. 저는 큰아이에 대해서 곰곰이 생각하기 시작했습니다.

돌이켜 보면 제가 이 교육을 받게 된 것은 운이 좋아서였습니다. 그때는 큰아이가 마음이 여려서인지, 속에 맺힌 게 많아서인지 말을 더듬었습니다. 그런 큰아이에게 제가 할 수 있는 온갖 노력을 다했습니다. 바쁜 시간을 쪼개어 산에 데리고 다니며 소리를 지르게 하고, 승용차에 태우고 야외로 나가서 차창을 닫고 소리 지르기 경연대회도 시켰습니다. 속에 맺힌 게 있으면 풀게 하려고요. 그러다가 답답하면 야단치고 닦달하고 때리기까지 했습니다. 저는 이 교육을 받기 전까지는 아이들에게 무서운 아버지였습니다. 때리기도 많이 했습니다. 제 표정은 늘 굳어 있고 근엄했습니다.

그러나 아이의 말 더듬는 버릇은 나아지는 기색 없이 오히려 더 심해졌습니다. 아이에게 어떤 방법으로 도움을 주어야 할지 전 막 다른 골목에 서 있는 느낌이었습니다. 바로 그즈음 직장에서 이 교육에 참여하게 되었습니다. 저는 대학도 나오고 성적도 우수한 편이었지만 이 교육을 받으면서 비로소 '우리말 하는 법'을 배우기 시작했습니다. 특히 그중에서도 듣는 방법을 배웠습니다. 그러나 오랜 습관 탓인지 어색하고 쑥스러워 잘하지 못했습니다. 다만 가르치고 따지고 캐고 평가하던 비효과적인 대화 방법을 사용하지 않았을 뿐입니다. 울면 안아서 다독거리며 달래 주고 아이가 말을 할 때는 눈을 쳐다보고 고개를 끄덕이며 정성껏 듣고 따뜻한 얼굴 표정을 지으려고 노력했습니다. 그렇게 3개월을 보내자 신기하게도 아이의 말 더듬는 버릇이 깨끗이 없어졌습니다. 저는 그때부터 사람의 얼굴에 마음이 담겨 있다고 생각하고 얼굴 표정을 읽기 시작했습니다.

저는 큰아이의 산수 시험 점수에 대해 다시 생각해 보았습니다. 도대체 빵점이란 점수는 무엇을 의미하는가. 적어도 하나나 두 개라도 맞을 수 있었을 텐데. 단 한 문제도 풀 수 없었던 이유는 무엇일까. 우리 아이가 이해력이 부족하고 둔한 바보가 아닌가. 한참 모자란 아이를 두고 착하고 똑똑한 아이이기를 바라는 것은 아닐까. 자, 이제 어쩌면 능력 문제에 있어 심각한 상태일지도 모르는 이 아이를 어떻게 할 것인가. 넌 내 기대에 어긋나게 머리가 나쁘기 때문에 내 자식이 아니라 할 것인가. 그건 아니지 않은가. 그렇다면 그것도 우리의 인연인데, 사랑해야지.

생각이 거기에 미치자 문득 자녀 문제로 고통을 겪는 주위 사람들 모습이 떠올랐습니다. 여러 형태의 장애를 지닌 자녀, 비행 자녀를 둔 부모들은 그들을 버렸는가, 아니면 미워하는가. 오히려 더 큰 인내와 희생으로 돌보지 않는가. 그렇지. 온전치 않은 능력일지라도 더 큰 정성을 들여야지라고 다짐하며 방을 나왔습니다. 거실 공기가 썰렁했습니다. 저는 자기 방에 들어가 있는 미연이를 불렀습니다.

"미연아, 이리 온."

나지막한 목소리에 삐그덕 방문을 열고 고개를 내밀었습니다. 한 번 더 부르자 주춤거리며 다가와 안겼습니다. 그러나 미연이는 두 손으로 제 가슴을 떠밀 듯한 방어 자세였습니다. 나중에 안 일이지만 그때 미연이의 방어 자세는 만일 제가 때리면 두 손으로 얼굴이라도 가리기 위한 비상 조치였답니다. 저는 가끔 아이를 안아서 토닥거리며 말하다가도 순간순간 잘 때렸거든요. 그런 미연이가 앞으로 세상 어려움들과 부딪히며 살 일을 생각하니 제 가슴이 젖어 왔습니다. 미연이를 안은 팔에 부드럽게 힘을 주자 미연이 두 손이 스르르 빠지고 작디작은 참새 가슴이 제게 포옥 안겨 왔습니다.

"미연아, 네가 오늘 네 친한 친구들에게 얼마나 창피했겠니. 집에 오면서도 엄마 아빠에게 야단맞을까 걱정도 많았을 텐데, 오늘 많이 힘들었지?"

미연이는 툭하면 때리던 아빠가 진짜인지, 지금의 아빠가 진짜인지 의아해 하는 것 같았습니다. 그러나 적어도 이 순간만은 변화된 아빠로 인정해도 된다고 판단했는지 어느새 그의 눈엔 눈물이 고여 왔습니다. 저는 그윽한 눈으로 미연이를 보며 말했습니다.

"미연아, 아빠에게는 우리 미연이가 100점을 맞아도, 50점을 맞아도 그리고 빵점을 맞아도 다시없는 귀한 존재야. 아빠는 언제나 우리 미연이를 사랑해."

"……아빠!"

미연이가 울기 시작했습니다. 참고 참았던 울음이 터졌는지 펑펑 울었습니다. 오랜만에 미연이의 큰 울음 소리를 들었습니다. 그동안 미연이의 잘못에 대해 꾸중할 때 소리내어 울면 '뚝! 뚝! 뭘 잘했다고 울어! 뚝!' 하며 더 세게 때렸거든요. 제가 잘못되어도 한참 잘못되었습니다.

저는 미연이의 등을 다독거리며 달랬습니다. 미연이가 진정되기를 기다렸다가 말했습니다.

"미연아, 네가 그동안 맘 고생이 많았다. 자, 오늘은 동생이랑 비디오 만화를 보든지 롤러 스케이트를 타든지 실컷 놀아라."

뛸 듯이 기뻐할 줄 알았던 미연이는 저를 가만히 쳐다보다가 말했습니다.

"안 돼요, 아빠. 나 숙제해야 돼요."

결국 미연이는 숙제하러 방으로 들어갔습니다. 잠시 후 방문을 열고 나온 미연이가 제게 와서 말했습니다.

"아빠, 잠깐만 제 방에 같이 가면 안 돼요?"

미연이의 숙제는 시험에서 틀린 문제를 다시 풀어 가는 것이었습니다. 지금까지 미연이의 산수 문제는 큰 수에서 작은 수를 빼는 것이었습니다. 9에서 7을 빼든가 8에서 5를 빼는 단순한 문제였습니다. 그런데 2학년 1학기 4월이 되자 문제는 조금씩 어려워지기 시작했습니다. 17에서 9를 빼거나 15에서 8을 빼는 식으로 바뀌었습니다. 저는 5분 정도 가르치다가 방을 나왔습니다. 계속하다가는 소리를 지르거나 또 때릴 것 같았기 때문입니다.

그로부터 사흘 뒤 토요일 오후였습니다. 미연이가 주차장까지 나와서 제가 퇴근하길 기다리고 있었습니다. 저는 깜짝 놀랐습니다. 제 집은 계단식 5층 아파트인데 계단을 오르내리는 일이 힘들어서 웬만한 일로는 제 아이들이 거기까지 나오지 않기 때문입니다. 저는 미연이를 보는 순간 늘 빈혈로 몸이 약한 아내에게 무슨 일이 있는 게 아닌가 하고 가슴이 철렁했습니다. 얼른 차에서 내려 미연이에게 물었습니다.

"왜? 무슨 일이 있니? 엄마가 아프시니?"

"아녜요, 아빠."

대답하는 미연이의 표정이 밝았습니다.

"그럼 너 웬일이냐, 여기까지?"

"으응, 아빠, 나 오늘 학교에서 산수 시험 봤다."

순간 머리 속에서 환상적인 아름다운 장면이 떠올랐습니다. 그러면 그렇지. 내가 직장에서도 가르치는 직업이 아니겠어? 또 부모 교육도 받았고, 며칠 전 미연이 방에서 뛰쳐나오긴 했지만 화내고 야단치지는 않았지. 내 노력의 당연한 결과가 나오는 거라고. 아마도 미연이가 엄청난 성적을 거두었을 거라고.

"미연아, 몇 점이야?"

"응, 아빠. 나 30점이야!"

미연이가 환하게 웃었습니다. 아뿔싸 그야말로 엄청난 환상이었구나. 환상이 깨어지면서 제 안에서 말들이 펑펑 솟아났습니다.

'야, 너 이 자슥아. 그것도 점수라고 자랑하려고 너 여기까지 기어 나왔어?'

저는 또 참았습니다. 그리고 마음을 가다듬고 말했습니다. 마음은 그렇지 않았지만 한마디 한마디 이렇게 말했습니다.

"미연아, 너 정말 대단하구나. 요전번에 한 문제도 못 풀었는데 오늘은 세 문제씩이나 맞혔다는 거잖아? 우리 미연이가 마음만 먹었다 하면 얼마든지 며칠 사이에도 발전할 수 있다는 거 아니겠어? 우리 미연이가 아빠를 이렇게 기쁘게 해 주다니. 아빠 오늘 회사에서 쌓인 피로가 완전히 가시네. 미연아, 고맙다. 그리고 그동안 공부하느라고 애썼지? 오늘은 토요일이니까 지금부터 동생 나오라고 해서 너희들 놀고 싶었던 것만큼 놀아라."

처음 말할 때는 말과 마음이 따로였는데 말을 하다 보니까 말한 대로 정말 기분이 좋아졌습니다. 제 말을 들으며 환희로 가득 찬 제 딸이 얼마나 예뻤는지 아십니까? 양 볼이 발그레해지면서 그 맑은 눈동자, 그 안에 작은 이슬이 반짝이고 있었습니다. 아마도 천사가 그런 모습이 아닐까 생각했습니다. 그리고 제 딸이 뭐라고 한 줄 아세요? 그렇게도 놀기를 좋아하는 아이가 이렇게 말하는 것이었습니다.

"안 돼요, 아빠. 저 이제 들어가서 공부해야 돼요."

저는 딸을 번쩍 안아 들고 몇 바퀴 돌았습니다. 그날 쌓인 피로만 풀린 게 아니라 태어나서 그날까지 쌓였던 모든 근심, 걱정, 괴로움이 사라지는 듯했습니다. 행복은 멀리 있지 않더라고요. 그리고 만들어가는 것이더라고요. 저는 또다시 생각했습니다. 부모는 어떤 문제 상황에 처했을 때 자녀를 위험에 빠뜨릴 수도 있고 몇 배의 용기로 껑충 뛰어오르게 할 수도 있다는 것을요. 9대 종손인 제가 아들을 못 낳아서 갈등을 겪었습니다. 그런데 딸, 딸이 안겨 준 아빠의 지금 이 행복을 무엇과 바꾸겠습니까?

발표를 마친 미연이 아버지는 얼굴을 돌려 눈시울을 닦았다.

때때로 우리는 틀린 일곱 문제만 보게 된다. 아니 잘 풀어 놓은 아홉 문제를 빼고 틀린 한 문제만 확대해서 자녀를 해석한다. 그러나 미연이 아버지는 그러한 우리를 일깨워 준다. 열 문제 중에서 맞은 세 문제를 볼 수 있음을, 아니 단 한 문제를 소중하게 볼 수 있음을 깨우쳐 준다. 미연이 아버지는 그 뒤에도 작은 사건들을 보석같이 반짝이게 만든 사례를 내놓아 우리를 감동케 했다.

미연이 아버지를 수강자로 만날 수 있는 기쁨이 얼마나 큰지 그런 날은 하늘을 날 것 같다. 강사로서의 보람을 진하게 느끼게 해 준 미연이 아버지와 그 가족들에게 감사드린다.

용돈 바구니와 새총 이야기

미연이, 수연이 아버지의 이야기를 계속해서 소개하고자 한다.

이 세상에 있는 모든 물건을 하나씩 갖고 싶어하는 소망을 지닌 우리 집 작은딸 수연이의 장래 희망은 슈퍼마켓이나 문방구점 주인이 되는 것입니다. 제가 퇴근하는 시간은 보통 저녁 6시 5분을 전후해서입니다. 수연이는 제 퇴근 시간을 기다리고 있다가 제 손을 잡아 끌면서 산보를 가자고 합니다. 산보 끝에는 자연스럽게 문방구점이나 슈퍼마켓에 들러 요것조것 고르고 사 달라고 합니다.

제가 자녀와의 대화 방법을 배우기 전에는 퇴근 후나 쉬는 날에 아이들이 밖에 나가자는 말만 해도 짜증을 잘 냈습니다. 그러나 이 교육을 받고 결심한 바 있어 아이들에게 지금 이 순간 최선을 다하는 아버지, 정겹고 따뜻한 아버지가 되려고 노력하고 있습니다. 그런데 문방구점이나 슈퍼마켓에 가면 저는 늘 갈등을 겪게 됩니다. 아이들이 사 달라고 고른 것들을 말없이 사 주자니, 아이들에게 낭비하는 습관을 심어 주게 될까 봐 걱정이 되고, 그렇다고 거절하자니 아이들 마음을 상하게 할 것 같아서입니다. 저는 고민 끝에 대화 방법을 함께 배웠고, 늘 존경하는 선배님이자 인생의 사표이신, 같은 직장의 방 부장님께 제 고민을 털어놓고 조언을 구했습니다.

"부장님께선 아이들의 용돈을 어떤 방법으로 주십니까?"

"저희 집엔 용돈이 없습니다."

"네? 고등학교 1학년과 중학교 1학년인 아이들에게 용돈이 없다니요?"

"저도 그 문제로 고민을 많이 했습니다. 한 달 용돈을 주면서 부모 맘대로 이렇게 써라 저렇게 써라 아이들을 지배하고 통제하면서 바르게 성장하길 바랄 것인가, 아니면 내가 지금 어떻게 하는 것이 아이들을 잘 도와주는 방법인가를 생각했죠.

그래서 저희 집에선 바구니에 돈을 넣어 둡니다. 만 원짜리 한 장, 오천 원짜리 한 장, 천 원짜리 넉 장, 백 원짜리 동전 열 개를요. 그러면 아이들은 필요한 만큼 돈을 가져가고 옆에 둔 용돈 기록장에 기록해 두었다가 한 달에 한 번 재정 보고회를 갖습니다. 특별히 지출이 많은 달엔 대화 방법에서 배운 대로 '이 달엔 지출이 많은데 사연이 있겠지. 아빠 그것이 궁금하구나.' 하고 제 마음을 털어놓습니다. 아이도 편안하게 얘기해요.

'이 달엔 저와 가장 친한 친구의 생일이었어요. 그 친구는 제 생일 때 3만 원 정도의 선물을 주었어요. 저는 눈 딱 감고 5천 원짜리 선물을 해 주고 말까 했지만 만 5천 원짜리를 해 주었어요. 다음달부터 당분간 용돈을 아껴 써서 많이 쓴 만큼 절약할게요. 그 친구도 다른 데 절약하면서 제 선물 샀을 거예요.' 하더라고요. 그런 말을 하는 아들이 얼마나 대견하던지요. 저는 또 말했지요. '너희들 우정이 참 아름답구나. 친구를 위해 절약하려는 네가 믿음직스럽다' 하고요. 대화 방법을 배운 것이 많은 도움이 되더라고요. 예전 같으면 아이가 예상보다 용돈을 많이 썼다면 '야. 왜 이렇게 돈을 많이 썼어? 의지로 돈을 절약해서 쓰는 방법을 배우라고 이런 방법을 택했지, 네 마음대로 쓰라고 돈을 이렇게 놓는 줄 알아? 한 번 더 이러면 이 방법 없앨 것인지 고려해 볼 거야' 했을 것입니다. 친구 생일 선물에 대해서도 '야, 친구가 비싼 것 사 줬다고 너도 비싼 거 사 주냐. 부잣집 아들이랑 너랑 똑같냐. 황새가 뱁새 따라가다 어떻게 되는지 배웠어, 안 배웠어?' 했을지도 모르고요. 참, 그리고 그 바구니에 돈 채우는 것은 아내 몫이고요. 생각해 보면 아이들이 있어 부모가 사람되는 게 아닌가 싶어요."

저는 바로 이 방법대로 실행해 봐야지 결심하고 그날 저녁 아내와 의논을 했습니다. 아내는 뜻밖에도 회의적이었습니다.

"여보, 방 부장님 댁은 아이들이 그 정도로 컸으니까 가능했겠지만 우리 아이들은 아직 어려요. 겨우 초등학교 2학년과 유치원생이에요. 그래도 큰아이는 가능할지 모르지만 작은아이 성격 당신도 잘 아시죠? 지난번 새로 문을 연 백화점에 갈 때 한 말 기억나시죠? 그 큰 백화점에 있는 물건 중에서 남자용품을 뺀 나머지 물건을 하나씩 다 갖고 싶다던 말을요. 그런 아이에게 네가 쓰고 싶은 대로 언제든지 마음대로 돈을 쓰라면 뻔한 결과 아니에요? 괜히 아이들에게 실망해서 야단치지 마시고 처음부터 하지 맙시다. 하려면 적어도 작은 아이가 중학생이 된 후에 해 보도록 합시다."

'내가 그렇게 속이 좁은 아버지야? 애들이 유치원생이고 초등학생인지 내가 모르는 줄 알아. 그리고 또 작은애 성격도 내가 모르는 줄 알고 설득이야?' 전 아내의 긴 설득형 말을 들으면서 은근히 부아가 났습니다. 바쁜 중에도 열심히 해 보려고 하는데 부정적이라니…… '그래, 알았어. 당신 혼자 알아서 해 봐. 그 대신 나중에 잘못되기만 해 봐' 하는 맘이 들었습니다. 그러나 저는 다시 말했습니다.

"아이들에 대해서야 잠깐잠깐 만나는 나보다 거의 함께 있는 당신이 더 많이 알고 예측할 수 있겠지. 그렇지만 말이 나온 김에 한두 달이라도 해 보고 안 되면 그때 그만두는 것이 어떨까?"

그제서야 아내도 제 말에 동의를 했습니다. 그날 저녁 두 아이를 불러서 우리의 의도와 계획을 얘기했습니다. 아이들은 저희가 손해 볼 일이 없다고 판단되었는지 흔쾌히 찬성을 했습니다. 우리는 아이들이 어려서 우선 3천 원 정도 바구니에 넣기로 했습니다. 천 원짜리 두 장, 백 원짜리 동전 열 개, 돈 채우는 일은 아내가 맡기로 했습니다.

드디어 한 달이 되었습니다. 두 아이에게 마감일임을 알렸습니다. 계산기를 들고 방으로 들어간 아이들이 20분이 지나도 나오지 않았습니다. 아이들 방을 들여다봤더니 두 아이는 심각한 표정으로 열심히 계산기 앞에서 고개를 갸웃거리고 있었습니다. 잠시 후 용돈 기록장을 앞에 내놓은 아이들이 무릎을 꿇었습니다. 뭔가 잘못한 일이 있을 때 하는 행동입니다. 기록장에는 큰아이 만 2천원, 작은아이 만 5천원을 써 놓았습니다.

"애썼다, 고맙다."

제 말을 들은 큰아이는 머리를 조아린 채 가만히 있었고 작은아이가 눈을 동그랗게 뜨고 말했습니다.

"아빠! 뭐가 고맙다는 거야?"

"글쎄, 너희들이 한 달 용돈으로 만 5천 원, 만 2천 원을 썼다면 얼른 보기에 큰 돈으로 보일지 모르겠다만, 너희들 나이에 먹고 싶고 사고 싶은 것이 얼마나 많았겠니. 아빠가 보기엔 절약하려는 노력의 결과라고 생각해. 그래서 참느라 애써 줘서 고맙다는 거야."

그날은 그렇게 용돈 보고회가 끝났습니다. 그 다음 한 달 후 마감날, 두 아이는 당당하게 용돈 기록장을 들고 왔습니다. 큰아이 미연이가 3천 원, 작은아이 수연이가 2천 원이었습니다. 이번에는 제가 두 아이에게 무릎을 꿇었습니다. 물론 마음으로요. 작은아이는 아직 유치원생, 여섯 살입니다. 무엇을 알기에 그렇게 스스로 욕구를 자제할 수 있었는지요. 전 한 달 동안 단 한 번도 용돈을 아껴 써라, 절약해라 말하지 않았습니다. 여섯 살 된 아이도 본인이 인격적으로 존중받고 있고 신뢰받고 있다고 느끼면 그만큼 성장할 수 있음이 경이로웠습니다.

저는 어느 책에서 읽은 "당신은 신이 될 수는 없지만 신의 부분은 될 수 있습니다" 라는 글이 떠올랐습니다. 제 아이를 보면서 어린아이도 진정한 이해와 사랑을 받으면 신의 한 부분이 될 수 있음을 느꼈습니다. 만일 제가 용돈을 많이 쓴 아이들에게 '이 짜아식들이 돈을 그렇게 함부로 써도 되는 거야? 그동안 엄마 아빠가 뭐라고 했어. 돈을 아껴 쓰라고 했지. 너희들 이러면 앞으로 한 푼도 안 줄 거야.' 하면서 야단을 쳤다면 어떤 결과가 나타났을까요.

물론 용돈을 절약해서 쓰겠지요. 하지만 아이들은 바구니에서 돈을 가져갈 때마다 야단 맞을까 두려웠을 것입니다. 그 이해받는 마음이 어떤 것인지 아이들이 어버이날에 제게 쓴 편지에 묻어 있었습니다. 다음은 두 아이가 의논하여 썼다는 편지의 내용 중 일부입니다.

내일 맞이할 어버이날은 기쁘고 행복한 날이 되셨으면 좋겠어요. 아빠에게 편지 쓰는 이 시간이 참 즐거워요. 언제나 직장에서 열심히 일하시는 아빠, 할 말은 당당히 하시는 아빠, 우리는 아빠가 무지무지 좋아요. 아빠의 하루는 언제나 행복 OK, 기쁨 OK, 슬픈 일이나 화낼 일은 NO 하도록 하세요. 그리고 아빠께 꼭 드릴 말씀이 한 가지 있어요. 차 안에서나, 집 안에서, 주무실 때에도 언제나 몸조심, 몸조심, 몸조심하세요.

몸이 약한 저를 걱정해 주는 아이들의 글을 읽으며 보람과 행복이 가슴 가득 차올랐습니다. 이제 제게 있어 가장 큰 변화는 아이들이 '쪼그만 녀석'이나 유치원 '짜리', 초등학교 2학년 '짜리'가 아니라 저와 제 아내와 동등한 '유치원생', '초등학교 2학년생'이 되었다는 사실입니다. 하나 더 덧붙인다면 일주일에 한 번씩 열리고 있는 우리 집 가족 회의에 관해서입니다. 주일 저녁에 가족이 모여 앞으로 일주일 동안의 각자 계획을 발표하고 지난 한 주를 돌이켜 봅니다. 자신의 행동 중에 좋다고 생각되었던 행동과 부끄러웠던 행동을 말하고, 마지막으로 가족들에게 부탁하고 싶은 일을 얘기하는 시간입니다. 아주 많은 도움이 되고 있습니다. 이런 회의는 서로를 이해하고 존중하고 수용하며 함께 성장하는 계기가 됩니다.

미연이, 수연이 아버지의 사례 발표는 바른 부모가 되고자 노력하는 분들께 구체적인 실천 방법을 제시하는 기회가 되었다.

부모의 역할 중에 가장 어려운 것은 자녀가 잘못했을 때 적절하게 대응하는 게 아닐까. 어느 신부님의 사례를 통해 상대방이 잘못했을 때 대처하는 모습에 대해 생각해 본다.

제 어린 시절의 얘기입니다. 제가 살던 동네는 옹기종기 작은 집들이 모여 있는 아늑한 마을이었습니다. 그 동네엔 어린 우리가 늘 들어가 보고 싶고 부러워하는 커다란 2층집이 한 채 있었습니다. 그 집엔 특별한 사람이 살고 있을 것 같았습니다. 창문이 큼직한 유리로 되어 있었고 앞마당엔 나무가 많았습니다.

어느 날 제 친구와 저는 그 집 담장을 기어올라가 앞마당 나뭇가지에 앉은 새를 향해 새총으로 쏘았습니다. 새총 안에 들어 있던 돌멩이는 나무에 앉은 새 대신에 그 집의 큰 유리창을 깨고 말았습니다. 유리창을 깨뜨린 제 친구는 겁에 질려 허둥대며 도망갔고 엉거주춤 머뭇거리던 저는 주인 아주머니에게 붙잡혔습니다. 우악스럽게 제 팔목을 거머쥔 아주머니는 유리 값을 변상하라며 저희 집으로 가자는 것이었습니다. 저는 난감했습니다. 유리창을 깬 것은 제가 아니라 제 친구의 새총이었다고 말하고 싶었지만 그렇게 되면 제가 당하는 수모를 그 친구가 당할 것이고, 저는 그 친구 집을 가리켜야 하고, 그 친구는 자기 어머니에게 치도곤을 맞게 될 것이 뻔했습니다. 그렇다고 이대로 범인이 되자니 나와 어머니가 치를 곤욕이 생각나 이러지도 저러지도 못하고 막막했습니다. 그래도 그때 생각난 것은 친구를 사랑해라, 도와줘라, 이웃을 위해 희생하라던 평소 어머님의 가르침이었습니다. 저는 말없이 아주머니에게 끌려 다녔습니다 강한 분노의 힘에 잡혀 꼼짝 못했습니다. 저는 저희 집을 곁에 두고 멀리멀리 피해 다녔습니다. 그렇게 돌아다니다 보면 아주머니가 지쳐서 슬그머니 놓아주지 않을까 하는 생각 때문이었습니다.

그러면 제 친구에게도, 제 어머니께도 피해를 주지 않을 수 있으니까요. 어둡고 배가 고팠습니다. 강한 그분의 집념 앞에 어린 저는 도저히 버틸 수가 없었습니다. 결국 저희 집을 가리킬 수밖에 없었습니다.

아주머니는 열을 올리며 삿대질을 하였고 제 어머니는 죄송하다고 죄인처럼 잘못을 빌고 어렵게 모아 이불 사이에 묻어두었던 형님의 등록금을 유리 값으로 내주셨습니다. 의기양양해 하는 아주머니 앞에서 꼼짝 못하고 굽신거리는 어머니가 불쌍했습니다. 어렵게 모은 돈을 몽땅 내주고, 중학생인 형님의 등록금을 다시 모아야 할 어머니를 보며 가슴이 아팠습니다.

그러나 아주머니가 가 버리자 그렇게도 유순하시던 어머니가 돌변하여 제게 말 한마디 할 기회도 주지 않고 무섭게 때리기 시작했습니다. 저는 맞으면서 잘못했다는 뉘우침보다는 '이건 아니야. 이건 뭔가 대단히 잘못된 거야. 우리 어머니가 잘못하고 계신 거야.' 하는 거부감만 생겼습니다. 저는 아주머니에게 끌려다니면서도 저를 포근히 감싸 안아주실 어머니를 생각하고 있었습니다. 어머니에게는 이해받을 수 있으리라 믿었습니다. 친구를 위해 수모를 감수한 저를, 어머니께 피해를 드리지 않으려고 몇 시간씩 끌려 다닌 저를 이해해 주시리라 믿었습니다. 그러나 말 한마디 못 하고 맞기만 하다니……. 전 지금 이렇게 어른이 된 뒤에도, 사제가 되어 생각해 보아도 그날 어머니의 그 행동은 잘못되었다고 생각합니다.

그러나, 그럼에도 불구하고 저는 그 어린 날에도, 그리고 또 지금도 어머니를 사랑합니다. 그 어머니를 지극히 사랑합니다.

미사 때 강론 중에 보좌신부님이 하신 이 말씀은 그러한 경험을 지닌 어머니들에게 새로운 아픔을 주었다. 용서는 용서받는 자에게 얼마나 큰 은혜로움인가.

그러나 언제까지나 부모만 자녀를 용서해 줄 수 있는 것은 아니다. 자녀가 부모의 실수를 이해하고 감싸 안을 때 용서는 더욱 빛나는 아름다움으로 남는 게 아닌가.

나 자존심 상한단 말이에요

"엄마! '사무치다'가 무슨 뜻이에요?"

유치원에 다니는 우리 집 작은딸 지원이가 불쑥 묻는 거예요. 저는 지원이가 왜 그런 질문을 하는지 궁금했지만 지원이의 마음을 헤아려가며 느긋하게 말했습니다.

"으~응, 그건 어떤 슬픔 같은 것이 마음속 깊이 쌓여 있는 거야."

"엄마, 내가 지금 그래."

'뭐? 네가 사무칠 일이 있다고? 아이고, 웃기지 마라. 너같이 쪼끄만 녀석이 무슨 슬픔이 쌓이냐 쌓이긴. 아차, 배운 대로 해야지.'

저는 하고 싶은 말들을 눌러 참으며 진지하게 말했습니다.

"그래, 누가 어떤 일로 우리 지원이를 사무치게 했을까?"

"옛날에, 엄마가 나 막 야단치고 때렸잖아."

'아무렴 엄마가 이유도 없이 널 야단치고 때렸겠니. 네가 맞을 짓을 했으니까 야단치고 때렸겠지.'

저는 또 참고 말했습니다.

어머니 엄마가 지원이를 때리고 야단쳐서 우리 지원이 마음에 슬픔이 쌓이게 했구나. 미안해서 어쩌지. 지원이가 엄마를 용서해 줄 수 없을까? 엄마는 지원이 마음에 있는 사무친 일을 지우고 싶은데.

지원 (울면서) 어떻게?

어머니 (안아 주며) 글쎄, 지우개로 쓱쓱 지우면 안 될까?

지원 안 돼. 볼펜으로 써 놨단 말이야!

어머니 ('뭐라고? 볼펜으로 썼다고? 엄마가 널 얼마나 사랑하는데, 볼펜으로 썼다면 수정액으로 지우면 되지.' 이번에도 튀어나오려는 말을 참고) 지원아, 네가 엄마에게 서운한 일이 굉장히 많았구나. 볼펜으로 쓸 정도로. 정말 미안해. 그런데 어떡하지. 엄만 네 마음에 쌓인 슬픔을 지우고 싶은데 고민이다.

지원 ……알았어, 엄마. 수정액으로 지우면 돼요.

어머니 그렇구나. 그런 방법이 있었구나.

지원 응, 엄마. 수정액으로 지워 줄게요.

어머니 지원아, 고맙다. 엄마 고민을 없애 줘서. 이제부터 지원이가 사무치지 않도록 엄마 많이 노력할게.

지원 괜찮아요, 엄마. 나도 엄마 말 안 들은 적이 많은데요, 뭐. 이제부턴 엄마 말 잘 들을게요.

저는 지원이를 힘껏 안으며 코끝이 찡했습니다. 제가 지원이의 마음을 헤아려 주니까 지원이도 알더라고요. “이제부턴 엄마 말 잘 들을게요” 하고 이제까진 엄마 마음을 상하게 했다는 고백을 자연스럽게 했습니다. 그래요. 어린아이에게 말을 함부로 하면 안 된다는 생각이 들어요. 그래서 요즘 말을 조심하고 있습니다.

그런데 이틀 전이었습니다. 저는 동창 모임에 가면서 일찍 집에 돌아오는 지원이를 유치원 친구인 정우네 집에 맡기기로 했습니다.

“지원아, 피아노 학원 갔다 와서 정우네서 놀고 있어. 엄마는 친구들 모임에 갔다 올게. 자, 유치원 가방은 엄마 주고 피아노 책만 들고 가야지.”

“아냐! 유치원 가방 내가 가져갈 거야.”

평소엔 가방이 무겁다고 떠맡기는 아이가 빼앗듯이 유치원 가방을 가져갔습니다. 좀 이상하다고 느꼈지만 약속 시간이 바빠서 급하게 헤어졌습니다.

모임을 마치고 돌아오는 길에 늘 고마움을 느끼는 정우네에 들렀습니다.

“정우 엄마 힘드셨죠. 덕택에 마음 편하게 다녀왔어요. 정말 고맙습니다. 지원아, 외투 입고 집에 가자.”

“엄마, 조금만 더 놀고 응?”

어떡할까. 저는 엉거주춤 망설였습니다.

“지원이 엄마!”

정우 엄마가 속삭이듯 저를 불렀습니다. 지원이는 얼른 아이들과 섞여 놀았습니다.

“예, 왜요?”

저는 정우 엄마에게 다가앉으며 작은 소리로 대답했습니다.

"지원이에게 '뽑기(백 원을 넣고 돌리면 플라스틱 공이 나오고 그 안에 반지, 구슬, 목걸이, 로봇 같은 상품이 들어 있다)' 하라고 천 원 주셨어요? 피아노 학원 갔다 오면서 뽑기 한 것을 한아름 들고 왔더라고요. 엄마가 돈을 주시면서 정우하고 나눠서 하라고 하셨다면서요?"

어처구니가 없었습니다. 엉뚱한 거짓말을 하다니. 그래서 낮에 헤어질 때 유치원 가방을 빼앗아 갔던 거구나. 어떻게 할까. 이 자리에서 혼내? 아니야. 지원이를 인격체로 존중한다면 이 자리에서 참아야 해. 교육의 기회로 삼아야지. 생각을 정리하고 나지막하게 말했습니다.

"그래요? 뽑기하라고 돈 준 일이 없는데. 지원이랑 얘기할게요. 얘기해 줘서 고마워요."

저는 감정을 추스르고 지원이를 불러 정우네 집을 나왔습니다. 아파트를 나오면서 지원이에게 물어보고 싶은 궁금증을 참아낼 수가 없었습니다. 경비실을 지나면서는 도저히 더 이상 참을 수가 없었습니다. 저는 지원이의 키에 맞춰 무릎을 꿇고 지원이를 쳐다보며 물었습니다.

"지원아, 너 뽑기를 굉장히 하고 싶었구나."

"응, 엄마."

"지원아, 엄마가 돈을 주지 않았는데 어떻게 뽑기를 했는지 궁금해. 말해 줄 수 있니?"

"엄마, 내가 사실대로 얘기할 테니까 아빠랑 언니에게 비밀로 해 주세요. 나 자존심 상한단 말이에요."

'그러니까 자존심 상할 짓은 하지 말아야지.' 말하고 싶었으나 배운 대로 말했습니다.

"그래, 엄마가 비밀로 할게. 절대로 아빠랑 언니에게 얘기하지 않을게. 약속해."

"엄마! 아빠가 돼지 저금통에 저금하라고 매일 돈 주실 때(남편은 날마다 주머니에 있는 동전을 저금통에 넣으라고 지원이에게 준다) 백 원짜리 한 개씩은 남겨 두고 넣었어요. 10일 동안 모아서 천 원어치 뽑기 한 거예요."

세상에, 그동안 뽑기 하고 싶다고 할 때마다 아이를 붙들고 이해시키지 않았는가. '지원아, 뽑기 하는 건 나쁜 거야. 네가 하고 싶다고 모든 것을 다 하는 게 아니야. 사람은 자기가 하고 싶은 일이 있어도 참아야 해.' 라고 하면 지원이는 고개를 끄덕이며 알았다고 하지 않았는가. 가끔은 뽑기 하다가 들켜서 매도 맞고 야단도 맞았는데, 그랬는데 거짓말하면서 천 원 어치나 하다니. 그러나 한편 얼마나 뽑기가 하고 싶었으면 열흘 동안 돈을 모았을까. 모두 내 탓인지도 몰라. 맞아, 내 탓이야. 저는 지원이에게 말했습니다.

"지원아, 괜찮아. 엄마가 잘못했어. 네가 얼마나 하고 싶었으면 그랬겠니. 됐어. 비밀로 할게."

저는 지원이의 손을 잡고 집으로 향했습니다. 지원이는 비밀을 툭 털어놓고 이해받은 편안함에서인지 새털처럼 가볍게 깡충거렸습니다. 그러나 저는 석연치가 않았습니다. 처음에 지원이의 마음을 읽어 준 것은 잘한 것 같은데 뒷부분에서 뭔가 빠뜨린 것 같아 불안했습니다. '아이들의 마음을 헤아려 주라고 해서 자녀의 모든 행동을 오냐오냐 받아 주라는 뜻은 아닙니다. 그러면 허용적인 부모만 될 뿐, 자녀를 이해하면서도 고쳐야 할 행동을 지적하고 시정하는 엄격한 부모의 모습은 빠져 버립니다.' 하시던 선생님의 말씀이 생각났기 때문입니다. 저는 갑자기 조급해졌습니다. 현관문을 들어서자 저는 곧바로 지원이에게 말했습니다.

"지원아, 너 그러면 도둑놈 돼! 어쨌든 너는 아빠가 주신 돈 모두를 저금하지 않고 백 원씩 훔쳤잖아. 그러니까 넌 도둑놈이야! 너 그러면 안 돼. 다시는 그러지 마!"

하고 싶은 말을 쏟아놓고 나니 답답한 가슴이 뻥 뚫렸습니다. 그러나 어떻게 된 일인지요. 그동안 교육받은 흔적은 온데간데 없었습니다. 예전처럼 아이들의 행동이 불안해 보여 공포감을 조성하여 명령하였습니다. 온몸의 힘이 빠졌습니다. 또 실수를 했구나. 자애로우면서도 엄격해야 하는데, 공갈 협박으로 아이에게 공포감만 주다니. 어디서부터 잘못된 것일까. 이럴 때 어떻게 말해야 할까. 저는 궁금했습니다. 오늘도 이런 숙제를 안고 왔습니다. 저는 이제 어떻게 해야 합니까?

이럴 때면 우리는 지원이 어머니가 잘못 말했다는 부분으로 타임머신을 타고 되돌아가서 역할극을 하며 적절한 대화 방법을 찾는다.

지원 엄마, 아빠가 돼지 저금통에 (중략) 10일 동안 모아서 천 원 어치 뽑기한 거예요.

어머니 그랬구나. 엄마에게 뽑기 하고 싶은 마음을 솔직히 말하면 야단맞을까 봐 말을 못했구나.

지원 전에도 엄마가 때렸잖아요. 다른 아이들은 다 하는데…….

어머니 친구들이 하는 게 부러웠구나.

지원 그래요, 저도 하고 싶단 말이에요.

어머니 그래, 엄마가 네 맘을 몰라 줬구나. 네가 얼마나 하고 싶었으면 그런 생각을 했겠니. 지원아, 미안해.

지원 엄마, 저도 잘못했어요.

어머니 지원아, 엄마는 오늘 정우 엄마에게 굉장히 창피했어. 너

를 거짓말하는 아이로 키운 엄마가 됐거든. 그리고 우리 지원이
가 다음에도 거짓말하면 어떡하나 걱정돼.
지원 엄마, 다시는 거짓말 안 할게요.

이렇게 얘기가 진행됐다면 지원이 어머니가 집에 와서 지원이에
게 도둑놈이란 얘기를 하지 않아도 사건은 마무리되었을 것이다.
엄격한 어머니의 모습은 자녀의 잘못된 행동에 대해 공갈 협박하고
야단치고 때리는 것이 아니라, 자녀가 어머니의 마음을 받아들여
자신의 잘못을 깨닫도록 하는 것이다. '아, 내가 하는 행동이 어머
니를 괴롭게 하는구나. 이제부터 내 행동을 고쳐 어머니를 편하게
해 드려야지.' 하는 생각을 갖게 하는 것이다.
    우리는 또 연습을 했다. 지원이 어머니가 하고 싶은 말을 다 하고
난 후의 대화를 연습했다. 그리고 연습한 대로 실천한 지원이 어머
니의 해결 상황을 들어 보았다.

저는 그날 지원이에게 말했습니다.

어머니 지원아, 엄마가 너랑 얘기하고 싶은데.
지원 뭔데요, 엄마?
어머니 으응, 네가 정우네서 놀던 날 엄마가 뽑기 했다고 너에게
도둑놈이라고 말해서 미안해…….
지원 괜찮아요, 엄마. 그래도 엄만 약속을 지켰잖아요. 아빠랑
언니에게 말하지 않으니까요.

어머니 그렇게 생각해 줘서 고마워. 그런데 엄마는 그날 정우 엄마에게 창피하고 부끄러웠어.

지원 내가 거짓말해서요?

어머니 그래. 엄마는 너를 거짓말하는 아이로 키운 엄마가 됐거든. 그리고 다음에도 거짓말하면 어쩌나 걱정이 돼.

지원 알았어요. 엄마, 다음엔 거짓말 안 할게요.

어머니 그래 고맙다. 그런데 지원이가 뽑기 하고 싶을 때 어떡할까. 지원이가 하고 싶다고 얘기하면 일주일에 5백 원씩 줄까, 2백 원씩 나눠서 일주일에 두 번 줄까?

지원 한꺼번에 5백 원 주면 안 돼요. 문방구에서 파는 5백 원짜리 엿을 사 먹고 싶어서 안 돼요. 그러니까 2백 원, 3백 원, 일주일에 두 번 주세요.

어머니 그렇구나. 지원이는 돈이 있으면 엿도 사 먹고 싶고 또 미미 인형옷도 사고 싶고, 하고 싶은 것이 많네.

지원 엄마. 엿은 이가 썩어서 안 되고요. 미미 옷은 한두 개만 있으면 돼요. 그리고 뽑기는 당연히 하고 싶죠.

지원이는 뽑기 하고 싶은 욕구를 힘주어 말했습니다. 저는 유치원생인 제 딸의 마음을 제대로 이해해 주지 못하고 있었습니다. 저는 그 날 집에 가면서 상상을 했습니다. 뽑기 하라고 일주일에 오백 원 정도 주겠다면 '아뇨, 엄마. 이젠 뽑기 안 할 거예요. 그 돈은 저금통에 넣을 거예요.' 할 줄 알았거든요. 그리고 엄마가 지킨 약속을 상기시키다니요. 어린아이도 자존심에 대해서 얼마나 예민한지요. 전에는 그런 일을 식구들 앞에서 얘기하고 창피를 주었거든요. 행동을 고치게 하려고요.

저는 대화 방법을 배우고 어설프게나마 실천하면서 많은 시행착오를 합니다. 그러면서 제 인내의 한계를 느낍니다. 오늘부터라도 열심히 노력하면 언젠가 지원이가 얘기하겠지요. '엄마, 이제는 뽑기 하는 것이 시시해졌어요. 장난감 반지나 귀걸이 같은 건 별 소용이 없어요. 이제부터 쓸데없는 건 안 살래요.' 하고요.

어느 교육학자가 말했다고 하셨나요. 자녀가 지적, 정서적으로 최대한 발전할 수 있는 인간 관계를 가지려면 자녀들의 필요를 적절히 충족시켜 줄 수 있어야 한다고요. 결국 어머니의 역할은 한없는 너그러움과 인내를 키우는 일인 것 같습니다.

해마다 치르는 입시 전쟁이 끝났다. 부모의 큰 인내와 사랑이 필요했던 시간이었다. 명문 대학에 수석으로 합격하여 스타가 된 아이와 그 부모를 부러워하는 우리와, 아이가 대학에 떨어졌다는 이유로 성모상을 돌려 놓았다는 어머니에게 들려 준, 한 수강자의 고백이 우리를 겸손케 한다.

"부럽습니다. 시험에 떨어져 함께 가슴앓이를 할 수 있고, 공부하지 않는다고 다툴 수 있는 아이들이 옆에 있으니까요. 얼마나 행복합니까. 희망을 가지고 기다릴 수 있으니까요. 저는 남매를 데리고 유원지에 갔다가 둘 다 한꺼번에 잃었습니다."

심벌즈를 치고 싶은 아이

올해 네 살인 지민이 아버지 얘기를 듣고 생각해 본다.

"작년 제 아들이 세 살 때였습니다. 어느 날 제가 퇴근했는데도 아내와 아이들은 무엇인가에 열중해서 제가 들어온 것도 모르더라고요. 새로 산 학습 자료때문이었습니다. 아내는 그 자료가 아이들의 지능 발달과 학습에 많은 도움이 된다면서 거의 60만 원이라는 거금을 주고 월부로 샀다고 했습니다. 저는 반사적으로 거부감이 들었습니다. 우리 아이가 이제 겨우 세 살인데 벌써 그렇게 고액의 학습 자료로 훈련을 시켜야 하느냐고 했죠.

아내는 발끈 화를 내더라고요. 세 살이 어리다니, 누워 있는 아기에게도 비디오로 조기 교육을 시키는데, 세 살씩이나 되어서 시작하는데 뭐가 이르냐는 거예요. 하루 종일 직장에만 매달리는 사람이 애들 교육에 대해서 뭘 아느냐, 당신 하라는 대로 구두쇠 작전

펴다가 나중에 우리 아이만 뒤처지면 책임지겠느냐, 그렇게 돈 드는 게 아까우면 지민이 동생 낳지 말고 지민이 하나만 잘 키우면 되지 않느냐라며 아내는 불평했습니다. 결국 제가 졌죠. 아내 말이 맞는 것 같고, 또 제 고집을 부리다가 훗날 아내에게 책임 추궁당하기도 두려워서 알아서 하라고 했죠.

처음 며칠은 둘이서 재미있어 하며 잘하더라고요. 그런데 차츰 아내와 아들이 다투는 거예요. 아내가 싫증내는 아이를 억지로 끌어다 앉히면 아이는 요리조리 끙끙거리며 빠져나가요. 누굴 닮아 끈기도 없다며 닦달하더니 아내도 시들해졌어요. 그 자료의 일부는 망가지고 없어지고 여기 하나, 저기 하나 뒹굴어요.

요즘 아이들에게는 꼭 그렇게 비싼 학습 자료가 필요한 것입니까? 세 살부터 60만 원 가까운 학습 자료에 의존한다면 앞으로 초등학교, 중ㆍ고등학교에선 도대체 얼마만큼의 후원이 필요합니까. 물려받은 재산도 없고, 봉급에서 저축하고 살면서 집도 사고 아이 학교도 보내야 하는데 막막합니다."

당신이라면 지민이 아버지께, 또는 어머니께 어떤 조언을 하겠는가. 또 다른 수강자의 얘기를 듣는다.

"저는 지각 결혼을 해서 제 아이들은 친구들의 아이들보다 훨씬 어립니다. 큰아이가 중학교 2학년, 작은아이가 초등학교 3학년인데 과외비로 한 달에 60만 원을 지출합니다. 저희 동네에서는 과외비로 중학교 1학년이면 40만 원, 2학년 50만 원, 3학년 60만 원 정도는 보통입니다. 물론 특수한 경우도 있고요. 며칠 전 저는 큰아이가 고등학교 2학년인 친구에게 과외비가 많이 든다고 했더니 '얘, 요즘 중학교 3년 동안에 드는 과외비가 보통 소나타 자동차 한 대 값이래. 고등학교 3년 동안은 그랜저 한 대이고. 그런데 우리 큰애가 고등학교 2학년인데 벌써 그랜저 한 대는 날아갔어. 앞으로 얼마나 더 많이 들지 캄캄해. 요즘은 아이들을 대학에 다 입학시킨 선배가 가장 부럽더라.' 하는 거예요. 친구의 말을 들은 저도 앞이 캄캄하더라고요."

초등학교 5학년인 지호 어머니의 갑갑한 속사정도 듣는다.

"전 사실 우리 아이에게 과외 공부를 시키고 싶지 않아요. 그런데 앞집, 옆집, 뒷집 아이들이 다 하는데 우리 아이만 안 시키면 친구들에게 뒤질 텐데요, 불안해서 안 시킬 수가 없어요. 제 아이도 저도 외톨이가 된다고요. 저는 주위의 아이들이 다 안 하면 제 아이도 안 시킬 거예요."

또 다른 수강자도 말한다.

"제 아이도 말하던데요. 학원에 다니면서 특별히 도움받는 건 없지만 그냥 왔다갔다만 해도 그 대열에 끼는 것 같아 마음이 놓인다고 하더군요. 학원에 가지 않으면 혼자 낙오자가 되는 것 같아 불안하대요."

부모와 자녀의 교육관이 함께 흔들리고 있다.

부모의 방황이 자연스럽게 자녀들에게 전이되는 것이 아닌지. 과외 공부는 앞집, 옆집, 뒷집에서만 하는 것이 아니다. 불안한 마음에서 시키는 우리 아이의 과외 공부가 또 다른 앞집, 옆집, 뒷집이 되어 과외 분위기를 더욱 부추기는 건 아닌가. 세 살된 아기에게 고액 학습 자료를 사 주는 것은 자녀를 위해서인지, 불안한 부모 자신을 위해서인지 생각해 보아야 한다. 중·고등학교 다니는 동안 소나타 한 대, 그랜저 한 대, 차 두 대 액수만큼의 과외비를 들여서 본인과 부모가 원하는 학교에 진학하지 못했을 때 그들은 어떻게 그 사실을 받아들일 것인가. 그 많은 제2의 물질적 투자를 어떻게 감수하겠는가.

다음 체험자들의 얘기도 들으며 생각해 본다.

"저는 어느 날 대학생이 된 딸과 같이 옛날 앨범을 보며 얘기를 나누고 있었습니다. 저는 앨범 속의 사진에서 유난히 비싸게 해 입혔던 아이의 옷을 보며 말했습니다.

'얘, 이 옷 기억나니? 얼마나 멋있고 세련됐는지 보는 사람마다 한마디씩 했어. 어린아이 옷이 특별한 패션 감각이 있다고 말이야. 네가 이 옷을 입었을 땐 어느 나라 공주 부럽지 않았어. 그리고 너 이 옷 값이 얼만 줄 알아? 웬만한 어른 옷 한 벌 값이야. 최고의 양장점에서 맞췄지. 엄마 옷도 못 사면서. 너 이 엄마 맘 알기나 해?'

제 딸이 뭐라고 한 줄 아세요?

'그래요, 엄마 패션 감각이 대단했죠. 그런데 저를 위해서였나요,

아니면 엄마 자신을 위해서 그 옷을 사 주셨나요? 그 옷 안 입는다고 했다가 엄마에게 며칠간 얼마나 시달렸는지 기억하세요? 어쩌다 조금만 더럽혀도 야단맞고 매 맞고, 전 그 옷을 입으면 마네킹이 됐어야 했어요. 전 옷이 무서웠어요. 아예 옷 안 입고 사는 방법이 없나 생각했으니까요. 평범한 옷을 입은 친구들이 얼마나 부러웠는지 아세요?'

딸은 울먹이며 말했습니다. 전 할 말이 없었습니다. 제가 이 교육을 받지 않았다면 대학생 딸을 향해 쏟아 부을 말이 너무도 많았을 텐데. 그냥 부끄럽고 민망하고 자책감에 싸여 등에서 땀이 쫙 흘렀습니다.

제 아들 얘기도 할까요? 제 아들이 고등학교 3학년이 되어서 본 첫 번째 모의고사 성적표를 가지고 왔어요. 아주 자랑스러운 듯 당당하게 내놓더라고요. 얼마나 시험을 잘 보았으면 저렇게 자신만만한가 하며 성적표를 펼쳤습니다.

'아니?'

저는 어처구니가 없었습니다. 그렇게 성적이 떨어지기는 처음이었으니까요. 남편은 아들을 믿고 웬만한 것은 아들에게 맡기라고 했지만, 저는 그런 남편의 소극적인 태도가 못마땅해서 제가 적극적으로 나섰습니다.

아이의 성적표를 보면서 국어 성적이 떨어지면 국어 선생님을, 수학 성적이 떨어지면 수학 선생님을, 학원을, 개인 과외를 찾아 다녔어요. 아들의 시간표를 제가 직접 짰습니다. 방학 중이면 방학에 맞게, 시험이면 시험에 맞게 아들의 생활 계획표를 짜 놓고 얼마나 흐뭇해 했는지요. 아들은 말없이 제 계획에 잘 따라 주었어요. 물론 지난 2학년 학기 말에도 성적표에 따라서 아들의 부족한 과목을 집 중적으로 보충했죠. 그런데 성적이 엉망이더라고요.

'아니? 성적이 이게 뭐야. 도대체 어떻게 된 거야?'

'어떻게 되다니요. 왜요? 그게 어머니 성적인데요.'

'뭐라고? 엄마 성적이라고?'

'그래요, 어머니 성적이죠. 전 어머니가 하라는 대로 다 했습니 다. 어머니가 짜 놓은 대로 과외하라면 과외했고, 학원 가라면 학원 갔고, 운동 하라면 운동했고, 어머니 각본대로, 계획대로 했어요. 왜요? 뭐가 잘못됐나요?'

'아니! 이렇게 내게 시위를 하려면 더 일찍 할 일이지. 막바지인 고등학교 3학년에 와서 이러면 어떡해!'

'어떡하긴요. 지금도 어머니 하라는 대로 할 거예요. 제 인생은 어머니 인생 아닙니까. 아버지도 감히 꼼짝 못하시는데 제가 어찌 꿈속에서라도 시위할 생각을 합니까. 어머니 생각만이 가장 옳은 진리인데요.'

저는 할 말이 없었습니다. 그렇게도 제 계획대로 잘 따라 주더니 이렇게 반항아로 돌변할 줄이야. 저는 이 교육을 받기 시작하면서 제 방법에 대한 회의가 시작되었습니다. 그래도 설마설마 했는데, 드디어 올 것이 왔구나, 터질 것이 터졌구나 했습니다. 그래서 아들 에게 제 태도를 인정하고 잘못에 대해 용서를 구했죠. 이 교육을 받 지 않았다면 제 잘못된 생각을 끝까지 밀고 나가서 우리 집안은 엉망이 되었을 거예요. 이제는 그런대로 잘 풀리고 있습니다.”

이렇게 말하는 그는 학교에서 손꼽히는 유능한 교사다.

우리는 이제 생각해 보아야 한다. 나는 부모 노릇할 준비가 되어 있는지, 자녀 교육에 대해서 뚜렷한 주관과 체계화된 견해를 갖고 있는지. 과외를 시키는 목적은 무엇인가. 패션 감각이 뛰어나다는 말을 듣는 것과 잘사는 것과는 어떤 관계인가.

다음 수강자의 애기를 들으면 이 문제에 대해 다시 생각해 볼 수 있을 것이다.

저는 가까운 이웃을 보며 아이를 잘 키울 자신이 없어서 이 교육을 받으러 왔습니다. 그 댁에는 남매가 있습니다. 특히 오빠는 모든 면에서 뛰어났습니다. 준수한 외모에 공부 잘하고, 그림도 잘 그리고 운동도 잘했습니다. 여기저기 대회에서 탄 상장이 방에 가득했습니다. 노래까지 잘 불러서 오빠 부대가 생길 정도로 주변의 여학생들 마음을 설레게 했습니다.

저는 옆에서 늘 부러워했고, 장차 그 아들이 어떤 청년으로 성장할지 기대가 컸습니다. 학년이 높아질수록 얼굴을 보기 힘들었습니다. 가끔 승용차 안에서 샌드위치를 먹으며 학교 가는 모습을 볼 수 있었습니다. 유명한 과외 선생님에게 배운다고 했습니다. 두 과목의 과외비가 웬만한 회사 중역 봉급보다 더 많다고 했습니다.

첫해에 떨어졌습니다. 어머니는 목표를 두고 있는 대학 이외의 대학은 말도 못하게 했습니다. 어머니의 목소리는 이웃에도 들릴

만큼 날카롭게 커졌지만 학생은 얼굴도 어깨도 축 처져 초라했습니다. 젊은 사람이 저렇게 변할 수 있구나라는 생각이 들었습니다. 결국 삼수해서 지방 대학에 다니다가 지금은 군복무 중입니다. 여동생도 재수해서 대학에 다니고 있습니다.

그분은 제게 말한답니다. 자식은 정말 애물단지라고요. 자식 때문에 당신 인생 다 망쳐서 고개 들고 다닐 수가 없답니다. 딸까지 반항만 한다는 거예요. 오빠만 비싼 과외시키면서 돈 다 쓰고 자기에겐 새끼선생 과외만 시켜 줬기 때문에 본인이 원하는 대학에 갈 수 없었다고 한답니다. 생각을 그렇게 해서 그런지, 그 집은 집안 전체가 음울하고 어둠과 같은 침묵으로 무겁습니다. 얼마 전에 작은 집으로 이사를 했습니다. 주위의 얘기로는 빚이 좀 있다고 했습니다.

그렇게 희망으로 가득하던 집안이 정반대의 분위기로 바뀌어 버리다니요. 전 그 이웃을 생각하면 '왜 그랬을까?' 하고 안타깝고 수수께끼 같다는 생각이 듭니다. 그리고 어머니 역할이 두렵습니다. 그 이웃을 처음 만났을 때 아기였던 우리 집 큰아들이 이제 초등학교 5학년이 되었습니다. 저도 아들이 시험 치는 날이 가까워 오면 옆에서 꼭 가르치고 챙겼는데, 얼마 전 큰맘 먹고 혼자 하도록 내버려 둔 적이 있습니다. 전 과목 일곱 개가 틀렸더라고요. 그런데 아들은 껑충껑충 뛰며 좋아했습니다.

"엄마! 나 일곱 개밖에 안 틀렸어. 나 혼자 했는데. 나 혼자서 했어. 나 혼자서만 말이야!"

다 맞았을 때도 그렇게 기뻐한 적이 없었습니다.

“나 혼자서만 했어.”라는 말이 제 귀에 쟁쟁거립니다. ‘자신감을 갖게 해야지, 성취감을 맛보도록 해야지’ 하면서도 실제로 행동에 옮기기는 정말 어렵습니다. 결심한 마음은 아침 저녁으로, 아니 시시각각 변합니다.

얼마 전에도 저는 바이올린을 배우고 있는 아들을 데리고 음악회에 갔습니다. 그날 저는 무대 위에 가득한 연주자들 중에서 심벌즈 악기 연주자에게 관심이 쏠렸습니다. 둥글넓적한 쇠붙이를 양손에 들고 있다가 잊어버릴 만하면 한 번씩 쩡쩡 치는 것이었습니다. 저는 연주자가 혹시 졸면 어떡하나 하는 우스꽝스런 생각까지 했습니다. 앙코르 곡을 연주할 때는 얼마나 신나게 두들기는지 제 가슴이 다 후련했습니다. 저는 연주회장을 나오면서 아들에게 말했지요.

“한주야, 엄마는 오늘 연주를 들으면서 많은 생각을 했어. 너 심벌즈 악기 알지?”

“으응, 맨 뒤에서 둥글넓적한 철판을 양손에 들고 쩡쩡 치는 거?”

“그래. 그 연주자는 가끔 연주했지만 진지하고 성실하게 최선을 다하는 걸 보니까 가슴이 찡하더라. 너무너무 멋있었어.”

“그래, 엄마. 나도 그 생각 했어. 그 악기는 쉬우면서 신날 것 같아. 나도 만일 이담에 교향악단에 들어간다면 심벌즈를 할 거야!”

그게 아닌데, 그 뜻으로 한 말이 아닌데.

“뭐라고! 네가? 그래도 교향악단에 들어간다면 바이올린이나 첼로 같은 현악기가 어때?”

“그래도……”

아차, 그런 말을 하지 말 것을. 저는 금방 후회했습니다. 그리고 입을 다물었습니다. 말을 계속하게 되면 아들에게 주연급 악기를 권하면서 인생도 주연급으로 살라고 했을 테니까요. 이렇게 저는 마음의 갈피를 잡지 못하고 있습니다.

우리의 교육관이나 인생관, 즉 가치관은 하루아침에 이루어지는 것이 아니다. 늘 배우고 깨우치며 실천하면서 차츰차츰 방향을 잡게 되는 것이 아닌가.
"맹인이 맹인을 인도할 수 있느냐 둘 다 구덩이에 빠지지 아니 하겠느냐(루가 6 : 39)."
이것은 '부모와 자녀의 대화 방법'과 '자녀의 교육관 정립' 프로그램에 참여하는 수강자들과 함께 고민하고 풀어 나가는 문제이다.

참으로 오랜만에 이룬 잠

대학교 2학년인 큰딸과 고등학교 3학년인 둘째딸 그리고 고등학교 1학년인 막내아들을 둔 제가 이렇게 늦게 교육에 참가하게 된 계기는 아주 우연하게 일어났습니다.

저는 지극히 평범한 주부입니다. 큰딸은 그런 대로 공부를 해서 제 욕심에는 덜 차지만 그만하면 넘치지도 모자라지도 않은 학교에 들어갔습니다.

그런데 요즘 가장 예민한 시기에 있는 고등학생인 남매에게는 어떻게 신경을 써야 할지 고민이 되었습니다.

마침 이웃에 저와 비슷한 분이 같이 이 강의를 나가자고 하는 바람에 나오게 되었습니다.

처음에 제 언행이 바뀌자 제가 신경 쓰는 두 아이들의 반응이 금방 나타났습니다. 가령 집에 돌아올 시간에 30~40분이나 늦게 들어오면 '도대체 때가 어느 땐데 이렇게 싸돌아다니냐?' 하며 쏘아붙이던 제가 "늦었네. 엄마가 많이 기다렸어. 굉장히 불안하고 초조했어." 라고 배운 대로 말하면, 아이들은 이렇게 말합니다. "죄송해요. 엄마. 친구랑 잠깐 애기하고 온다는 게 늦었어요. 일찍 다니고 열심히 할게요." 라고요.

배운 각본보다 더 순탄하게 대답이 나와 싱거울 정도였습니다. 그런데 문제는 엉뚱하게도 대학생인 큰딸에게서 튀어나왔습니다. 어느 날 예정보다 거의 한 시간이나 늦게 들어온 딸에게 꾹 참으며 말했죠.

"늦었네. 엄마 많이 기다렸어. 얼마나 불안하고 걱정됐는지 몰라."

"왜 그러세요, 엄마답지 않게. 징그러워요. 그냥 엄마 성격대로 말하세요. 엄마가 그렇게 말하면 미안하다가도 미안한 마음이 없어져요."

"세상에? 뭐, 뭐라고? 엄마가 징그럽다? 너, 그 말버릇 어디서 배웠니?"

"그렇죠, 그렇게 하셔야죠. 그게 엄마의 정상적인 모습이죠. 이제 집에 온 것 같네요. 늦어서 죄송합니다."

"얘가? 엄말 놀리고 빈정대다니. 뭐, 엄마가 징그럽다고?"

"왜요? 엄마는 제게 징그럽다고 해도 괜찮고 저는 엄마에게 징그럽다는 말을 하면 안 되나요? 그 교양 있게 배운 말은 엄마가 끔찍이 아끼는 동생들에게나 하세요."

"세상에!"

전 기가 막혔습니다. 큰딸이 늘 삐그덕거리긴 했지만 대학생이 된 딸이 그렇게 말을 함부로 하다니요. 에미가 화가 났을 때 자식에게 무슨 말인들 못합니까. 그런데 대학교 2학년이나 된 딸이, 대학에서 뭘 배우길래 그렇게 말을 함부로 할 수 있나요. 그날 밤 저는 잠을 이룰 수가 없었습니다.

큰아이는 어렸을 때부터 이상했습니다. 맏이인 제가 첫아이를 낳자 오랜만에 아기를 본 친정 식구들은 모든 관심을 아기에게로 쏟았습니다. 사랑을 듬뿍 받았죠. 그러다가 동생이 태어나자 큰아이는 동생을 괴롭혔습니다. 아기 얼굴을 쓰다듬으며 예쁘다, 예쁘다 하다가도 느닷없이 빰을 찰싹찰싹 때려 아기를 놀라게 했습니다. 심지어 발로 차기까지 했습니다.

친정 어머니도 4남매를 키웠지만 이런 아이는 처음이래요. 유난히 샘이 많았나 봐요. 저는 달래고 설득도 하고 야단도 쳐 보고 때리기도 했지만 그 습관은 쉽게 고쳐지지 않았습니다. 저는 막내로 아들 하나를 더 낳았습니다. 그리고 세 아이의 뒤치다꺼리가 어려워서 큰아이를 일년 일찍 유치원에 보냈습니다. 그때 마침 남편이 지방으로 발령을 받아 내려가게 되자 친정에서 큰딸을 맡아 주기로 했습니다. 늘 친정 가까이 살면서 도움을 받으면서도 힘들었는데 저 혼자서 세 아이를 돌볼 자신은 더더욱 없었습니다.

친정에는 남동생이 결혼해서 올케가 제 아이를 잘 돌봐 주었습니다. 저는 바쁜 중에도 한 달에 한 번 정도는 딸을 보기 위해 빠짐없이 친정으로 올라왔습니다. 그때도 딸은 어딘가 낯선 아이 같았습니다. 제게 달려와 폭 안긴 적이 없었어요. 쭈뼛거리며 엉거주춤 눈치를 보더라고요. 풀이 죽은 것처럼 보였습니다.

3년 뒤 남편이 서울로 재발령을 받아 돌아오면서 큰아이와 합쳤습니다. 그러나 여전히 어색하고 서먹했습니다. 때로는 제 속으로 낳은 아이인가 할 때도 종종 있었습니다. 제가 나갔다 돌아오면 동생 남매는 달려와 매달리지만 큰아이는 시무룩한 표정으로 멀리서 눈치만 보았습니다. 제가 다가가 손이라도 잡으면 슬그머니 뽑아 버립니다.

그렇게 세월이 흘러 큰딸은 무난하게 대학에 들어갔습니다. 저는 고마웠습니다. 남들처럼 과외도 못 시키고 동네 학원에나 보냈으니까요. 그러나 대학생이 된 큰딸은 동생들이 도움을 청하면 냉정하게 거절했습니다.

"너희들이 알아서 해! 나도 그랬어."

저는 야속했지만 학교 졸업하면 시집이나 보내야지, 그때까지만 참자고 인내로 버텼습니다. 이번에 이 교육을 시작했을 때도 제 자존심을 다 버리고 말했습니다.

"얘들아, 엄마가 좋은 엄마 되는 방법을 배우기로 했어. 너희들의 도움이 필요해, 부탁한다."

작은 두 아이는 웃으면서 말했습니다.

"나이가 들어도 배우는 우리 엄마 정말 멋있는데요."

그때 동생의 말을 받아서 큰딸이 뭐라고 했는지 아세요?

"쳇, 멋 찾고 있네. 사람이 갈 때가 되면 어떻게 된다더니. 아직 갈 때는 아닌 것 같은데 웬일이셔."

아니, 대학생 말투가 그렇게 부정적일 수가 있나요. 선생님께선 자녀가 그런 말을 하는 것은 뭔가 쌓인 응어리의 신호이므로 맞대응하지 말고 조심스럽게 인내하면서 기회를 찾으라고 하셨지요. 하지만 언제까지 참고 기다려야 하는지요. 차라리 배우지 말 것을, 괜히 배운다고 나서서 이 고생을 하다니요. 그리고 응어리라니, 걔가 무슨 응어리가 있겠어요. 전 딸에게 응어리 쌓일 만한 일을 한 기억이 없는데요.

수지 어머니는 가끔 투정을 했다. 그러나 정규 과정을 마치고 한 달 후 다시 만나는 날이었다. 수지 어머니는 그동안 있었던 일을 이렇게 털어놓았다.

선생님 말씀대로 아이가 무슨 말을 하든 "그래, 그랬구나." 하는 말로 받아 주었습니다. 특별히 큰아이에게 관심을 쏟았지요. 차츰 부드러워지는 것 같았습니다.

며칠 전이었습니다. 드디어 제 딸이 응어리를 풀어 놓았어요. 아니, 토해 내더라고요. 그날은 남편이 해외 출장을 가고 없었습니다. 저녁 10시가 넘었는데 큰딸이 할 말이 있다면서 제 방을 정중하게 노크하고 들어와서 말하는 거예요.

"엄마, 엄마의 솔직한 대답을 들을 만한 나이가 됐다고 생각해서 여쭙는데요. 엄마가 저를 낳으셨나요? 엄마가 제 생모가 맞나요?"

"아니, 얘가? 그걸 말이라고, 질문이라고 하니?"

"피하지 말고 정직하게 말씀해 주세요."

"(그렇지, 침착해야지. 자신을 달래면서……) 그럼, 내가 너를 낳고 말고. 내가 너, 수지를 낳았단 말이야. 의심스럽거든 할머니, 삼촌, 고모, 아빠, 네가 태어났던 병원의 간호사, 의사 다 확인해 봐. 그것도 부족하면 친자 확인 소송을 해 보던가!"

"알았어요. 저 자신도 어리석은 질문이라고 자책했지만 엄마에게 꼭 한 번 확인하고 싶었어요. 엄마가 저를 낳은 엄마가 아닐지도 모른다는 생각을 많이 했으니까요."

"(하고 싶은 말을 눌러 참으며) 그랬구나. 네가 엄마에게 얼마나 섭섭한 일이 많았으면 그런 생각까지 했겠니."

"……."

"……미안하다. 이 에미가 너를 고통스럽게 하다니!"

"엄만 늘 저를 동생들이랑 차별했어요."

"(뭐라고? 내가 차별을 했다고? 따지고 싶었지만 참고) 그랬구나. 그동안 네가 소외감을 느끼며 외로웠구나."

"엄마는 동생들만 데리고 아빠랑 살았어요. 저만 빼놓고, 저만 할머니 집에 두고. 엄마는 한참이나 지나 한 번씩 다녀가셨어요. 저는 엄마가 저만큼 보이면 달려갔어요. 엄마에게 폭 안기고 싶었어요. 그런데 엄마는 저를 안아 주시기는커녕 첫마디로 뭐라고 했는지 아세요?

'수지야, 할머니 말씀 잘 들었니? 외숙모님 말씀은?'

그리고 옆에 계신 할머니께 캐물으셨어요.

'어머니, 수지가 집안 식구들 힘들게 하지 않았어요?'

엄마는 따지고 추궁하고 확인했어요. 제가 주춤하면서도 엄마가 안아 주길 기다리면 할머니가 말씀하셨죠.

'어제도 어디서 늦었는지 온 식구가 찾느라 애먹고, 옷은 꼭 자기가 입고 싶은 옷만 입겠다고 외숙모 애먹인다. 누구 닮아 고집이 황

소 고집인지…….'

　할머니가 일러 바쳤죠. 엄마는 제 얘기는 한마디도 듣지 않고 저를 쳐다보는 눈빛이 사납게 변했죠. 그때의 제 절망감이 어떤 것인지 이해하시겠어요? 엄마에게 안길 수가 없었어요. 물론 엄마도 저를 안을 생각을 하지 않았죠. 저를 야단치고, 때로는 때리기까지 하면서 훈계하고, 타일렀어요. 엄마 기억하세요?"

　"……미안하다, 정말."

　"잠깐요, 엄마의 미안하다는 말 듣고 싶지 않아요. 그날은 유치원에서 부모님을 모시고 오라고 했어요. 외숙모에게 말했더니 조금 전까지도 건강하셨던 분이 몸이 아파서 못 가신다는 거예요. 할머니까지 '외숙모는 몸이 아파서 못 간다.' 하시더라고요. 전 생각했어요. 난 어디서 데려다 키우는 아이구나 하고요. 엄마가 할머니 집에서 멀어져 갈 땐, 달려가 엄마를 붙들고 소리치고 싶었어요.

　'엄마, 나도 갈래. 엄마랑 우리 집에 갈래!'

　그러나 엄마는 제게 싸늘하게 다짐만 받았어요.

　'할머니 말씀, 외삼촌, 외숙모님 말씀, 유치원 선생님. 피아노 선생님 말씀 잘 들어야 돼. 고집 부리지 말고, 떼 쓰지 말고, 늦지 말고. 제가 듣고 싶은 말은 단 한마디도 없었어요. 제게서 멀어져 갈 때까지요. '수지야 엄마 많이 보고 싶었지? 엄마도 널 굉장히 보고 싶었어. 우리 수지를 엄마가 얼마나 사랑하는지 알아? 너만 할머니 집에 남겨 놓아서 미안해. 엄마가 빨리 와서 널 데려갈게. 엄마 너 보러 빨리 올게.' 이런 말들은 한 번도 들은 기억이 없어요. 엄마가 제 시야에서 사라지면 전 굳게 결심했죠. 다음에 엄마가 왔다가 갈

때는 죽을 힘을 다해서 따라가야지. 엄마한테 우리 집에 데려가 달라고 매달려야지. 할머니, 삼촌, 외숙모 안녕 하고 엄마랑 손잡고 가야지.

그러나 그건 매번 제 꿈일 뿐이었어요. 엄마가 다녀간 날에는 베개가 다 젖도록 혼자 울었어요. 한 번 두 번 결심하다가 결국 포기했죠. 그때는 제가 유치원 다닐 때였어요. 그 슬픔들을 혼자서 이겨 내기가 얼마나 고통스러웠는지 아세요? 이해하실 수 있겠어요?

엄마가 제 입장에서 단 한 번만이라도 이해하려고 하신 적이 있으세요? 엄마는 절 떨어뜨려 놓고 편안하셨을지 모르지만 전 늘 고통 속에서 헤맸어요. 왜 저를 낳으셨어요? 이제 나 같은 귀찮은 존재, 어쩔 수도 없고 대학만 나오면 빨리 시집 보내 버리고 싶죠? 전 절대로 시집 안 가요. 엄마가 저에게 했듯이 나도 그럴까 봐 아이를 낳을 수가 없어요. 두려워서 아이를 낳을 수가 없다고요.”

딸은 흐느끼며 울었습니다. 제 딸이 큰소리로 우는 모습은 아마 제 기억에 처음이었던 것 같습니다. 수지는 거의 울지 않았으니까요. 저는 떨리는 손으로 딸에게 다가가 어깨를 감싸안았습니다. 딸은 습관처럼 움찔 빠져나가려다가 순하게 멈췄습니다. 저는 다시 팔에 힘을 주어 안으며 말했습니다.

“수지야, 이 어리석은 엄말 용서해 줘. 엄만 한번도 네 입장에서 널 헤아리지 못했어. 일방적으로 힘만 사용하고 엄마 편할 생각만 했어. 널 행복하게 해 주지는 못하더라도 불행하게 해서는 안 되는데……. 미안해, 정말 미안하다.”

얼마가 지났는지 수지가 조용히 입을 열었습니다.

“엄마, 제 얘기 잘 들어 줘서 고마워요. 엄마랑 이런 얘기 나누려고 몇 번이나 시도했지만 실패했어요. 제가 한두 마디만 하면 엄마는 제 말을 가로막고 엄마나 외갓집 입장만 변명하셨어요. 외숙모가 아파서 유치원 안 가신 얘기도 엄마는 저더러 이해하라고 하셨어요. 외숙모가 입덧을 했다고요.

그러나 유치원생인 저는 누구에게서도 듣지 못한 사실을 눈치로 이해할 수가 없었어요. 엄마는 제가 눈치로 이해했어야 했다고 주입시키려고 했어요. 제 마음이 꽉 막히고 답답해서 도저히 대화를 이어갈 수가 없었어요. 그런데 오늘은 제 입장을 이해하면서 들어 주시니까 속이 후련해요. 고마워요 엄마. 이제부터 잘하도록 노력할게요."

"고맙다, 수지야, 그렇게 너를 괴롭혔는데도 이렇게 잘 성장해 주어서 고맙다."

"하느님은 은총을 복으로 주시지만 때로는 고통으로 주시기도 하신다면서요."

그날 밤 늦게까지 켜진 수지의 방에 불을 끄려고 들어갔습니다. 엎드린 채 잠이 든 수지의 머리맡 일기장에는 다음과 같은 글이 씌어 있었습니다.

'오랜만에, 참으로 오랜만에, 아니, 21년 만에 처음으로 편안한 잠을 이룰 수 있을 것 같다.'

전 목이 메었습니다. 그날 밤, 21년간 딸에게 주었던 큰 상처들을 받아 안고 괴로움에 밤새 뒤척였습니다. 그러나 그 괴로움은 절망이 아니라 희망의 고통이었습니다. 그날 이후 수지는 동생들을 다독거리며 도와주어 제게 큰 힘이 되고 있습니다. 제가 이 대화 방법을 배우지 않았다면 큰딸과 저와의 막힌 사랑의 통로를 어떻게 뚫을 수 있었겠습니까? 아찔합니다.

그날 강의를 마치고 집으로 돌아오는 길에, 동네 주택의 담장을 넘어 온 라일락 향이 유난히 향기롭게 느껴졌다.

민지가 받은 특별 보너스

지난 금요일이었습니다. 민지는 학교에서 돌아오자마자 내일 생일을 맞이하는 동생 상지의 선물을 사러 가겠다며 돈지갑을 들고 나갔습니다. 저는 걱정이 되어 말렸습니다.

"민지야, 돈은 선물 살 만큼만 가져가는 게 어떻겠니? 6만 원이 넘는 돈을 들고 다니다가 혹시 잃어버리기라도 하면 어떡하려고."

"괜찮아요, 엄마. 절대로 안 잃어버릴 거예요. 제 지갑은 제가 잘 챙길 수 있어요."

저는 민지의 말을 들으며 속으로는 조금 후회가 되었습니다. '그래, 이제 4학년이나 됐는데 내가 아직도 어린애 취급을 하다니.' 하고요.

"그래? 그럼 조심해서 다녀와. 그리고 엄마 부탁이 있는데 오는 길에 슈퍼에 들러서 두부랑 파, 식초 작은 병 하나 사다 줄래?"

"알았어요, 엄마."

민지가 나간 지 삼사십 분이 지났을까. 민지는 한 손으로 인형을 가슴에 안고 또 한 손엔 과자 봉지와 제가 부탁한 물건 봉지를 한 아름 들고 들어왔습니다. 그리고 부지런히 자랑을 했습니다. 완구점 아저씨가 동생 생일 선물로 인형을 산다니까 마음이 고운 언니라고 하면서 인형 값을 천오백 원이나 깎아 주셨고, 또 먹을 것을 사면서도 상지가 좋아하는 것만 골라서 샀다고요. 그리고 돈은 2만 원 정도 썼답니다. 전 발갛게 상기된 얼굴로 신나게 얘기하는 민지의 말을 열심히 듣고 있다가 갑자기 지갑 생각이 났습니다. 민지가 단단히 간수했겠지 하면서도 혹시나 하고 물어 보았습니다.

"그런데 민지야, 네 돈지갑은?"

"응, 지갑? 으응 저어어기……."

민자는 놀라며 황급히 일어나서 자기 방과 부엌을 부산스럽게 왔다갔다하더니 밖으로 뛰어나가는 것이었습니다. 그러한 민지의 모습을 보자 저는 가슴이 철렁 내려앉았습니다. 한참 뒤에 민지는 맥없이 들어오며 어눌하게 말했습니다.

"엄마, 지갑이 없어요."

"아니, 뭐라고! 4만 원이 넘게 들어 있는 지갑이 없어졌다고? 아니, 어디서 어떻게?"

"잘 모르겠어요. 슈퍼에선지 길에선지. 아니 슈퍼에선 아닌 것 같아요. 거기서 나올 때만 해도 있었으니까요. 아까 슈퍼에도 들렀는데 없었어요."

"거 봐라! 그러니까 엄마가……."

저는 입을 다물었습니다. '아니지. 이렇게 말하면 안 되지. 배운 대로 해야지.' 저는 배운 대로 무슨 말을 할 것인지 생각하느라 멍하게 앉아 있었지만, 할 말은 떠오르지 않고 며칠 전 용돈을 모아 놓은 돈지갑을 들고 신나게 떠들던 민지의 모습만 슬머시 떠올랐습니다.

"엄마, 나 돈 얼마나 모았는지 알아요? 6만 원이 넘어요. 추석 때 받은 돈이랑 내 용돈이랑 하나도 안 쓰고 다 모았어요. 이 돈으로 상지 생일 선물 사 주고 또 엄마 아빠 결혼기념일에도 선물 사 드릴 거예요."

"그래? 그 돈으로 선물 사는 데 다 쓴다고?"

"그럼요. 상지가 갖고 싶은 인형도 사 주고, 상지가 실컷 먹고 싶은 과자도 많이 사 주고, 또 엄마 아빠에게도 좋은 선물 사 드릴 거예요."

"아유, 고마워라. 그래도 민지야, 한꺼번에 그 용돈 다 쓰지 말고 적당히 아껴서 썼으면 해. 네가 어렵게 모은 돈인데."

우리 집 작은딸 상지의 생일과 저희 결혼기념일은 2주일 차이였습니다. '그렇게 자랑하던 그 지갑과 돈을 잃어버리다니.' 정신을 차리고 이성적으로 배운 대로 말해야지 하면서도 치밀어 오르는 감정을 억누르기가 쉽지 않았습니다. 제 감정대로라면 검은 먹구름으로 모아진 감정을 소나기처럼 쏟아 붓고 싶었습니다. '거 봐라, 그러니까 엄마가 뭐랬어. 잃어버릴지도 모르니까 쓸 만큼만 가져가라고 했지. 뭐? 돈을 절대로 안 잃어버린다고? 지갑 잘 챙길 자신 있다고? 네 말을 믿는 내가 바보지. 엄마 말을 우습게 알고. 그래, 그래서 엄마 속을 터지게 하니까 네 속이 시원하니?' 라며 한번 쏟아

놓기 시작하면 소나기로 끝나지 않습니다. 그러나 그날은 멈추었습니다. 뭐라고 말할까? 민지는 말없이 죄인처럼 서 있지만 자신의 실수에 대해서 괴로워하고 있겠지. 우선 민지의 마음을 달래 주자라고 생각하고 말했습니다.

"민지야, 돈을 잃어버려서 황당하지?"

"응, 엄마, ……흑 ……."

민지는 오랫동안 참았던 울음을 터뜨렸습니다. '어이고, 뭘 잘했다고 우냐 울긴.' 자연스럽게 올라오는 말을 삼키고 잠시 민지를 껴안고 등을 토닥거렸습니다.

"그런데 민지야, 잘 생각해 보자, 돈을 어디서 잃어버렸는지."

"잘 모르겠어요. …… 길에서 잃어버린 것 같아요. 그래서 제가 걸어온 길을 다 찾아봤는데 없었어요."

"어떻게 들고 왔는데?"

"짐이 많아서 여기에 끼고 왔어요."

민지는 힘없이 겨드랑이를 가리키며 말했습니다. '이 바보야. 겨드랑이는 왜 하필 겨드랑이냐. 과자 넣은 비닐 봉지에라도 넣고 오지.' 머리라도 콕 쥐어박고 싶은 생각을 버리고 저는 민지와 저 자신에게 말했습니다.

"할 수 없지 뭐. 혹시 길에서 주운 사람이 임자를 찾아 주면 좋으련만. 지갑에 이름도 주소도 없으니 찾기도 힘들겠지. 잊어버리자. 엄마도 초등학교 때 소풍 가면서 가져가지 말라는 돈 가져가 잃어버리고 혼났었는데……. 이번 일을 계기로 돈을 잘 챙기고 다녀야 한다는 걸 배우면 돼. 이제부터 엄마 말도 좀 들어 주면 좋겠어."

“알았어요, 엄마.”

그 일은 그렇게 끝났습니다. 민지는 미안해 하는 듯했으나 피아노 학원에서 돌아온 상지를 만나자 조금 전에 있었던 일은 까맣게 잊은 듯 신나게 놀았습니다. 물론, 그 다음날 상지의 생일도 잘 치렀습니다만 왠지 저는 손해 보는 듯한 느낌이 들었습니다. 제 감정을 꾹꾹 눌러 참으며 좋게 말하려고 애썼지만 뭔가 부족한 것 같았습니다. 민지가 져야 할 잃어버린 4만 원에 대한 애석함의 짐을 제가 떠맡아 안아버린 느낌이었습니다. 아마도 제 경험을 말했기 때문에 ‘그래, 엄마도 그런 실수를 했으니까 나도 그럴 수 있지. 실수는 누구나 하는 거야. 그러니까 내가 한 실수도 괜찮아.’ 라고 생각하는 것은 아닌가 하고요. 이틀 전에도 우연히 잃어버린 지갑 얘기가 나왔어요. 저는 뭔가 미진하던 터라 이때다 하고 한마디 했어요.

“그래, 그 지갑이 얼마나 예뻤는데.”

그런데 민지가 벌컥 화를 내더라고요.

“엄마는! 다 지나간 얘기를 또 해요?”

저는 “미안해.” 라고 얼떨결에 대답은 했지만 오히려 돈 잃어버린 민지를 더 당당하게 만들고 저만 손해보는 것 같아서 답답했어요. 차라리 이런 교육을 받지 않았으면 야단치고 일장 훈계를 해서 제 속이라도 후련했을 텐데요.

저는 이번의 지갑 사건에 대해서 몇 가지 질문이 있습니다. 첫 번째는 민지가 지갑을 잃어버린 사실을 알았을 때 솟구치는 제 울화통을 어떻게 진정시켜야 하는지요. 두 번째는 이런 상황을 다시 만나면 어떻게 해야 하나요. 그리고 마지막으로 지금 현재 상황에서 제가 민지에게 어떻게 해야 하는지 묻고 싶습니다.

민지 어머니는 평소에 화내고 야단쳤을 때보다는 나아졌지만 그래도 부족한 부분을 점검하며 질문하였다.

우리는 민지 어머니의 질문에 대해서 생각을 함께 나눴다.

첫 번째 질문. 어머니가 주의를 주었는데도 지갑을 가지고 나가서 잃어버렸다면 화나지 않을 부모가 없으리라. 그것도 아이가 아껴서 모은 돈 4만 원과 함께라면 민지 어머니의 표현처럼 울화통이 터질 것이다. 이런 경우, 민지 어머니가 했던 것처럼 우선 입을 다문다. 잠깐 멈춘다. 기다리며 생각한다. '내가 왜 화가 날까? 잃어버린 돈이 아까워서인가? 민지가 엄마 말을 듣지 않아서일까? 습관이 되어 또 그런 행동을 할까 봐서인가? 부모님께 선물을 하고 기뻐할 민지의 행복감이 상실되었기 때문일까?'

그리고 이 일을 민지가 성숙할 수 있는 기회로 만든다. 4만 원의 등록금을 내고 교육의 기회를 얻었다고 생각하자. 4만 원의 등록금으로 더 큰 효과를 얻자는 방향으로 어머니의 관점을 바꾼다면 감정 정리가 가능하지 않을까. 물론 부모의 관점을 바꾸는 일은 말처럼 그리 쉬운 일은 아니다. 수강자들은 그러한 사건이 일어날 때 열 번 중 한두 번은 배운 대로 실천하고 또 일곱 번이나 여덟 번은 화를 내며 실패한다. 그러나 이렇게 실패와 성공을 거듭하는 훈련을 거치면서 수강자들은 점점 변화되어 간다.

두 번째 질문. 우선 마음의 평정을 찾는다. 그런 후에 앞에서 민지 어머니가 민지와 나누던 대화를 이어 본다.

"지갑을 어떻게 들고 왔는데?"

"짐이 많아서 여기에 끼고 왔어요."

"저런! 짐이 많아서 지갑을 손에 들고 올 수가 없었구나. 엄마가 그 생각을 미처 못하고 심부름을 시켰네. 난 네가 그 일을 할 수 있다고 생각했거든."

"아녜요, 엄마. 제가 잘 챙겼으면 되는데요."

이쯤 얘기하고 어머니는 저녁 준비를 한다. 민지가 적당히 후회하고 괴로워할 시간을 준 후, 저녁 먹기 전에 민지에게 말한다.

"민지야, 애써 모은 돈을 잃어버려서 후회스럽고 괴롭지? 사람은 이런 일들을 겪으면서 점점 성숙한 사람으로 변하는 거야. 4만 원이란 가치를 지닌 돈을 길에서 잃어버리면 무의미하게 없어지지만 그 돈을 잘 쓰면 4만 원의 가치를 40만 원만큼, 아니 4백만 원만큼 가치 있게 쓸 수도 있어. 이번 아빠 엄마 결혼 기념일엔 민지의 아주 작은 선물도 엄마 아빠는 값진 선물로 기쁘게 받을 거야. 민지야, 배고프지? 엄마는 네가 사 온 두부로 찌개를 맛있게 끓였어. 우리 저녁 먹을까?"

이렇게 얘기하면 민지가 어떻게 받아들일까. 그런데 가끔은 위의 대화에 대해서 의문을 제기하는 수강자들도 있다. 엄마가 심부름을 시켰기 때문에 민지가 지갑을 잘 챙길 수가 없었으므로, 엄마도 지갑을 잃어버린 데 일말의 책임이 있다는 얘기를 한다. 그러면 민지가 본인이 잘 챙겼어야 했다고 대답하지 않고 "그래요. 엄마가 심부름 시켜서 지갑을 잃어버렸어요." 하면 뭐라고 대답해야 할까. 물론 그럴 때에도 아이의 말을 잘 들어 준다.

"그러게 말이야. 엄마가 충분히 생각을 못했어. 미안해. 엄마는 네가 4학년이라 그 심부름을 함께 할 수 있으리라 믿었거든."

여기까지 말하고 저녁 준비를 끝낸 후에 아이의 방으로 들어가서 말한다.

"민지야, 엄마 심부름 때문에 돈이 든 지갑을 잃어버려서 아직도 엄마에게 화가 안 풀렸지?"

"아녜요, 엄마. 제가 잘못했어요."

이런 대화가 가능하지 않을까.

세 번째 질문. 지금 상태에서 민지 어머니가 할 수 있는 일은 무엇일까. 만일 당신이 민지의 상황에 놓였다면 어머니에게 무엇을 바라겠는가. 적절한 때를 찾아서 민지 어머니는 민지에게 적당할 것이라고 생각되는 돈을 주며 말한다.

"민지야, 이 돈은 네게 주는 특별 보너스야."

"보너스?"

"그래, 우리 민지가 지갑을 잃어버려서 무슨 돈으로 엄마 아빠에게 선물을 할까 고민하고 있을 테니까. (귓속말로) 이건 민지와 엄마만의 비밀이다."

어머니에게서 이해의 보너스를 받은 민지가 훗날 어른이 되었을 때 오늘의 이 일을 회상하면 행복하지 않을까?

천사표 엄마 되기

아, 드디어 기다리던 비가 왔습니다. 저 혼자 가슴속에 간직해 오던 작은 꿈을 펼칠 날이 온 것입니다. 저는 설레는 마음으로 유치원에 가야 할 딸을 조심스럽게 깨웠습니다. 초등학교 때 소풍가는 날 아침의 기분이었습니다.

저는 과수원집 칠남매의 막내딸로 태어났습니다. 동네에서는 부잣집이라고 했지만 친정 어머니는 베풀기를 좋아하셔서 어려운 이웃집 거둬 먹이는 일은 잘 챙기시면서, 제 가방이며 교복, 운동화에는 별로 신경을 쓰지 않으셨습니다. 저는 언니들이 입다가, 또 신다가 작아진 옷과 신발을 물려받아야 했습니다. 특히 비 오는 날은 제대로 된 우산을 차지하기 위해 일찍 서둘러야 했습니다. 그래서 어떤 날은 텅 빈 교실에 혼자 앉아 한 시간 정도 지나야 친구들이 하나 둘 들어오기 시작한 적도 있었습니다. 그러나 언니들이 신던 장화는 내 발보다 커서 진흙길에 빠지면 발만 빠져 나와 엉망이 되곤

했습니다.

그때마다 저는 결심했습니다. 이담에 내가 커서 엄마가 되면 내 아이들에게는 발에 꼭 맞는 신발을 사 주어야지, 거기에 비옷과 장화는 빨간색, 노란색으로 사 주어야지, 우리 반 정희처럼. 정희는 비 오는 날이면 공주처럼 보였습니다. 일본에서 사 왔다는 모자 달린 노오란 비옷, 우산과 장화까지 같은 색상으로 입은 정희는 걸어 다니는 진달래꽃처럼, 노오란 병아리처럼 예뻤습니다. 얼마나 부러웠는지요. 내가 딸을 낳으면 그렇게 해 주어야지. 그러면 아이는 나비처럼 빗속을 걸으며 행복해 하겠지 생각하며 저는 그날을 기다렸습니다.

친구들 중에서 가장 먼저 결혼한 저는 큰 눈을 가진 두 딸을 낳았습니다. 아이들은 제 이상대로 키울 수 있을 것 같았습니다. 저는 아이들에게 많은 것을 보여 주기 위해 벽돌 공장이며 목공소를 찾아 다녔고, 파도 소리를 들려 주기 위해 바닷가도 찾아갔습니다. 비 오는 날은 빗방울이 만드는 수많은 동그라미를, 풀잎 뒤에 맺힌 이슬방울을 찾으며 추억을 만들어 주었습니다. 아이들은 제가 원하는 대로 따라 주었습니다. 자녀와 갈등을 겪는 부모들을 보면, 그들은 왜 부모 노릇을 제대로 못하는지 안타까웠습니다.

드디어 큰아이가 유치원에 입학했습니다. 색연필과 크레파스, 신발, 유치원복을 준비했습니다. 더욱이 빨간 땡땡이 무늬가 있는 비옷과 빨간 장화를 신용 카드로 살 때는, 예산상 무리가 되기는 했지만 아이가 행복해 할 것을 생각하자 제 가슴은 기쁨으로 가득 찼습니다.

저는 비 오기를 기다렸고, 드디어 약간 쌀쌀한 그날 봄비가 왔습니다. 저는 준비한 비옷과 장화를 현관에 나란히 놓고 딸에게 말했습니다.

"은지야, 이걸 입고 가. 엄마가 너 주려고 사 놓은 거야."

"싫어요, 엄마."

저는 귀를 의심했습니다. 이렇게 예쁜 비옷을 싫다니. 내가 삼십 년 이상 기다린 날인데. 비옷 입고 좋아서 춤추는 딸을 꿈에서도 그려 보았는데……. 저는 배신감까지 들었습니다.

"아니, 뭐! 싫다고?"

제 격앙된 음성에 기가 질렸는지 아이는 겁에 질린 채 말했습니다.

"나, 우산만 쓰고 갈래요."

"이렇게 예쁜 옷이 싫다니. 오늘은 날씨도 쌀쌀하니까 이 옷 입고 가. 엄마 말 들어. 알았지!"

저는 감정을 죽여 가며 말했습니다.

"싫어, 엄마는……."

"우산은 매일 썼잖아. 오늘은 이걸 입고 가. 엄마 말 들으면 손해 날 것 없잖아. 어서!"

"…… 알았어요."

딸의 대답이 떨어지기가 무섭게 저는 비옷에 딸의 팔을 구겨 넣어 억지로 입혀서 내보냈습니다. 저는 비옷을 입고 가는 예쁜 딸의 모습을 보려고 3층인 아파트의 베란다로 나가 아파트 현관 입구를 내려다보았습니다. 저는 제 눈을 의심했습니다. 아파트 현관을 막 나간 제 아이는 비옷을 벗어 신경질적으로 가방에 쑤셔 넣고는 비를 맞으며 유치원 버스를 향해 달려 가는 것이었습니다.

“아니, 저 녀석이!”

저는 한걸음에 현관까지 달려갔습니다. 아이가 탄 버스는 이미 떠나고 있었습니다. 온몸에 기운이 쑥 빠졌습니다. 힘없이 터덜터덜 되돌아 걸어오는 저는 맨발이었습니다.

순하고 착한 내 딸에게 어떻게 그런 반항기가 숨어 있었을까. 왜 이렇게 엄마 마음을 몰라 줄까. 원망을 하고 또 했습니다. 오후엔 비가 멎었습니다. 유치원에서 돌아온 아이는 아침 일은 까맣게 잊은 듯 즐거운 표정이었습니다.

“은지야, 비옷은?”

아이는 짧게 묻는 제 굳은 목소리에 당황한 듯 유치원 가방을 바라보며 말을 못했습니다.

저는 아이의 가방에서 구겨진 우의를 꺼내며 힘주어 말했습니다.

“너 이 옷 다시는 입지 마! 엄마가 하고 싶은 것 안 하고 돈을 아껴서 사 줬는데.”

“엄마, 죄송해요. 다음에……”

“그만둬! 옷을 안 입으려면 엄마 앞에서 입지 말지, 엄마 없는 데서 왜 벗어? 내 다시 이런 것 사 주나 봐라. 그리고 다신 입으라고도 안 해! 옆집 경숙이 줄 거야.”

“엄마……”

“엄마라고 부르지도 마!”

아이가 비옷을 잡았습니다. 제가 빼앗았습니다. 서로 당기고 빼앗는 바람에 비옷 겨드랑이 부분이 찢어졌습니다. 아이가 울면서 말했습니다.

"엄마는 엄마 맘만 있어요? 내 맘도 있단 말이에요. 다음에 꼭 입으려고 했는데."

그 순간 저는 숨이 막힐 것 같았습니다. 뭔가에 뒤통수를 맞은 듯했습니다. 그러나 입으로는 익숙한 제 생각이 쏟아지고 있었습니다.

"뭐라고? 맘이 있다고? 쪼끄만 게 맘은 무슨 맘이야!"

그러나 더 이상 말을 이을 수가 없었습니다.

제가 말이 안 되는 말을 하고 있다는 사실을 어렴풋이 느낄 수 있었으니까요.

한순간 치른 전쟁, 정신을 차리고 보니 저 자신이 무척 초라했습

니다. 갑자기 아이가 성장하고 있다는 사실이 두려워졌습니다. 지금까지 최고의 엄마라고 자처하던 제 어리석음이 보이기 시작했습니다. 그동안 어느 순간에도 아이들의 맘을 의식한 기억이 없었습니다. 아이들이 제 뜻에 따라 준 것은 제가 아동학을 전공한 완벽한 엄마 노릇을 했기 때문이 아니라, 제가 무서웠기 때문이었습니다. 방법을 바꿔야겠구나. 제대로 사랑하는 방법을 배워야겠구나. 큰맘 먹고 샀던 제 환상 속의 비옷은 한번 제대로 입혀 보지도 못한 채 찢겨졌지만 결코 헛된 것은 아니었습니다. 제 아집이 깨어지기 시작했으니까요. 그 날 아이가 울며 항변했던 화살이 제게 아픔으로 꽂히지 않았다면 오늘 제가 이 강사라는 자리까지 올 수 없었을 것입니다.

그날 이후 새로운 방법을 찾던 중 선생님과 이 프로그램을 만나게 되어 열심히 배우기 시작했습니다. 그러나 굳어진 제 행동은 쉽게 변화되지 않았습니다. 이론으로는 그렇지, 그래야지, 변해야지 하면서도 실제 상황에 부딪히면 여전히 힘이 들었습니다.

유치원생이던 큰딸이 초등학교 3학년이 되었을 때였습니다. 은지는 서예 학원에 6개월 정도 다녔는데, 오른쪽 팔을 다쳐 석고 붕대를 하는 바람에 4개월 정도 쉬었습니다. 붕대를 풀고 다시 서예 학원에 다니기 시작한 사흘 만에 아이는 제게 말했습니다.

"엄마, 모레 서예 대회가 있는데 나 나갈래요."

'애가 제정신이야. 겨우 6개월 배우고 4개월 쉬고 나간 지 이제 겨우 3일쨌데 대회에 나가겠다니. 그것도 그 다음날 학교에서 시험이 있는데 요녀석이 공부하기 싫어서?'

생각대로라면 소리 지르고 싶은데 참으며 말했습니다.

"서예 대회에 나가고 싶다고?"

"네, 엄마."

"그동안 팔을 다쳐서 연습을 못 했는데?"

"엄마, 선생님께서 그러셨는데요. 상을 받는 게 중요한 것이 아니라 참가하는 데 의의가 있대요. 모두 경험이 된다고 나가고 싶은 사람은 다 나가래요."

'그래도 그렇지. 주제 파악을 해야지. 안 돼!' 라고 소리치고 싶었지만 아이를 존중해야 한다는 말이 생각났습니다.

"그래, 참가하면 배우는 게 많다고?"

"그래요, 엄마."

"글쎄 ……. 그 다음날이 시험인데. 너는 수학이 약해서 수학 공부는 꼭 해야 할 텐데."

"엄마, 대회가 오전에 끝나니까 늦어도 오후 1시까지는 올게요. 집에 와서 그때부터 열심히 할게요. 그리고 나, 선생님께 나간다고 했거든요."

"그래, 엄만 네 약속을 믿을게."

"고맙습니다."

다음날 오후 1시. 아이는 돌아오지 않았습니다. 또다시 감정이 끓어올랐습니다. 그렇다니까! 뭐, 아이들을 인격체로 존중해주어야 한다고? 오기만 해 봐라. 그러나 한편으로는 '아니지. 참고 기다리고 이해하고 용서해야지. 마음이 오락가락했습니다. 오후 4시 45분. 아이가 몸이 축 처진 채 고개를 숙이고 현관으로 들어섰습니다.

'나가, 너 지금 몇 시야? 엄마 말이 말 같지 않다 이거지!'

계속 튀어나오려는 말을 삼켰습니다. 아이는 기어 들어가는 목소리로 말했습니다.

"엄마, 빨리 샤워부터 하고 올게요."

외출했다 돌아오는 아이들에게 맨 먼저 하는 제 말을 오늘은 은지가 했습니다. 저는 표정으로 승낙하고, 샤워하는 아이를 기다리며 마음을 달랬습니다.

'자식 교육은 인내야, 기다림이야, 고통이 동반된다고.'

아이와 수학 공부를 시작했습니다. 아이는 제 분노가 언제 터질지 겁에 질려 있었습니다.

'이건 아니야. 배운 대로 해 보자.'

저는 마음을 다지며 말했습니다.

"은지야, 엄마가 화낼까 봐 불안하지?"

대답 대신 고개를 끄덕이는 아이 눈에 눈물이 고였습니다.

"늦을 만한 특별한 사정이 있었겠지?"

"네, 엄마. 끝나고 나오는데 선생님께서 핫도그 사 주신대요. 줄을 섰는데 한 시간 사십 분을 기다렸어요."

'그렇게 사람이 많으면 그냥 오지.' 하고 싶었으나 또 참았습니다.

"기다리면서 많이 초조했겠다. 엄마와의 약속도 지켜야 하고 선생님 말씀도 뿌리칠 수 없고."

"그래요. 엄마, 흑…… 흑…… "

아이는 서럽게 울면서 말을 이었습니다.

"버스도 두 대나 놓쳤어요. 집에 전화하려고 전화기 앞에서 기다리는데, 세 번째 버스가 와서 급히 타느라고 전화도 못했어요."

"엄마에게 늦은 사정을 알리려고 마음을 많이 썼구나."

"네, 애들은 지금 밖에서 고무줄 놀이를 하는데 저는 먼저 왔어요. 지금부터 열심히 할게요."

그날 은지는 늦게까지 짜증내지 않고 공부했고, 시험 성적도 좋았습니다. 그러나 모든 문제는 그렇게 끝난 것이 아니었습니다.

이제 은지는 5학년이 되었고, 저와 잘 지내고 있습니다. 그런데 얼마 전 투명 테이프를 찾다가 은지의 책상 서랍을 열게 되었고, 거기에서 구겨진 종이 쪽지를 보게 되었습니다.

구겨진 쪽지에 써 있는 내용은 또 한 번 저를 내리쳤습니다.

'엄마는 악마다. 나에게 화를 낼 때면 꼭 악마 같다. 나는 언젠가 이 악마 곁을 떠날 것이다. 어서 빨리 떠나고 싶다. 동생도 싫다. 엄마는 맨날 동생 편만 든다 ……'

저는 눈을 감았습니다. 아이들이 저를 천사라고 생각할 것이라던 착각에서 깨어났습니다. 그동안 힘들게 노력했는데 아직도 여전히 악마라니. 내 노력의 대가는 무엇이란 말인가. 저는 힘이 빠졌습니다. 그 날까지 배운 모든 것을 총동원하여 기회를 봐서 은지에게 말했습니다.

"은지야, 네게 사과할 일이 있는데."

"뭔데요, 엄마?"

"엄마가 투명 테이프를 찾다가 네 허락도 없이 네 책상 서랍을 열었어."

"엄마, 거기 내가 버리려던 쪽지도 봤어요?"

"그래, 엄마가 그 쪽지를 보면서 많이 괴로웠어. 엄마가 널 얼마나 힘들고 괴롭게 했으면 네가 엄마 곁을 떠나고 싶다고 했을까 하고 말이야. 엄만 네가 없으면 못 살아."

은지는 제게 매달려 울면서 말했습니다.

"엄마, 그건 버릴 거예요. 지금은 아니에요. 그건 전에, 이전의 맘이에요. 그래서 그걸 찢어서 버리려고 했어요. 지금은 엄마가 얼마나 나아졌다고요."

"그렇게 생각해 줘서 고맙다. 엄마는 네게 좋은 엄마가 되도록 계속 노력하고 있는데, 그게 잘 안 되네."

아이와 함께 울고 나니까 서럽긴 했지만 조금은 위로를 받은 듯했습니다.

그렇다. 아이들의 눈은 객관적이다. 부모를 얼마나 냉정하고 정확하게 보고 있는가. 그래서 아이들은 어른의 스승이라고 했던가. 갈등을 능력으로 키워 모범적인 강사가 된 그는 다음과 같이 말을 맺었다.

제가 5년 가까이 꾸준히 노력했지만, 제 아이 눈에는 '얼마나 나아졌는데요.' 였습니다. 저는 그동안 힘겹게 노력하면서, 아이들이 말은 하지 않지만 나를 천사표 엄마로 여기겠지 하고 짐작했습니다. 그런데 나아지고 있다는 거예요.

그런데 며칠 전이었습니다. 은지가 제게 다정스럽게 매달리며 말했습니다.

"엄마, 요즈음은 가끔 엄마가 천사 같다는 생각이 들 때가 있어요."

"고맙다."

눈물이 핑 돌았습니다. 저는 은지를 끌어안으며 저 자신에게 말했습니다.

''악마 엄마'에서 '가끔은 천사 엄마'로 바뀌는 데 5년이 걸렸구나. 5년 더 노력하면 '언제나 천사 엄마'가 될 수 있지 않을까. 그러면 강사로서도 조금은 자신이 서겠지. '파이팅!'' 하고요.

그가 발표하던 날 창밖에는 그를 격려하듯 봄비가 따뜻하게 내리고 있었다.

저희 집은 어머니 왕국이에요.

　며칠 전이었습니다. 제 친정 오빠가 강아지 한 마리를 들고 와서 누구 줄 사람 없느냐고 하는 거예요. 마침 옆에 있던 남편이 자신이 근무하는 유치원에 갖다 주겠다며 받아 놓았습니다.

　저녁 때 직장에서 퇴근한 올해 스물넷인 큰아들이 웬 강아지냐고 묻는 거예요. 아들은 강아지에 대한 사연을 듣더니 집에서 키우자고 했습니다. 저는 강아지를 아파트에서 키우려면 냄새도 나고 털도 빠지고 이웃에서 싫어하기 때문에 못 키우고 유치원에 갖다 주어야 한다고 했습니다.

　아들은 그렇다면 꼭 줄 사람이 있으니까 며칠만 데리고 있자며 부탁하는 것이었습니다. 그리고 나흘이 지났습니다. 저는 냄새와 털 때문에 더 이상 참을 수가 없었습니다. 저는 아들이 출근한 후에 집을 나서는 남편에게 강아지를 유치원에 갖다 주라고 보냈습니다.

　그날 저녁 퇴근한 아들이 자기 방 여기저기에서 강아지를 찾다가 물었습니다.

"어머니, 강아지 어디 있어요?"

저는 방 밖에서 큰 소리로 대답하려다가 대화 방법을 배우고 있는 중이어서 아들 방으로 들어가서는 부드럽게 말했습니다.

"강아지는 아버지가 유치원에 가져가셨어."

아들이 눈을 크게 뜨고 큰 소리로 저를 보며 말했습니다.

"왜요? 제가 내일 누구 갖다 준다고 했는데 강아지를 보냈어요?"

아들의 큰 소리에 대화 방법이고 뭐고 다 없어지고 목청껏 소리질렀습니다.

"야! 네가 가지고 간다고 해 놓고 안 가져가니까 그랬지."

"제가 분명히 어젯밤에 말했잖아요. 내일은 갖다 줄 테니까 아버지가 강아지 가져가시지 않게 해 달라고요."

"나는 그 말을 못 들었다. 네가 전부터 누구 준다고 하는 말만 들었지."

"어머니가 제 옆에 계실 때 분명히 얘기했는데 왜 못 들어요. 강아지를 유치원에 보내고 싶으니까 그런 거 아녜요?"

"그게 아니야."

"아니긴 뭐가 아녜요!"

아들은 저를 마주 보며 눈을 부릅떴습니다. 그 순간 저는 보이는 게 없었습니다.

"야, 이놈아! 너 어디다 대고 아까부터 눈을 부릅떠? 그 강아지 새끼가 그렇게 중요해?"

"그래요, 난 중요해요."

아들은 눈물을 흘리며 방문을 주먹으로 쾅 쳤습니다.

"아니! 이 자식이 너 어디라고 방문을 치냐, 방문을. 너 그러다가 이 에미도 치겠다."

"어머니, 나가세요."

아들은 저를 떠밀며 방문을 세게 닫았습니다. 저는 아들의 방문을 거칠게 열고 소리쳤습니다.

"야! 이 ××야, 나가! 꼴도 보기 싫어. 어디를 밀어붙여! 난 정말 네가 꼴 보기 싫어 죽겠다. 너 그럴 적마다 정이 뚝뚝 떨어져. 이젠 집을 나가든지 말든지 마음대로 해."

저는 아들의 방문을 힘껏 닫고 나왔습니다. 저는 제 방으로 들어와 벌렁 누웠습니다. 조금 후 아들은 양말을 신고 주섬주섬 옷가지들을 챙기는 것 같더니 밖으로 나갔습니다. 오늘까지 사흘이 지났는데 돌아오지 않고 있습니다. 부드럽게 말하려고 했지만 화가 나니까 아무 소용이 없었습니다. 무슨 말을 어떻게 해야 하나, 아무것도 생각나지 않았습니다.

아들이 들어오지 않은 첫날은 괘씸하고 원망스러운 마음으로 속이 부글부글 끓었습니다. 그러나 하루이틀 지나면서 가만히 생각해 보니 제 잘못도 크다는 생각이 들었습니다. 제가 싫다는 생각만 했지, 아들이 좋아한다는 생각은 못했습니다. 제 말버릇 때문에 집안에 불화가 인다고 친정 동생이 권해서 이 교육을 받고 있습니다만, 결국 그 몹쓸 지랄병이 다시 도져서 이렇게 망쳐 버렸네요. 회사로 아들에게 제가 먼저 전화를 해야 합니까, 내버려 둬서 아들이 전화하거나 돌아오게 해야 합니까? 이럴 때 어떻게 하면 싸우지 않고 다시 잘 지낼 수 있습니까?

위와 같은 질문은 수강자들과 역할극을 하고 토론하는 과정에서 방법을 찾는다. 우선 어머니는 자신이 아들을 독립된 인격체로 존중하는지, 부모의 소유물로 생각하는지를 점검해 보아야 한다. 아들을 하나의 독립된 인격체로 존중한다면 아들이 가져간다고 한 강아지를 귀찮고 짜증이 난다고 해서 아들과 한마디 상의도 없이 다른 곳으로 보낼 수 있었을까? 아들을 존중했다면 아마 다음과 같이 말했을 것이다.

어머니 애, 강아지를 나흘 동안 데리고 있었는데 냄새랑 털 때문에 더 이상 집에 두기가 어렵구나. 엄마는 줄 사람에게 빨리 줬으면 하는데 네 계획은 어떻게 되니?
아들 알았어요, 어머니. 내일은 제가 쉬는 날이니까 내일까진 꼭 가져갈게요.
어머니 그래, 미안하다. 네가 꼭 키우고 싶은 강아지를 못 키우게 해서.
아들 괜찮아요. 나중에 작은 집이라도 단독 주택으로 이사가면 그때 키우죠.
어머니 그래, 엄마를 이해해 줘서 고맙다.

이렇게 따뜻하고 편안하게 마음을 주고받을 수 있을 것이다. 그리고 지금 아들의 회사로 전화를 할 것인지 아닌지는 다음 질문의 대답으로 해결 방법을 찾을 수 있다.

결혼한 딸의 집에서 함께 산다. 같은 상황이 벌어진다. 딸이 얻어 온 강아지를 친구에게 주기로 양해를 얻었다. 하루이틀 늦어지자 딸은 한마디 상의도 없이 강아지가 귀찮다며 남에게 줘 버렸다. 딸에게 섭섭하다고 했더니 "그렇게 섭섭하시면 집을 나가든지 말든지 어머니 마음대로 하세요." 하는 말에 집을 나왔다. 이 경우 당신이 어머니라면 스스로 집에 들어가겠는가, 아니면 딸이 다음과 같이 말하길 바라겠는가.

"어머니, 강아지 일로 마음 상하게 해드려서 죄송합니다. 어머니께서 누군가에게 강아지를 주시기로 먼저 약속하셨는데 제가 그 약속을 지키지 못하게 만들어 버려서 죄송해요. 또 제 생각대로만 일을 처리해서 많이 후회하고 있습니다. 어머니, 강아지 도로 갖다 놓고 기다리고 있습니다. 염치없지만 오늘 저녁에 어머니를 뫼시러 가도 될까요?"

당신이 상대방에게 듣고 싶은 대로 행동한다면. 방법을 찾게 될 것이다.

지난 여름 방학에 대화 방법을 배운 대학교 2학년 남학생인 재경이의 말이 생각난다.

그날 저는 학교에서 돌아왔는데 너무 지쳤어요. 그냥 잘까 하다가 제가 씻지 않고 자는 모습을 어머니가 보시면 걱정하시기 때문에 대강 씻었습니다. 얼른 방으로 들어가려는데 어머니와 마주쳤습니다.

“얘, 씻고 들어가라.”

“예, 씻었어요.”

“씻었다고? 어디 보자. 씻었다는데 목 둘레랑 이게 뭐냐. 비누도 제대로 안 묻히고. 깨끗이 좀 씻어라. 피곤하다고 핑계대지 말고.”

‘씻었다고요. 자, 냄새 맡아 봐요. 비누 냄새가 나나, 안 나나’ 라고 투덜대며 제 방으로 들어가고 싶었지만 대화 방법을 배우고 있었으니까 그럴 수 없었습니다. 잠시 멈추어서 생각했죠. 뭐라고 말할까 하고요. 저는 생각한 다음에 말했습니다.

“어머니, 제가 깨끗이 씻고 자야 어머니 마음이 편안하시죠? 물론 저를 위해서요. 예, 다시 씻을게요.”

일단 그렇게 말을 하고 저는 다시 씻고 잠자리에 들었습니다. 그런데 쏟아지던 잠은 사라지고, 몸은 깨끗이 씻어서 개운한 것 같은데 마음은 훨씬 무거웠습니다. 대학교 2학년생인 저는, 어머니에게 초등학교 2학년 취급을 받고 있는 것 같았습니다. 그리고 그 안에서 길들여지고 있습니다. 저희 집은 어머니 왕국이에요. 어머니 말씀대로 따르는 것이 저희 집 평화를 유지하는 방법이죠. 그런데 제 의문점은 여기서 배운 대로 어머니가 편안하시도록 말을 했는데 제 답답증은 그대로 남아 있다는 것입니다. 뭐가 잘못되었는지 잘 모르겠습니다.

재경이는 어머니의 마음만 헤아리고 본인의 생각이나 느낌은 말하지 않았다. 다시 재경이가 어머니에게 말한다.

“어머니, 제가 깨끗이 씻고 자야 어머니 마음이 편하시죠? 물론 저를 위해서요. 그런데 어머니, 제가 오늘 너무 지쳐서 빨리 들어가 쉬고 싶어서 대충 씻었거든요. 그런데도 또 씻으라고 하시니까 제가 아직도 초등학교 2학년 취급을 받는구나 싶어서 저 자신이 미미한 존재로 느껴져요. 그렇지만 이 집은 어머니 왕국이니까 집안의 평화를 유지하기 위해서 다시 씻어야겠구나 생각해요. 다시 씻을게요.”

이렇게 재경이의 생각이나 느낌만 말한다.

“선생님, 그렇다면 제 마음은 시원하겠지만 어머니 마음이 상하지 않으실까요?”

물론 재경이 어머니의 기분이 상할 수도 있다. 그러나 생각해 보게 될 것이다. 어머니의 행동이 변할 수도 있다. 성장을 위해서는 아픔을 동반해야 한다는 것이 진리가 아니겠는가. 그리고 재경이는 어머니를 이해하려고 노력해야 한다. 자식이 60세가 넘어도 집을 나갈 때 “차 조심해라.” 말하며 걱정하는 부모의 심정을 헤아려야 한다. 또한 재경이는 자신이 아버지가 되면 초등학교 2학년인 자녀에게 대학교 2학년처럼 대우해 주어야 한다는 것을 잊지 말아야 한다. 모범적인 수강자였던 재경이는 다음과 같은 결론으로 나를 격려해 주었다.

“우울하고 답답한 인간 관계에 희망이 보입니다. 열심히 노력하겠습니다.”

이어서 민수 어머니의 사례다.

지난 여름방학이었다. 초등학교 5학년인 민수가 3박 4일 예정으로 캠핑 떠날 준비를 하고 있었다. 수건, 손전등, 치약, 칫솔, 비누, 내의, 점퍼 등이 준비 품목이다. 안내문에 적은 소지품을 준비해서 한군데 모아 놓고 배낭에 차례차례 집어 넣고 있다. 예전 같았으면 아들이 뭐라고 하든 민수 어머니가 챙겼을 텐데 믿고 맡겨 보자는 결심을 하고 아들에게 모든 것을 맡겼다.

"민수야, 네 가방을 엄마가 챙겨 줄까, 네가 챙길래?"

"제가 할게요."

기다렸다는 듯이 민수는 기분 좋게 소지품들을 챙겼다. 적당한 순서대로 가방에 담으려고 이걸 들었다 저걸 들었다, 요것조것 바꾸어 가며 잘하려고 애쓰는 것 같았지만, 민수 어머니가 보기엔 도저히 양에 차지 않았다.

"민수야, 내의 같은 것은 밑에 넣고 수건은 맨 위에 넣으면 편리하게 꺼내 쓸 수 있잖니?"

"알았어요. 제가 알아서 할게요"

"그래."

민수 어머니는 속으로는 '그게 알아서 넣는 거냐?' 하며 이것저것 제대로 넣어 주고 싶었지만 참았다. 민수 어머니는 아들의 행동을 지켜 보면 간섭하게 될 것 같아서 눈을 돌렸다. 마침, 준비물에 관해서 적은 안내문 쪽지가 눈에 들어왔다. 쪽지 맨 끝에는 '각자 소지품에 이름을 써 붙이거나 표시할 것' 이라고 써 있었다. 민수 어머니는 놀라며 아들에게 말했다.

"민수야, 자기 소지품에 자기 것이라고 표시하래."

"알고 있어요."

"그럼 표시했니?"

"아뇨, 제 물건이니까 표시하지 않아도 찾을 수 있어요. 괜찮아요."

'괜찮긴. 같은 상표의 제품이 많은데 뒤섞이면 어떻게 찾겠니? 빨리 꺼내서 표시해!' 라고 큰 소리로 말하고 싶었지만 참았다.

"민수야, 요즘은 똑같은 제품이 많아서 섞이게 되면……."

"알았어요. 제가 알아서 한다니까요!"

더 이상 참을 수가 없었다. 민수 어머니의 언성이 높아졌다.

"그래, 알았어. 그러다가 너 갖고 간 물건들 하나라도 잃어버리고 오기만 해 봐라!"

민수는 소지품을 챙기던 일을 멈추고 숨을 크게 몰아 쉬더니 말했다.

"에이씨, 네 맘대로 하라면서 아까부터 잔소리만 하고. 몽땅 바닷물에 빠뜨리고 올까 보다!"

민수 어머니는 입을 다물었다. 속으로는 '뭐라고? 아까부터 잔소리 한다고? 내가 얼마나 참았는데 그래 잘한다. 이번에 소지품 몽땅 버리지 않고 하나라도 남기고 오기만 해 봐라. 가만두지 않을 테니까.' 하는 말들이 거침없이 솟아올라 왔지만 '이건 아니야. 이런 말은 아니었어.' 하며 참고 또 참고 말했다.

"민수야, 미안해. 네가 알아서 잘할 텐데 엄마가 잔소리를 많이 해서 미안해. 널 믿고 맡길게."

"…… 알았어요."

민수의 대답이 부드러웠다. 민수가 가방 챙기던 일을 마무리지었다. 민수 어머니는 안도의 숨을 쉴 수 있었다. 민수 어머니는 여행 떠나는 아들을 껴안으며 말했다.

"민수야, 재미있게 지내다 와라. 그리고 아까는 정말 미안했어.

이렇게 의젓한 아들을 아직도 엄마는 어린애로 착각하고 있어. 이제 널 믿을게."

"저도 화내서 죄송해요. 다녀오겠습니다."

민수가 활짝 웃으며 말했다. 가방 메고 저만큼 걸어가던 민수가 뒤에서 지켜보는 어머니에게 두 손가락으로 브이 자를 만들어 높이 쳐들고 흔들었다. 민수 어머니는 아들의 흉내를 내며 두 손을 흔들었다. 민수 어머니도 다음과 같이 매듭을 지었다.

"하마터면 아들과 또 싸울 뻔했습니다. 아들이 '바닷물에 다 빠뜨리고 올까 보다 했을 때 예전 성질대로라면 '너 가지 마! 엄마 말에 그 따위로 대답해? 가지 마! 너는 소용 없어. 너 같은 자식은 필요 없다고. 나가!' 했을 거예요. 이 대화 방법을 통해 배운 방법을 깜빡깜빡 잊어버리다가도 '아차, 이게 아니지.' 하고 생각이 바뀌면 조금씩 할 수 있더라고요. 결국 올바른 부모 역할은 부모 자신과의 싸움에 있었습니다. 제 목소리를 낮추는 데 있었습니다."

복잡한 버스에서 흔히 있는 일이다. 갑자기 차가 멈출 때 넘어질 뻔하면서 옆사람의 발을 밟는다. 발을 밟은 사람은 발을 밟힌 사람에게 진심으로 미안하다.

"…… 정말 죄송합니다."

"아, 네. 괜찮습니다. 어디 다치신 데는 없으신가요?"

오히려 미소를 띠며 이해해 주고 염려해 주는 상대방을 만날 때는 고맙고 한층 미안해진다. 지금부터 단단히 준비해서 버스가 갑자기 멈추더라도 넘어지지 말아야지, 다른 사람에게 폐가 되지 않도록 조심해야지 하고 결심하게 된다. 이해받은 데 대한 고마움이 오래도록 기억에 남는다. 그 기억은 우리를 온화하게 만들고 너그러운 쪽으로 성장하게 한다.

그러나 다음과 같은 상황이 벌어진다면 어떻게 될까?

"정말 죄송합니다."

"이 사람이 정신이 있나! 죄송한 줄 알면 조심해야지. 눈은 어디다 붙이고 다녀!"

"어머?"

이럴 때 '누구는 밟고 싶어서 밟았나!' 하는 생각에 겉으로는 표현하지 않더라도 속으로는 억울해 하며 미안한 생각도 사라지게 된다. 마음으로 상대방을 미워하면서 욕까지 하게 된다. 인간의 감정은 참으로 묘하다. 같은 상황에서 상대방에게 이해받았을 때와 이해받지 못했을 때의 감정이 달라진다.

나는 지금도 버스를 타면 생각난다. 복잡한 버스에서 내게 발을 밟힌 아주머니가 "학생, 괜찮아요?"라고 하시던 그 부드러운 음성. 많은 세월이 흘렀지만 미안해서 말도 못하고 쩔쩔매는 내게 보내 주던 그 미소와 목소리는 때때로 좁아지는 내 마음을 넉넉하게 이끄는 힘이 된다.

우리 부모들은 대부분 자녀들에게 밟히는 입장이라고 생각한다. 행여나 부모들이 자녀를 밟고도 자녀가 미안하다는 말 한마디 할 줄 모른다고 섭섭해 하지 않았는지? 잘못했다고 미안해하는 자녀를 이해하기보다는 억울하고 화나게 만들어 '다음엔 잘해야지.' 하는 마음을 망가뜨리고 빗나가게 만들어 놓고, 왜 화내고 덤비느냐고 나무라고 있지는 않는지?

부모도 잘못할 때가 많은데 자녀들이 성장하는 과정에서 실수하는 것은 당연한 일 아닌가. 그런데 우리는 어떻게 대하고 있는가. 너그럽게 용서하는 방법을 보여 주며 가르쳐 주는가. 밟힌다고 일방적으로 따지고 다시 더 세게 밟지는 않았는가. 사회 곳곳에서 부모들이 가르쳐 주고 보여 준 대로 다시 자식에게 되돌려 받는 건 아닐까?

선생님! 저희 아이들 천당 좀 보내 주세요

늘 생각하면서도 자녀들이 하는 말에 어떻게 대답을 해야 할지 때때로 난감할 때가 있다. 그것은 부모가 확고하고 뚜렷한 가치관을 갖고 있지 않을 때 더더욱 그렇다. 가령 다음과 같은 상황에서 대화가 오갈 때 무슨 말을 어떻게 해야 할까.

60대 중반인 한솔이 할머니는 딸과 외손자의 대화를 들으며 굉장한 세대 차이를 느꼈다며 다음과 같이 말했다.

그날 저는 딸이 운전하는 차를 타고 초등학교 5학년인 외손자와 함께 청량리 로터리를 지나가고 있었습니다.

"엄마, 나는 저런 여자들 사진이나 그림을 보면 ××가 선다."

선정적인 차림과 몸짓으로 선전하는 광고 모델을 가리키며 불쑥 내뱉는 외손자의 말에 뜨끔했어요. 속으로는 '아니! 저 녀석이 아직 머리에 피도 마르지 않았는데 저런 말을 함부로 하다니?' 했는데 더 놀란 것은 딸의 대답이었어요.

"그래, 당연하지. 그 나이에 그게 안 서면 바보거나 병신이거나 이상한 거야."

외손자는 안심이라는 듯, 기다리던 당연한 대답을 들은 듯 편안해 하더라고요. 저도 당시 신세대 교육을 받고 아들 셋을 키웠지만 그런 말을 들어 본 적이 없었어요. 딸의 대답이 옳은지 아닌지도 모르겠고 또 손자 손녀들이 그런 말을 할 때 어떻게 대답해야 할지 막막하고 걱정돼요.

우리 나라 명문 여자 대학을 나와 그 당시로는 신세대라고 할 수 있는 할머니의 고백이었다. 한솔이 어머니의 대답은 한솔이에게 어떤 영향을 끼칠까. '음성'은 한순간 허공으로 사라져 버리지만 그 의미는 한솔이의 마음에 박히고 심어질 것이다. "여자의 선정적인 사진이나 그림을 보면 당연히 서는 것이고 그렇지 않으면 바보나 병신이야." 초등학교 5학년이 늘 그럴까. 때때로 그렇지 않을 때, 또는 그렇지 않다는 친구의 말을 들을 때 바보나 병신이라는 생각이 들지는 않을까.

무엇이든지 처음 배울 때가 중요하다. 한번 입력이 되면 그것을 지우거나 고치기가 어렵기 때문이다.

내가 1960년대 남학교의 교사로 근무할 때, 나를 가장 괴롭힌 것은 화장실 문제였다. 여자 화장실이 따로 없었기 때문이다. 운동장 한구석 창고 옆에 허술한 화장실이 하나 있어 그것을 사용하라고 했지만, 낮에도 어둑어둑하고 음침해서 초등학교 시절 들었던 변소

귀신이 나올 것 같아 무서웠다. 여교사가 나 혼자일 때는 화장실 벽
마다 나의 모습이 그려져 있었다. 연인으로, 혹은 작부나 요부로(한
때는 그런 사건으로 사표를 내려고 한 적도 있었다).

학생들을 피해, 수업이 없는 시간을 기다려 수업 시간 중간쯤 살금
살금 들어가면 수업 중에도 화장실에 오는 학생들이 있었다. 그들은
가벼운 볼일을 보며 못하는 말이 없었다. 크기부터 모양, 언제 어떻
게 변하고 아버지는 어떻고 심지어 목욕탕에서 본 할아버지, 선생님
까지 들먹이며 낄낄대었다. 그러면 나는 냄새를 참으며 화장실 밖이
조용해질 때까지 숨을 죽이고 기다려야 했다. 학생들이 줄줄이 사탕
으로 들어올 때면 그 안에서 그들의 애기를 다 들어야 했다.

내가 보낸 여학생 시절에 비해 남학생들은 정말로 다른 점이 많
았다. 우리는 고작해서 생리에 대한 애기가 전부였다. 만일 한솔이
가 중·고등학생이 되어 그들 틈에 끼어 있었다면 친구들과 어떤
애기를 나눌까.

"야, 우리 엄마가 말씀하셨는데, 그럴 때 안 그러면 바보나 병신
이래."

이 말은 입에서 입으로 전해지고 그런데 별 관심이 없던 학생들
도 자신이 바보나 병신일지도 모른다고 고민할 지도 모른다.

물론 한솔이 자신에게도 영향이 미칠 것이다. 그렇다면 한솔이의
말에 어떻게 대답해야 적절한 대답이 될까. 그것은 부모가 확고한
가치관을 가질 때 가능해진다.

"엄마, 나는 저런 여자들 사진이나 그림을 보면 ××가 선다."

이 물음에 대한 다음과 같은 대답들 중에 당신은 어떤 말(생각)을

선택하고 싶은지, 아니면 어떻게 말할 것인지 생각하는 기회가 되었으면 한다.

① "왜 그러는지, 그것이 정상인지 아닌지 불안해서 알고 싶구나."
② "얘는? 할머니 계신데 못하는 말이 없어. 어른 앞에서 그런 말 하면 못써."
③ "그런 엉뚱한 생각만 하고 그러니? 그런 생각만 하니까 공부가 안 되지. 지금은 그런 생각 할 때가 아니야. 공부나 열심히 해. 어른이 되면 배우지 않아도 저절로 알게 돼."
④ "야, 너 이제 다 컸구나. 네가 건강한 어른이 되어 간다는 얘기야. 그러니까 이제부터 공부도 더 열심히 하고 행동도 바르게 해야 해."
⑤ "야, 우리 한솔이가 건강하게 어른이 되어간다는 얘기네. 건강한 어른으로 성장하면 아버지가 될 수 있다는 얘긴데, 이제 서서히 아버지 될 준비를 해야겠네."

다음은 초등학교 4학년인 인수와 그의 어머니가 SBS 텔레비전 방송 프로그램인 〈그것이 알고 싶다〉에서 방영한 내용을 보면서 나눈 대화이다. 그날 그 프로그램은 노인 문제를 다루고 있었다.

"(갑자기 옆에 앉은 어머니를 껴안으며) 엄마, 난 엄마 버리지 않고 같이 살 거야."

"(감격하고 들떠서) 그래, 우리 인수가 누구 아들인데, 그런데 네 아내가 같이 안 산다면 어떡하지?"

"그러면 아내를 때려야지."

"아내를 때려?"

"아니, …… 그럼 소리 지르지."

"인수야, 소리 지르고 때리면 억지로 살 수는 있지만 속으로는 같이 살기 싫어질 거야."

"그런데 저번에 할머니 집에서 잠 안 자고 들었는데 아빠도 엄마 때리던데?"

"으응, 들었니? 인수는 아빠가 엄마 때리니까 좋아?"

"아니, 그렇지만 말 안 들으면 그래야지."

가끔 인수가 엄마 아빠에게 맞았던 일도 작용했을 것이라 짐작됐습니다.

"인수야, 어머니도 소중한 존재이고 아내도 소중한 존재야. 어렵더라도 아내를 때리지 않고 화내지 않고 말로 잘 해결하면 좋을 것 같은 데."

"그래도 자꾸 말 안 들으면 어떡해?"

"글쎄."

저는 다음 말을 잇지 못했습니다. 예전 같으면 이때다 하고 나를 때린 남편도 비난하고, '너는 이다음에 절대로 아내를 때리면 안 된다.'라고 훈계 설득하며 길게 늘어놓았을 텐데 참았습니다. 그러나 어떻게 말해야 할지 몰라 아들에게 시원하게 해결책을 제시해 주지 못한 것이 답답합니다. 이럴 때 저는 아들에게 어떻게 말했어야 할까요?

우리가 대화 방법을 배우지만, 그 방법이 여러 상황에서 부딪치는 모든 문제들을 해결해 주는 것은 아니다. 부모가 확고한 가치관과 말하는 지혜를 함께 가지고 있어야 한다.

인수와 그의 어머니가 나눈 대화를 다음과 같이 바꾸어 보면 어떨까.

인수 엄마, 난 엄마 버리지 않고 같이 살 거야.

어머니 인수야, 고맙다. 엄만 인수 말을 들으니까 든든하고 기분이 좋아. 그런데 네 아내가 같이 안 산다면 어떡하지?

인수 그러면 아내를 때려 주지.

어머니 저런! 엄마는 그 얘기 들으니까 걱정되네.

인수 왜?

어머니 으음, 부부가 서로 의견이 다르다고 남편이 아내를 때리면 아내 마음이 어떨까. 그리고 엄마는 인수가 왜 그런 생각을 하게 되었는지 궁금하기도 해.

인수 저번에 할머니 집에서 잠 안 자고 들었는데 아빠도 엄마를 때리던데?

어머니 그렇구나, 그래서 인수가 그런 생각을 했구나. 인수야, 엄마는 네 말을 들으니까 미안하고 또 부끄러워. 사람들은 화가 나면 자기 감정을 잘 조절하지 못할 때가 있어. 엄마 아빠도 그때 감정 조절을 잘하지 못했거든. 그리고 그날 엄마가 아빠에게 맞으면서 얼마나 속상했는지 몰라. 엄마는 인수가 아내를 때려서 아내 마음을 상하게 하면 엄마는 네 아내에게 미안하고 부끄러워서 같이 살 수가 없어.

인수 그래도 자꾸 말 안 들으면 어떡해?

어머니 기다려야지. 인수가 아내를 많이 사랑하고 도와주면서 아내 마음이 바뀌도록 도와주어야지.

인수 그럼, 내가 아내를 안 때리면 같이 살 거야?

어머니 그럼, 그럼. 인수가 아내를 때리지 않고 사이좋게 살면 엄마도 인수네랑 함께 살고, 그러면 행복할 거야.

인수 알았어, 엄마. 그럼 아내를 때리지 않고 사이좋게 살 거야.

어머니 (인수를 꼭 껴안으며) 인수야 고맙다. 인수가 엄마를 이렇게 많이 사랑해 주니 아주 행복하구나. 결혼해서 두 사람이 행복하게 살려면 너그러운 마음으로 기다리며 서로 아껴줘야 해. 엄마도 우리 인수에게 부끄럽지 않은 엄마가 되도록 노력할게.

인수는 어머니와 이런 대화를 하면서 어떤 미래를 꿈꿀까.

다음은 진혁이 어머니의 고민을 듣는다.

"선생님, 저희 아이들을 천당 좀 보내 주세요. 전 아무리 궁리해 봐도 우리 아이들을 천당에 보낼 방법을 도저히 찾을 수가 없답니다."

진혁이 어머니가 어느 날 점심 식사 중에 초등학교 3학년인 진혁이와 1학년인 진아와 함께 나누었던 대화를 다음과 같이 적어 왔다.

"엄마, 나 지옥 갈 것 같아, 천당 갈 것 같아?"

"글쎄, 진혁이는 천당 갈 수 있을 것 같은데 ……."

"나는 지옥 갈 것 같아."

"왜?"

"엄마 말도 잘 안 듣고 나쁜 짓도 많이 했으니까."

"엄마는 진혁이가 잘못한 일을 반성하고 뉘우치면 하느님이 용서해 주셔서 천당 갈 수 있을 것 같은데."

"아니야, 엄마. 나는 암만 생각해도 지옥 갈 것 같아."

기분이 착잡하다. 대답할 말도 생각나지 않는다. 나에게 원인이 있는 것 같아 속상하고 혹시 진혁이가 내가 모르는 끔찍한 잘못을 하지 않았나 궁금하기도 하다. 그러나 예전처럼 캐묻고 훈계해서는 해결될 것 같지 않아 난감하기만 하다.

옆에 있던 진아도 진혁이와 똑같은 생각을 하고 있었다. 나는 진아에게 '그래, 너는 못됐으니까 천당 못 갈 거야. 오빠한테도 대들고 엄마에게도 덤비고, 넌 못됐어.' 하고 겁을 주고 싶었지만 아무 말도 하지 않았다. 어떻게 하면 좋을지 모르겠다.

진혁의 어머니가 고민하는 위의 대화를 다음과 같이 바꾸어 보면 어떨까.

진혁 엄마, 나 지옥 갈 것 같아, 천당 갈 것 같아?

어머니 글쎄, 엄마는 잘 모르겠는데. 그런 문제는 하느님만 아시니까. 진혁이 생각은 어때?

 나는 지옥 갈 것 같아.

 왜 그런 생각을 했을까?

 엄마 말도 잘 안 듣고 나쁜 짓도 많이 했으니까.

 그런 생각이 들어서 진혁이가 그동안 마음이 무겁고 힘들었구나.

 응.

 진혁이가 지옥 가면 어쩌나 하고 불안하고 걱정이 돼서 잠도 잘 못 잤겠네.

 그래.

 엄마가 아는 하느님은 잘못을 뉘우치면 용서해 주시는 분이셔. 또 다른 사람을 도와 주고 기쁘게 해 주면 하느님은 그런 사람을 천당 가게 해 주실 거야.

 엄마, 나도 잘못을 뉘우치고 다른 사람을 기쁘게 하면 천당 가?

 그럼, 진아도 천당 갈 수 있지. 우리 진혁이와 진아는 인사도 잘하고 학교에 잘 다니고, 엄마 아빠를 얼마나 기쁘게 해 주는지 몰라. 또 진아는 지난번에 친구에게 친절하게 대해 주었지. 진혁이는 우산 안 가져온 친구를 집까지 데려다 주었어. 그런 너희들을 하느님께서 보시면 기뻐하실 거야.

 엄마, 엄마도 우리 기쁘게 해 주고 마음이 착하니까 우리 모두 천당 가겠네?

 그래, 그럴 거야.

사람은 늘 오늘보다 내일 더 나은 사람이 되기를 희망하며 산다.
자녀가 미래에 대해 밝은 날을 꿈꾸기를 원한다면 부모가 긍정적인
사고로 자녀를 격려해야 한다.

쉽게 일어나는 기적

몇 년 만인가, 정일이 어머니를 다시 만나게 된 것이. 그날은 하루종일 강의가 있었기 때문에 점심시간에 잠깐 근처 식당에 들렀다. 식당에서 음식을 나르던 정일이 어머니와 눈이 마주치자 우린 잠시 서로 쳐다만 보았다.

"선생님, 혹시 저 기억하시겠어요? 저 정일이 엄만데요."

"물론이죠. 어머니의 편지도 소중히 간직하고 있습니다."

"글씨가 엉망인데요."

"그 글은 제게 큰 힘이 되었습니다. 용기를 얻을 수도 있었고요."

그는 내가 식사를 거의 끝낼 무렵 따끈한 커피 한 잔을 들고 왔다.

"부끄럽지만 제 마음의 일부를 표현하는 정성입니다. 선생님께선 커피를 연하게 드셨죠."

정일이 어머니가 부모 교육에 참가한 것은 정일이가 초등학교 2학년 때였다. 그때 정일이 어머니의 얼굴엔 어두운 그늘이 가득했다. 정일이는 좀 이상한(?) 아이였다. 정일이네 연립주택 현관 앞에서 2층에 있는 자기 집을 향해 큰 소리로 어머니 이름을 부르며 욕을 하는 아이였다.

"최영희(가명), 개××, 나쁜×, 미친××, 죽어 없어져라."

어른도 입에 담기 민망한 말을 거침없이 토해 냈다. 정일이 어머니는 아침에 일어나면서 학교 가기 싫다고 떼쓰는 아들을 억지로 세면대, 식탁, 방으로 질질 끌고 다니면서 씻기고, 먹이고, 입혔다. 그리고 정일이에게 책가방을 메게 하여 연립주택 현관까지 끌어다 놓고는 집으로 돌아왔다. 현관에 선 정일이는 손등으로 눈물을 북북 닦으며 2층을 향해 소리 질렀다.

정일이 어머니는, 창문을 열고 구경하는 이웃들이 창피해서 달려 나간다. 두 눈에 쌍심지를 켜고 달려오는 어머니를 피해 정일이는 잡히지 않을 정도의 거리를 두고 어기적거리면서 도망갔다. 이웃들은 아침마다 벌어지는 이 진풍경에 차츰 익숙해졌다. 동네에선 정일이를 구제 불능의 문제아로 낙인찍었다.

정일이 어머니는 부모 교육을 받으면서 자신의 잘못된 방법을 깨닫고 고쳐 나가기 시작했다. 우선 마음을 바꾸었다. 정일이가 학교 가기 싫은 이유는 무엇일까. 날마다 아침에 일어나면서 학교 가기 싫다고 하는 정일이를 학교 안 가는 대로 그냥 두면 어떨까. 그렇게 학교를 싫어하면 하루, 이틀, 아니 일년 정도를 쉬게 하면 어떨까. 전에는 꿈에도 생각해 보지 못했던 일이다.

다음날 정일이 어머니 생각이 바뀌자 말이 바뀌었다. 정일이 어머니는 자연스럽게 말했다.

"정일아, 학교 갈 시간이 됐네."

"(짜증 섞인 목소리로) 나 학교 안 갈래."

"(부드럽게) 정일아, 너 학교 가는 게 싫구나."

"그래."

"(등을 쓰다듬으며) 우리 정일이가 가기 싫은 학교를 날마다 갔으니 얼마나 힘들었을까."

“(갑자기 소리내어 울면서) 어제도 선생님께 야단맞고 벌 섰단 말이야. 애들도 욕쟁이라고 놀리고. 나 학교 가기 싫단 말이야.”

“그동안 학교 생활이 정말 힘들었구나.”

“엄마도 싫단 말이야. 일어나라고 무섭게 소리 지르고, 나를 끌고 다니고, 무서운 눈으로 쳐다보고 큰 소리로 야단치잖아!”

‘네가 말을 잘 들으면 엄마나 선생님이 야단치겠냐?’ 하고 싶었지만 참았다.

“그래, 정일이가 학교에서는 선생님께 야단맞고 집에서는 엄마에게 야단맞고 매 맞고, 그래서 정일이가 소리 지를 수밖에 없었구나 ……. 그러면 오늘 하루 집에서 쉬면서 앞으로 학교에 갈 것인지 말 것인지 잘 생각해 보자.”

정일이 어머니는 정일이의 울음 소리가 거의 잦아들자 이불을 덮어 주고 나왔다. 정일이 어머니는 자신을 돌이켜 보았다.

‘그렇다. 나는 약속 시간 어기는 것을 가장 싫어한다. 그러므로 정일이가 지각한다는 것은 상상도 못한다. 나는 서둘렀고 거기에 따라 주지 않는 정일이에게 소리 질렀다. 정일이가 내 각본대로 척척 움직여 주지 않으면 말하기 전에 화부터 냈다. 오늘부터 나를 바꾸자. 욕심을 버리자.’

이렇게 결심을 하자 마음이 편안해졌다. 그때 화장실에서 달그락거리는 소리가 들렸다. 화장실 문을 살짝 열어 보았더니 세수하는 정일이의 뒷모습이 보였다. 정일이 어머니는 모른 척 피했다. 정일이는 방으로 들어가 책가방을 챙겨 들고 나왔다.

“엄마, 나 학교 갈래 !”

"(밝아진 아들 목소리에 의아해 하며) 정일아, 너 선생님도 학교도 싫은데 학교를 간다고?"

"어젠 선생님 말씀 안 들었어. 애들 욕도 많이 하고. 오늘은 가만히 있을 거야. 그리고 엄마도 화 안 내고, 좋은 목소리로 말하고."

"정일아, 미안해. 정말 미안해. 그동안 야단도 많이 치고, 화도 많이 내고, 때리고, 너를 끌고 다니고 …… ."

아들에게 진심으로 사과하는 어머니의 눈에선 굵은 눈물이 쏟아져 내리기 시작했다. 정일이는 엄마 곁으로 다가가 그 작은 손등으로 엄마의 눈물을 닦아 주었다. 정일이 어머니는 아들을 끌어안았다.

"정일아, 미안해. 정말 미안해."

"괜찮아요, 엄마. 나도 엄마 욕 많이 했잖아요."

그날 아침 정일이는 2층 창문으로 내려다보는 어머니를 향해 손을 흔들었다.

"선생님, 그렇게 쉽게 일어나는 기적도 있나요?"

정일이 어머니는 쉽게 변한 정일이의 행동이 믿기지 않는 듯 여러 번 되물었다. 정일이 어머니는 기회 있을 때마다 변화되어 가는 식구들의 모습을 자주 발표했다.

"밥 먹기 싫다는 정일이에게 어떻게 밥을 먹였는지 아세요?"

정일이 어머니는 신이 나서 말했다.

예전의 대화

어머니 정일아, 빨리 밥 먹고 학교 가야지.

정일 나 밥 먹기 싫어.

어머니 입맛이 없으면 네가 좋아하는 소시지에 계란 해 줄게. 먹고 가!

정일 먹기 싫단 말이야.

어머니 너는 맨날 왜 그래? 밥 안 먹으면 키도 안 크고 힘이 없어서 운동도 못하고 공부도 못해. 바보가 돼. 비실비실하다가 죽어!

정일 죽어도 좋아. 밥 안 먹어!

어머니 잔소리하지 말고 빨리 먹어!

정일이 어머니는 아들의 입에 억지로 밥을 떠먹이다가 정일이가 입을 꼭 다물거나 뱉으면 소리를 지른다.

달라진 대화

어머니 정일이 밥 먹고 학교 가야지.

정일 엄마 밥 먹기 싫어.

어머니 정일이가 입맛이 없나 보다. 아니면 먹고 싶은 반찬이 없던가.

정일 네, 밥 좀 안 먹고 살면 좋겠어요.

어머니 그렇구나. 그런데 어떡하지. 정일이가 밥 안 먹고 학교 가면 엄마도 밥 먹고 싶은 생각이 없어지는데. 우리 정일이가 힘이 없어서 운동을 못하면 어쩌나, 공부 못하면 어쩌나, 키가 크지 않으면 어쩌나, 걱정이 되어서 말이야.

정일 (어머니 얼굴을 조심스럽게 살피면서) 엄마, 그럼 반만 먹을래.

 정일아, 고마워. 먹기 싫은데 엄마 맘 편하게 해주려고 먹어서.

 헤헤.

정일이 웃음은 정일이 어머니에게도 밝은 웃음을 안겨 주었다.

정규 교육 과정이 끝나고 6개월쯤 지났을 무렵, 나는 정일이 어머니의 편지를 받았다. 서툰 글씨와 맞춤법이 틀린 글자가 섞인 편지에는 실천하려는 의지와 용기 그리고 겸손이 배어 있었다. 내가 궁금해 하는 정일이의 소식도 적혀 있었다.

'아직은 배운 대로 실천하기에는 미숙하지만 열심히 노력하고 있어요. 남편과 아이들에게 교만하지 않고 시끄럽지 않으며, 지혜롭게 행복한 가정을 만들고 싶어요 …… .

선생님, 궁금하시죠. 저의 아들 정일이 말이에요. 요즘 많이 변하고 있습니다. 아침마다 학교 안 간다고 심통 부리던 아들이 무더운 7월에 제가 한 번도 깨우지 않았는데 저 혼자 일어나요. 스스로 일어나서 얼굴 한 번 찡그리지 않아요. 너무나 신기하고 기특해요. 선생님 믿을 수 있으세요? 이번에 시험도 아주 잘 보았습니다. 이렇게 착하고 순진한 아들을 제 어리석음 때문에 얼마나 구속하고 명령하고 괴롭혔는지요. 제 방법은 서툴고 미숙한데도 정일이는 깜짝 놀랄 정도로 변했어요. 이렇게 환한 세상을 그동안 얼마나 어둡게 살았는지요.

선생님은 제게 빛을 주셨습니다. 너무도 환한 빛을요. 이웃들은 아침마다 욕하는 소리가 들리지 않아서 저희들이 이사간 줄 알았답니다. 그리고 제 아이가 웃으며 손을 흔들게 만든 비결이 뭐냐고 해요. 저는 부모라면 반드시 이런 교육을 받아야 한다고 이웃에게 강조하고 있습니다. 저희 동네에선 정일이 애기가 퍼져 나가 이 프로그램이 계속 이어지고 있습니다. 제 이 기쁜 마음을 전하고 싶어 몇 번을 망설이다가 쓸 줄 모르는 글씨로 부끄럽게 몇 자 적었습니다. 선생님과 종교는 다르지만 제가 믿는 부처님의 자비가 선생님 가정에 깃들기를 빈다면 선생님 화 안 내시겠죠?

그렇게 편지를 보냈던 정일이 어머니를 다시 만난 것이다. 그는 배시시 웃으며 말했다.

"선생님, 우리 정일이가 선생님 만났을 때는 초등학교 2학년이었죠? 지금은 중학교 2학년이에요. 반에서 1, 2등은 못해도 5등 안에는 들어요. 제가 여기서 일하고 들어가 보면 밥 먹고 설거지도 해놔요. 집안 청소도 대강은 해 놓고요. 자기가 이 다음에 저를 호강시켜 주겠대요. 비싼 과외는 아니지만 저 과외시켜 주려고 이렇게 고생한다는 걸 알아요. 얼마 전에 있었던 일을 자랑해도 될까요?

제 시부모님이 요즘 저희 집에 와 계시거든요. 저희 집은 좁지만 방이 셋이에요. 정일이와 정일이 동생이 각각 방 하나씩을 써요. 다른 때는 할머니, 할아버지께 정일이가 쓰는 방을 드리고 정일이는 거실에서 지냈어요. 그런데 이번에는 가족 회의를 해서 초등학교 5학년인 여동생이 중학생인 오빠에게 양보하기로 했어요. 동생이 거실에서 지내고 있어요. 그런데 얼마 전 일요일 저녁이었어요. 저녁을 먹고 잠시 한가한 시간이었는데 시어머님께서 저를 부르시더라고요. 식구들이 다 모인 자리였습니다.

'얘! 에미야, 아 글쎄, 내가 너희들이 들어오기 전에 안방에서 텔레비전을 보고 있었는데 느닷없이 정일이가 텔레비전을 꺼 버리더구나. 어서 들어가서 자라고 하면서 말이야. 아무리 철이 없기로서니 할미가 보는 텔레비전을 꺼? 그래서 정일이 너는 이 할미가 싫어서 그러냐고 물었지.'

그랬더니 정일이가 화를 내며 '할머니가 밤 11시가 넘었는데도 할머니 방으로 안 들어가시잖아요. 엄마 아빠 피곤해서 들어오실 시간인데요.' 하더구나.

예전 같았으면 시어머니 말을 듣자마자 즉시 정일이에게 화를 내고 야단치고 때리면서 시어머니에 대한 화풀이를 간접적으로 했을 거예요. 그런데 저는 얼른 생각을 정리해서 말했습니다.

'제가 없을 때 그런 일이 있었군요. 얼마나 서운하셨어요. 죄송해요. 제가 잘못 가르쳤네요. 앞으론 그러지 않도록 조심할게요.'

제 말에 시어머니도, 정일이도 머쓱해 했습니다.

'어머님, 제가 얼른 치우고 과일 좀 가져올게요.'

그렇게 해서 분위기는 잘 마무리되었습니다. 다른 때 같이 생각 없이 말을 했다면 분위기는 엉망으로 변했을 겁니다. 조금 뒤에 저는 정일이 방에 들어가서 말했습니다.

'정일아, 오늘 저녁에 할머니 말씀 듣고 많이 무안했지? 그게 어떻게 된 일이었지?'

'엄마, 할머니가 안방에서 저녁 6시부터 밤 11시까지 계속 텔레비전만 보세요. 할아버진 정희 방 차지하시고, 할머닌 안방 차지하시고 엄마랑 아빠가 오실 때가 되어도 안 일어나시잖아요. 그래서 제가 이제 그만 가서 주무세요 하고 텔레비전을 껐죠.'

'그랬구나, 네가 엄마 아빠를 걱정해서 그렇게 행동했구나. 그런데 엄마는 할머니께 죄송했어. 할아버지 할머니는 아빠를 낳아서 키워 주신 분들이시거든. 나이가 드시면 때때로 저러지 않으셨으면 할 때도 있어. 그렇더라도 우리들이 이해해 드려야 해. 정일아, 엄마가 네게 부탁이 있는데 할머니께 사과드릴 수 있겠니? 네가 그러면 엄마 마음이 편안할 텐데.'

'…… 알았어요."

'고맙다, 정일아. 넌 얼마나 엄마를 행복하게 해 주는지 몰라. 정말 고맙다.'

저는 정일이를 마음을 다 모아 껴안았습니다. 물론 그날 정일이는 할머니께 사과를 했고요.

시부모님께선 한 달 정도 계신다고 하시더니 거의 두 달이 되어 가요. 시부모님께선 집안일을 많이 도와주시고 아이들에게도 잘하세요. 아이들과 관계가 좋으니까 부모님께도 잘하고 싶어져요. 마음이 너그러워졌나 봐요. 또 아이들에게 생각하면서 말하다 보니까 부모님, 남편, 이웃들에게도 배려를 하게 돼요. 제 자랑하다가 선생님 늦으시겠네요."

"오늘 커피는 특별한 맛이었습니다. 제게 보람과 기쁨을 안겨 주는 그런 맛이었으니까요."

나는 그와 헤어져 나오며 그의 기쁨을 모두 받아 안은 것 같았다.

가슴에 가득한 기쁨을 누군가에게 나누어 주고 싶어하는 그를 앞으로도 오래 기억하게 될 것이다. 나는 오래 전에 그의 편지를 받으면서 했던 기도를 다시 한 번 드릴 수 있었다.

"주님, 제가 정일이 어머니에게 빛을 준 것이 아니라 단지 빛이 있다는 것을 알려 주기만 했습니다. 그는 열심히 그 빛을 밝혔습니다. 빛을 만드신 하느님, 오늘도 정일이 어머니에게 당신의 크신 은총을 베풀어 주소서."

찹쌀떡 세 개와 장미 꽃다발

고등학교 연합 고사를 사흘 앞둔 날이었습니다. 제가 담임을 맡고 있는 용진이의 어머니께서 저를 찾아오셨습니다. 찾아뵙지 못해 죄송했다고 하시면서 용진이의 성적 향상에 대해서 고마움을 말하고 또 말했습니다. 용진이는 인문계 고등학교 진학이 거의 불가능한 상태였습니다. 그러나 3학년이 된 후에는 꾸준한 노력으로 학년 석차가 1백등 이상 올라 인문계 고등학교 원서를 접수한 상태였습니다. 용진이는 아버지와의 관계가 거의 단절된 상태였고 자기가 잘못되어 아버지가 괴로워하는 모습을 보고 싶어할 정도로 아버지를 싫어했습니다. 그러나 어머니의 극진한 정성을 생각해서 나름대로 노력했던 것입니다.

교무실에서 말씀을 나누시던 용진이 어머니는 잠깐 나가자고 하셨습니다. 그러더니 운동장 귀퉁이에서 억지로 제 주머니에 봉투를 넣으셨습니다. 그 자리에서 끝까지 사양하고 싶었지만 주위의 시선이 있어 얼떨결에 받게 되었습니다.

봉투 안에는 두 장의 수표가 들어 있었습니다. 넉넉하지 않은 용진이네 형편에 대단한 용단이라 생각되었습니다. 어찌됐든 저는 봉투를 돌려드려 찜찜한 마음을 정리하고 싶었습니다.

그러나 되돌려드리는 방법도 문제였고 그걸 받을 용진이 어머니의 입장도 어떠실지 걱정이 되었습니다. 제게 무시당한 느낌이 들면 어쩌나, 자존심이 상하면 어쩌나, 큰맘 먹고 내린 정성이 상처로 남으면 어쩌나 ……. 처리할 방법이 아득했습니다. 저는 고민 끝에 편지와 함께 수표를 넣어서 용진이 편에 전달하기로 결론을 내렸습니다. 그러고는 편지를 썼습니다.

용진이 어머니의 마음, 진심으로 감사합니다. 그러나 고마워하시는 정성은 받지만 돈은 받을 수 없습니다. 학생들 앞에 떳떳이 서고 싶은 저를 도와주십시오. 16년 동안 편견 없는 교사가 되려고 노력해 왔고 그런 면에서 자신에게 긍지를 갖고 있습니다. 그러나 이걸 돌려받을 때의 용진이 어머니 마음을 헤아리면 망설여집니다. 용기를 갖고, 용진이 어머니의 이해를 부탁드리며 이 글을 씁니다. 용진이에게는 어머니만 볼 수 있도록 전해 달라는 다짐을 받겠습니다.

용진이는 집중력이 뛰어나고 자기 목표가 뚜렷해서 미래가 기대되는 학생이라 생각합니다. 용진이가 모레 보는 시험에서 최선을 다할 수 있도록 기도하겠습니다.

대충 위와 같은 내용을 생각하고, 또 생각하면서 쓰고 수표도 함께 넣어 용진이 편에 보냈습니다. 물론 이 편지는 어머니께만 꼭 드려야 한다고 다짐하면서요.

다음날 아침, 용진이 어머니가 다급한 목소리로 전화를 했습니다. 용진이 편에 보낸 편지를 용진이가 보았다는 것입니다. 용진이는 툭하면 돈으로 해결하려는 어머니가 싫고 또 창피해서 학교도 안 가고 먹지도 않겠다며 어젯밤 한숨도 안 잤다고 했습니다. 돈을 돌려주시려면 당신을 불러서 주시지, 왜 하필 아이 편에 보내서 이 난리를 겪게 하느냐, 도대체 어떻게 하느냐라는 내용이었습니다. '뭔가 잘못되긴 잘못됐구나.' 생각하며 일단 용진이 어머니께 물의를 일으켜 죄송하다고 사과하고, 막무가내로 화를 내기만 한다는 용진이를 불렀습니다.

그날은 예비 소집일이라 시간이 별로 없었고, 이 일이 제대로 풀리지 않으면 어쩌나 초조했습니다. 용진이는 핼쑥해 보이고 기운이 없었습니다.

사실은 저도 용진이 어머니의 원망 섞인 전화를 받으면서 허탈했습니다. 약속을 어긴 용진이에게 서운했고, 당신 아들을 믿어 준 제게 짜증을 내시는 용진이 어머니가 야속했습니다. 그러나 모든 걸 이해하려고 애쓰면서 저는 선배들이 사다 준 찹쌀떡을 꺼내며 말했습니다.

"용진아, 이것 좀 먹자."

"싫어요."

용진이는 냉랭했습니다.

"너 굉장히 속이 상했구나."

"……."

"어쩌나. 선생님이 몸둘 바를 모르겠네. 내가 너무 경솔했어. 내가 너를 전적으로 믿었거든."

"죄송해요. 그런데 전 우리 엄마가 그럴 줄 몰랐어요. 우리 엄마도 아빠랑 똑같아요."

"선생님이 불편하더라도 그냥 그 정성을 받았어야 했는데……."

"선생님께 화난 건 아니에요. 엄마에게 실망해서 그렇지요. 어떻게 고마움을 돈으로 표현해요?"

"사람들은 생각이 서로 다르단다. 주는 사람도 받는 사람도 생각이 다르지. 다만 나는 네가 열심히 노력해 주는 것으로 그 마음을 받고 싶었어. 용진아, 나는 너희들에게 정말 좋은 선생님이 되고 싶단다. 그래서 그랬는데 ……. 그런데 지금 네게 괴로움을 주고 말았구나."

"…… 아니에요. …… 이 떡 먹어도 돼요?"

"그럼, 그러엄!"

용진이는 밝게 대답하는 저를 보며 찹쌀떡 세 개를 먹었습니다.

"내일 시험은?"

"잘 볼게요."

"고맙다."

비로소 안도감이 들었습니다. 저는 생각해 보았습니다. 어떤 갈등에 부딪힐 때, 여기서 배운 대로 적용하지 않았다면 어떻게 되었을까 하고요. 서로 네 탓이라고 원망하며 좋은 관계를 파괴했을지도 모릅니다. 용진이 어머니의 전화를 받았을 때도 물의를 일으켜 죄송하다고 사과하기는커녕, 오히려 이렇게 말했을 것입니다.

"저는 분명히 말했습니다. 용진이에게 중간에서 뜯어 보지 말고 어머님께 갖다 드리라고요. 저는 용진이가 그렇게 약속을 어기리라 생각 못했어요. 일단 오늘이 예비 소집일이니까 시간이 없어요. 택시에 태워서라도 빨리 학교에 데리고 오세요."

그리고 또 학교에 온 용진이에게도 자존심을 상하게 하고 대화에 방해되는 말을 했을 것입니다.

"용진아, 너 선생님이 뭐라고 했어? 그 편지 너더러 뜯어 보라고 했어? 약속 지킬 자신이 없으면 없다고 말해야지. 그리고 왜 어머니께 화를 내? 어머닌 무슨 죄야? 너를 위해 애쓰시는 어머니를 위해서라도 열심히 해야지. 내일이 시험인데 이제 와서 포기하겠다니, 그래 포기하면 어쩌자는 거야?"

이렇게 닦달해서 용진이의 마음을 답답하게 했을지도 모릅니다. 그랬다면 용진이가 최선을 다해서 좋은 성적을 낼 수 있었을지 아찔합니다. 용진이는 예비 소집에 참석했고 시험도 보았습니다. 그리고 원하던 인문계 고등학교에 무난히 합격했습니다. 졸업식 날 용진이는 풍성한 한 아름의 장미 꽃다발을 제게 주었습니다. 저도 장미꽃 한 송이와 다음과 같은 내용의 편지를 주었습니다.

용진이에게

지난번 편지 사건 미안하다. 편견 없는 깨끗한 교사가 되고 싶다는 욕심에서, 교사로 떳떳하고 싶다는 교만에서 네 어머님의 값진 정성을

외면하는 행동을 했어. 나 또한 두 아이를 학교에 보내는 학부형으로
서 네 어머니의 수표 두 장의 액수는 이천만 원보다 더 크다는 걸 이해
해. 물론 네 어머니께 돈을 돌려드린 건 지금도 후회하지 않아. 다만 다
른 현명한 방법이 있었을 텐데 방법이 문제였다고 생각해. 그리고 고
백컨대 네게 섭섭했어. 네가 꼭 약속을 지켜 주리라 믿었거든. 물론 그
갈등 속에서도 네가 시험을 잘 치러 좋은 성적으로 진학한 걸 보면 이
제부턴 너를 꼭 믿어도 되리라 생각해. 그래도 되겠지? 용진아, 너와
함께 보낸 일년을 고맙게 생각해. 네가 생각날 때 기도할게.

선생님께 미안하다는 말을 듣는 용진이는 어떤 생각이 들었을까.
제자에게 미안하다고 사과하는 선생님을 무시할까. 아니면 당신의
잘못을 제자에게도 솔직하게 인정하는 겸손한 모습을 보며 존경심
이 더 커질까.

애가, 그 머리에서 냄새난다는 아이냐?

남편과 저는 큰맘 먹고 이번 봄방학에 아이들과 스키장에 가기로 했습니다. 아이들은 펄쩍펄쩍 뛰며 좋아했지만 저는 은근히 신경이 쓰였습니다. 우리 집에서는 특별한 외출이 있을 때마다 그 앞서 지켜야 할 약속이나 숙제 때문에 한바탕씩 소란이 일어나기 때문입니다. 저는 이번엔 미리부터 철저히 준비하느라고 애썼습니다. 모든 숙제는 떠나기 전날까지 끝내고 출발 시간인 오후 1시 이전까지 각자의 준비물을 챙길 것 등을요.

특히 진우는 떠나는 날 오후 5시 30분에 있던 영어 학원 시간을 오전 10시로 바꿨기 때문에 늦지 않도록 당부했습니다. 그러나 출발하는 날 오전 9시 30분. 학원에 가야 할 시간에 제 눈에 비친 진우의 모습. 그 아이는 그제서야 영어 숙제를 하고 있었습니다. 순간 제 눈에서 불똥이 탁 튀었습니다. 머리가 핑 도는 것 같았습니다. 이어서 고함이 터져 나왔습니다.

"너 지금 몇 신데 숙제야? 어제 그렇게 약속하고도 학원 갈 시간을 지키지 못하다니! 이제야 숙제를 하다니!"

"어제 다 했어요."

"다 했다는 사람이 왜 말은 더듬어? 숙제 다 했다면서 그건 뭐야? 그 펴놓은 영어책은 뭐냐고?"

"……."

"가지 마! 가지 마! 너 오늘 스키장 가지 말라고! 약속을 안 지켰으니까 못 가. 내일모레 중학생이 될 사람이 맨날 여행 떠날 때마다 약속을 어기고. 어이고 속 터져! 다른 때는 약속을 어겨도 출발했지만 오늘만은 어림도 없어. 오늘은 너도 못 가고 엄마도 안 가. 동생이랑 아빠만 가는 거야."

"싫어요, 갈 거예요. 봄방학에 스키장 간다고 작년부터 약속했잖아요. 그리고 숙제는 했는데 한 번 더 확인한 거예요."

"둘러대지 마. 어제 다 했는데 확인은 무슨 확인이야. 오늘은 절대로 스키장 못 가. 엄마가 그만큼 부탁했으면 지키는 척이라도 해야지. 학원 갈 시간 다 돼서 숙제하는 너 같은 자식은 비싼 학원비 내며 공부시킬 필요가 없어!"

아이에 대한 불만이 쏟아지기 시작하면 걷잡을 수 없이 터져 나옵니다. '이러면 안 되는데.'라는 생각이 스치긴 했지만 입으로는 말이 계속 터져 나와 자제할 힘이 없어집니다.

"너 학원 안 보내면 돈도 아끼고 너도 편하고 잘됐잖아. 공부는 혼자서 스스로 하는 건데. 엄마는 최대한 뒷바라지하려고 하지만 네가 따라 주지 않으니 엄마도 몰라. 어휴! 정말 속상해!"

저는 고함과 함께 아이의 등을 두어 번 내리쳤습니다. 그러고도 덜 풀린 분을 울먹이며 토해 냈습니다.

"엄마는 정말로 좋은 엄마가 되려고 노력하는데 어쩜 그렇게도 약속을 못 지켜. 어째서 스스로 할 수 없느냐고!"

"그만하세요. 저도 노력하고 있어요!"

입술을 깨무는 듯 힘주어 말하는 아들의 음성에 흠칫 제 기가 꺾이는 것 같았습니다. 그러나 그것은 순간일 뿐, 아직은 그만한 일로 기가 꺾일 제가 아니었습니다.

"물론 엄마도 네가 요즘 노력하는 거 알아. 힘든 것도 알고, 하지만 오늘은 스키장 못 가. 다른 때는 그냥 갔지만 그것이 버릇이 됐나 봐, 오늘은 절대로 안 보내. 그런 줄 알아!"

저는 오전에 볼일이 있어서 집을 나왔습니다.

가슴이 답답했습니다. 좋은 부모가 되겠다고 대화 방법을 2년 넘게 배우고 있는데, 버럭버럭 화를 내고 때리기까지 하다니……. 어떻게 해야 할지, 어떻게 나를 자제하고 통제해야 할지. 그러한 저 자신이 한없이 미웠습니다. 싫었습니다. 제가 어렸을 적에, 툭하면 화를 내고 때리면서 있는 대로 욕을 쏟아 부으시던 아버지. 그 아버지가 싫어서 저는 부모가 되면 절대로 그러지 않으리라 맹세했었습니다. 결심하고 또 했는데도 어쩌면 그렇게 아버지를 닮는지요. 가슴속에서 터져 나오는 회한을 삼키며 생각했습니다. 지금 이 순간부터라도 잘해야지. 진우의 어두운 기분을 풀어 주고 기분 좋게 가게 해야지. 저는 볼일을 서둘러 끝내고 집으로 돌아와 학원에서 돌아온 진우와 마주 앉았습니다.

"진우야, 속 많이 상했지? 학원에서 공부도 잘 안 되고, 그치? 엄마도 마음이 아파서 힘들었어. 너 기분이 어때?"

"아무렇지도 않아요."

진우의 대답에 놀랐지만 태연한 척 말했습니다.

"왜?"

"가방 제자리 놓아라, 숙제 미리 해라, 방 정리해라, 학원 시간 맞춰 가라, 그런 말 수도 없이 많이 들었는데, 제가 안 지켜서 야단맞았으니까요."

진우는 그야말로 모든 걸 포기한 것 같았습니다. 스키장도, 엄마에 대한 기대도, 이해도, 사랑까지도요. 사람이 욕심을 뺀 상태가 바로 저런 모습이 아닐까 생각되었습니다. 진우는 여유롭고 느긋했습니다. 어머니와 아들의 위치가 바뀐 것 같았습니다. 그런 대로 대화가 순조로워 온 식구가 스키장에 다녀올 수 있었습니다. 그러나 왠지 허전하고 울적한 기분을 떨쳐 버릴 수가 없었습니다. 며칠 후 대화 방법에 참가하고 돌아온 날 저는 아들과 다시 마주 앉았습니다.

"진우야. 엄마가 너랑 얘기하고 싶은데 괜찮겠니?"

"뭔데요?"

"지난번 스키장 가던 날. 엄마에게 야단 많이 맞고 나서 네 기분이 어땠나 하고."

"……엄마가 미웠어요."

"……그리고?"

"사는 것이 싫고 모든 것이 다 싫었어요. 엄마에게 야단맞으면 눈을 뜨고 있는 것도 싫고, 뒷골이 당기고, 스트레스 쌓이고, 화장실 가는 것도 싫어요.(진우는 화장실에서 만화를 보고, 미니오락기를 들고 30분 이상 볼일을 볼 때가 가장 행복하다고 한다) 그리고…… 아니야, 이 말은 하면 안 돼."

진우는 갑자기 손바닥을 펴서 자기 입을 막았습니다.

"무슨 얘긴데? 엄마는 오늘 공부하고 오면서 많이 생각했어. 어떡하면 너희들에게 화 안 내고 잘 지내나 하고. 엄만 무슨 얘기든 다 들을 수 있어."

"엄마가 선서하면 얘기할게요."

"그래 좋아. 선서할게."

"손을 들고 저를 따라 하세요."

"나는 화가 나더라도 절대로 이 말을 들먹거리지 않는다. 나는 자녀를 혼낼 때 지금의 이 단어나 감정을 떠올리지 않을 것을 하느님, 예수님, 공자님, 부처님, 알라신께 맹세합니다. 끝."

"약속 지킬게. 말해 줘."

"……가……출."

"가출?"

"네, 엄마가 엄마 맘대로 혼낼 때요. 지난번에도 내가 하지 않은 말을 엄마 친구 얘기만 듣고 나를 의심하며 야단쳤어요. 또 엄마가 혼내면서 옛날 일들을 있는 대로 다 꺼내서 들먹이고 또 혼내키는 대화 방법을 배우고 와서 미안하다고 할 때 가출하고 싶어요."

"저런! 진우야. 네 맘을 솔직하게 얘기해 줘서 고마워."

"또 있어요. 가출해서 있을 곳도 정해 놨어요. 학원 가는 길에 봐

됐는데요, 빌라 뒤쪽 뜰이 있는 지하실이에요. 겨울에도 따뜻해서 좋아요. 그날도 집에 왔다가 다시 가려고 했는데 엄마가 계셔서 못 나갔어요. 그리고 엄마는 아빠 때문에 화나면 괜히 저한테 화풀이 해요."

"진우야, 고마워. 모든 걸 다 말해 주고, 또 가출하지 않아서……. 엄마는 네가 없으면 못 살아. 널 찾을 때까지 길에서 헤맬 거야. 아휴, 큰일 날 뻔했네. 엄마에게 하나밖에 없는 소중한 내 아들. 앞으로 많이 노력할게. 엄마가 잘못할 땐 '엄마 대화 방법' 하고 말해 줘."

"알았어요, 엄마."

"엄말 믿어 줘서 고마워."

아들과 얘기를 나누면서 아들의 눈에 비친 적나라한 제 모습을 다시 볼 수 있었습니다. 아직도 감정의 통제가 어려워 화가 나면 앞뒤가 보이지 않는 것이죠. 그리고 아이는 제 모든 행동을 객관적으로 입력해 둔다는 것을 깨닫고 좋은 부모 되기가 정말로 어렵다는 사실을 다시 한 번 생각하게 되었습니다. 그러나 제가 만일 이러한 대화 방법을 배우지 않았다면 아들의 가출에 대한 비밀은 절대로 들을 수 없었을 것입니다. 비밀을 듣기는커녕, 아이의 말문을 막아 버려 기어코 가출

을 하도록 부추겼을지도 모릅니다. 아직 서툴고 부족하지만 꾸준히 노력한 보람이라고 생각했습니다.

수강자들의 얘기를 들을 때마다 새삼 부모 역할을 생각하게 된다. 내 부모가 나를 키우며 그러했듯이 부모가 된 나 또한 인내와 고통을 감수해야 부모가 되는 것이 아닌가 하고……. 자녀가 부모의 생각대로, 부모가 시키는 대로 따라 한다면 로봇이 아닌가. 그렇다면 앞의 경우에서 부모가 진우에게 어떻게 해야 하는가. 진우가 학원 갈 시간이 다 되어서 숙제하는 것을 긍정적인 시선으로 보았다면 다음의 대화가 가능하지 않았을까.

"진우가 선생님과의 약속을 지키려고 이 시간까지 열심히 숙제를 하고 있구나. 그런데 학원 시작할 시간이 30분 남았네."

"알았어요."

이런 대화가 이루어졌다면 집에서 학원까지 평소 30분 걸리던 거리도 단 10분 만에 달려갈 수도 있지 않았을까.

부모와 자녀의 대화 방법 강사인 나 또한 뒤를 돌아보면 실수 투성이다. 그러나 가끔은 기억할 만한 일들도 있었다.

우리 집 작은아들이 중학교 2학년 때였으리라. 그때가 사춘기여서 그랬는지 유난히 머리에 기름기가 흘렀고 이틀만 머리를 감지 않아도 기름때로 머리가 끈적이는 것 같았다. 특히 여름엔 땀을 줄줄 흘리다가 씻지 않은 채로 이삼 일이 지나면 머리에서 퀴퀴한 냄새가 났다. 게다가 나를 꼬옥 끌어안을 땐 머리 냄새가 내 심기를 건드렸다. 나는 참고 말한다.

"재신아, 엄마는 네 머리에서 퀴퀴한 땀 냄새보다 향긋한 비누 냄새를 맡고 싶어."

"이틀만 기다려 주세요. 주말에 아버지랑 목욕 다녀와서 향긋한 비누 냄새 실컷 맡도록 해 드릴게요."

"엄마는 기다릴 수 있는데 학교의 네 주변 친구들에게 미안해서 어쩌지?"

"저랑 비슷한 친구들도 많아요."

'많긴 뭐가 많아. 요즘 애들치고 너같이 게으르고 지저분한 애가 어디 있어? 너 같은 자식은 좋은 말로는 도저히 안 돼. 이리 와!' 아들을 휘어잡고 세면장으로 끌고 가서 등을 철썩철썩 후려 갈기고 머리를 쿵쿵 쥐어박으며 머리통을 물속에 쳐 넣고 싶은 때가 어디 한두 번이었던가. 그러나 그런 행동은 나에게는 화풀이는 되겠지만 우리 모자에게 무슨 이득이 있을까. 그리고 내 키보다 훨씬 커 버린 아들을, 본인이 싫다면 무슨 수로 끌고 가 머리를 감긴단 말인가. 고통을 삼키며 기다릴 수밖에.

그리고 어느 토요일 저녁이었다. 저녁을 먹으며 아들이 말했다.

"어머니, 오늘 집에 오는 길에 친구네 집에 들렀거든요. 어머니도 아시죠, 그 대학생 누나가 있다는 대진이요. 대진이가 제 이름을 부르자 대진이 누나가 뭐라고 한 줄 아세요?"

"뭐라고 했는데?"

"'얘가 그 머리에서 냄새난다는 아이냐?' 하는 거예요."

"맙소사! 어떡해!"

"왜요? 창피하세요?

“그래, 창피해. 그 친구 누나가 엄말 만나면 저 아줌마 아들 머리에서 냄새나는 채로 그냥 내버려두는 엄마구나 하면 정말 창피해.”

“걔 누나 보이면 제가 떨어져서 갈게요. 그래도 그 누나가 그 다음에 뭐라고 했는지 아세요?”

“…….”

“‘그래도 생긴 건 그렇게 안 생겼다, 얘. 귀공자같이 깔끔하게 생겼는데.’ 그러던데요.”

“…….”

“화나셨어요?”

“걱정돼. 이담에 네가 결혼할 때 혹시 네 반 여학생이 신부 친구가 되어서 네가 머리에서 냄새나던 아이라고 일러 주면 어떡하지?”

“그래서 싫다면 헤어지는 게 더 낫죠. 그 문제는 염려 푹 놓으세요. 머리에서 냄새나던 아이여도 좋다는 신부감 골라 올게요.”

그러던 아들이 고등학생이 되자 지각을 하면서도 머리를 감았다. 나는 그렇게 변한 아들이 궁금하고 또 궁금해서 물어보았다.

“얘, 중학교 때처럼 남녀공학도 아닌데, 왜 날마다 지각할 시간인데도 머리를 감니? 무슨 이유라도 있니?”

아들은 당연하다는 듯 큰 소리로 말했다.

“그럼요, 충분한 이유가 있죠. 이젠 제 이미지를 쇄신할 때가 되었으니까요.”

늙을 때까지 계속되면 어쩌나 하던 아들의 행동이 바뀌었다. 내게는 지켜보기 괴로운 긴 기다림이었지만, 사실 따지고 보면 괴로울 만큼 긴 시간은 아니었던 것 같다.

졸업 선물

그날따라 많은 아이들이 놀러 왔습니다. 초등학교 6학년인 아들 친구 다섯 명과 4학년인 딸의 친구 두 명이 왔습니다. 아이들이 돌아간 뒤 저는 갑자기 거실에 두었던 손지갑 속의 돈이 불안해지기 시작했습니다. 얼른 지갑을 찾아 열어 보았습니다. 만 원짜리 다섯 장을 반으로 접어 넣어 두었는데 한 장도 없었습니다.

'세상에, 5만 원을, 5천 원도 아닌 5만 원을 몽땅 가져가다니, 누구 짓일까. 우리 아들? 딸? 아니면 누굴까?' 황당했습니다. 아마도 제가 이 교육을 받지 않았다면 당장 두 아이를 불러서 몰아 세웠을 것입니다. 동생 앞에서 오빠가, 오빠 앞에서 동생이 받을 자존심의 상처는 생각도 못하고 말입니다. 더더욱 아이들의 친구 자존심까지는 제 의식의 어느 귀퉁이에서도 찾아볼 수 없을 것입니다. 일곱 명의 아이들을 당장 불러 모아 닦달했겠지요. 그런데 그날은 생각을 정리했습니다. '이 일을 어떻게 처리해야 하나, 이 상황을 어떻게 우리 모두가 성장할 수 있는 기회로 만들어야 할까?

저는 우선 큰아이를 불렀습니다.

"지훈아, 엄마가 의논할 일이 있는데."

"왜요? 무슨 일 있어요?"

아들은 제 표정에서 무슨 낌새를 알아차렸는지 물었습니다.

"그래, 거실에 두었던 손지갑에서 5만 원이 없어졌어."

"으와! 5만 원이나요?"

"그래."

"그런데 엄마 상현이가 좀 이상했어요. 우리더러 자꾸 나가자면서 자기가 오락실 돈을 대 주겠대요."

"그래. 그럼 네가 상현이에게 엄마가 할 얘기가 있다고 하고서 데려올래? 다른 사람에겐 아무 얘기도 하지 말고."

"알았어요, 엄마."

상현이를 데리러 갔던 아들은 숨을 헐떡이며 금방 돌아와 말했습니다.

"엄마, 상현이가 오라고 했더니 도망가 버렸어요."

"그래, 좀 기다려 보자."

저는 아들이 상현이를 만났다는 오락실을 찾아갔습니다. 상현이는 만 원짜리를 잔돈으로 바꾸어 오락을 했다고 했습니다. 집으로 돌아온 저는 두어 시간 지난 후에 상현이네로 전화를 했습니다. 아직 집에 돌아오지 않았다는 상현이 동생의 말을 듣자 문득 상현이가 동생에게 거짓말을 시키는 게 아닌가 하는 의심이 생겼습니다. 저는 또 한 번 아들에게 부탁했습니다. 상현이에게 네가 우리 엄마를 만나지 않으면 우리 엄마가 너의 엄마를 만난다고 전하라고요.
아들은 꽤 오랜 시간이 지나서 돌아왔습니다.

"엄마, 상현이는 없었어요. 그런데 상현이 할머니가 자꾸만 왜 그
러냐고 하셔서 그 얘기를 했어요."

"그랬어?"

저는 생각해 보았습니다. 상현이 할머니 마음이 어떠실까 하고
요. 상현이 부모님은 맞벌이 부부인데, 어머니는 장애자의 몸으로
가게를 운영하신답니다. 아이들은 상현이 외할머니가 돌보고 있고
요. 혹시라도 상현이 아버지가 알게 되어 상현이가 매라도 맞게 되
면 할머니 마음이 얼마나 아프실까. 사실 제가 상현이를 만나고 싶
은 이유는 돈을 찾겠다는 목적보다는 네가 돈을 가져간 사실을 내
가 알고 있다고 알리고 싶었기 때문입니다. 그것이 제가 해야 할 도
리인 것 같았습니다. 저는 아들과 함께 처음 가 보는 상현이네 집을
찾아갔습니다. 그리고 처음 뵙는 상현이 할머니에게 말씀을 드렸습
니다.

"제 아이 말을 듣고 많이 놀라셨죠? 죄송합니다. 제가 지갑을 잘
챙기지 못하고 아이들 노는 곳에 놓아 두어 제 잘못이 큽니다. 그리
고 아이들은 크면서 이런 일 한두 번은 겪는 것으로 알고 있습니다.
그렇더라도 그냥 덮어 두면 상현이를 위해서도 안 될 것 같아서 왔
습니다."

"그러믄요, 제가 죄송해요. 저는 무엇보다도 상현이가 정직한 사
람이 되었으면 하는데요. 이 할미가 부족한 게 많아서요."

"부족하시다니요, 상현이가 돌아오면 제가 보잔다고 보내 주셨으

면 합니다.”

밤 10시가 넘어 상현이 할머니는 손자의 손을 잡고 오셨습니다. 상현이가 4만 원은 빈 항아리에 넣어 두고 만 원은 오락실에서 다 써 버렸다고 하시면서 꼬깃꼬깃한 당신 용돈에서 만 원을 채워 주셨습니다. 저는 코끝이 찡했습니다. 저는 완강히 거절하는 할머니 손에 만 원을 꼬옥 쥐어 드렸습니다. 그리고 상현이 옆으로 갔습니다.

“상현아, 네게 물어보고 싶은 게 있는데, 우리 집에 다시 놀러 오고 싶니?”

“……네.”

“그런데 네가 우리 집에 놀러 오면 네가 뭘 가져가지 않나 하고 의심하게 되거든. 그러면 아줌마가 죄를 짓게 돼.”

“다신 안 그럴 거예요.”

“그럼 아줌마가 널 의심하지 않아도 되겠네.”

“다음엔 절대로 안 그럴 거예요”

“그래 널 믿을게!”

“그럼 또 놀러 와도 돼요?”

“그래, 오늘 같은 일만 없으면 언제든지 놀러 와도 돼.”

“고맙습니다.”

저는 이 작은 사건에서 많은 것을 느꼈습니다. 처음엔 황당했지만 침착하게 일을 풀어 갈 수 있었습니다. 아마도 제가 대화하는 구체적인 방법을 배우지 않았다면 아무리 침착하게 일을 풀어 가려고 해도 그 실마리를 찾지 못했을 것입니다. 아들의 말도 믿지 못하고 함부로 닦달했을 것입니다.

‘너 엄마 지갑에 있던 돈 5만 원 봤어, 안 봤어? 솔직히 말해!’

‘안 봤어요.’

‘정말이야? 그럼 아까 왔던 친구들 다 데려와.’

모두들 불러 놓고 심문을 했거나, 아니면 다섯 명의 아이들과 어머니를 상대로 말씨름을 하며 시간을 빼앗길 것이 두려워서 아예 포기하고 말았을지도 모릅니다. 그리고 아들에게는 일장 훈계를 했을 것입니다. 친구를 잘 보고 가려서 사귀어야 한다, 행실이 나쁜 상현이하고는 다시는 놀지 말아라, 집에도 데려오지 말아라 하면서 상현이는 아들의 친구 명단에서 빼놓았을 것입니다. 어쩌다 집에라도 오면 감시하고 ‘상현아, 할머니가 기다리시겠다. 할머니 걱정시키지 말고 빨리 집에 가야지.’ 핑계를 대며 쫓아냈을 것입니다.

사실 제 모든 것을 고백하자면 그동안 저는 아이들을 제 소유물로 생각했습니다. 제가 아이들을 사랑할 땐 껴안고, 아이들이 저를 사랑할 땐 귀찮아했습니다. 그러나 이제는 아이들을 존중하면서 ‘엄마는 네가 말하지 않으면 몰라. 네 생각을 듣고 싶고 알고 싶어.’ 하고 말할 수 있습니다.

요즘도 상현이는 저희 집에 자주 놀러 옵니다. 상현이 할머니도 가끔 안부 전화도 주시고 상현이 어머니의 꽃가게에서 꽃도 보내 옵니다. 저는 순진한 상현이의 웃음을 보면서 제 지갑에서 돈을 훔쳐 갔던 상현이를 전적으로 수용하고 사랑으로 정을 줄 수 있는 자신이 고맙게 느껴집니다. 하마터면 자신과 우리 아이만 생각하는 이기적인 상태에 머물러 있었을 텐데, 이웃과 주변을 헤아릴 줄 아는 큰 사람이 된 것 같아 요즘은 사는 보람을 느낍니다.

지훈이 어머니의 발그레한 표정을 보며 몇 년 전 수강자였던 세영이 어머니의 모습이 떠올랐다. 그는 어느 날 자신의 문제를 개인적으로 문의해 왔다.

중학교 3학년인 제 딸에게 문제가 생겼습니다. 학교에 내야 할 돈을 10만 원짜리 수표로 가져갔습니다. 물론 수표 뒷면에 제 서명을 하고요. 그 수표가 없어진 것입니다. 친한 친구 두 명과 마침 지나가던 친구와 셋이 보는 데서 수표라고 걱정하면서 책가방에 달린 주머니에 넣었답니다. 그리고 화장실 다녀오느라 잠깐 자리를 비웠답니다. 제 아이는 의심이 가는 친구 앞에서 수표가 없어졌다고 얘기를 하면서 표정을 살폈지만 시치미를 딱 떼더라는 것입니다. 저와 아이는 결국 본인이 잘 간수하지 못한 책임이 크다며 포기하기로 했습니다.

딸의 졸업을 앞두고 이러한 사실을 선생님께 말씀드려서 얼마 남지 않은 아이들의 중학교 생활을 어수선하게 하고 싶지 않았습니다. 더욱이 그 친구에 대해서는 막연하게 의심이 가는 것이지 확실한 증거는 없었습니다. 그런데 며칠 전 같은 학부형으로 알게 되어 가깝게 지내는 작은 선물 가게 주인으로부터 전화가 왔습니다. 할 얘기가 있다며 꼭 들르라는 것이었습니다. 저를 만난 그는 "세영이 엄마, 혹시 미숙이네랑 돈 거래 하세요?" 하는 것이었습니다. 저는 가슴이 철렁했습니다. 딸이 며칠 전 수표를 잃어버리고 의심했던 그 아이의 이름이었기 때문입니다.

"아니요, 왜요?"

그는 10만 원짜리 수표 한 장을 내밀었습니다. 얼른 뒷면을 보았습니다. 머리가 띵했습니다, 제가 서명한 그 아래에 전화번호와 미숙이의 이름과 전화번호가 적혀 있었습니다. 저는 무어라 할 말이 없었습니다. 그분이 말했습니다.

"어쩐지 미숙이의 행동이 이상했어요. 삼천오백 원짜리를 사면서 10만 원짜리 수표를 내놓더라고요. 서명을 하라고 했더니 꼭 해야 되냐는 거예요. 우물우물하더니 쓰더라고요. 좀 의심이 갔는데 세영이 어머니의 서명이 있었어요. 제가 보기엔 아무래도 좀 이상했어요."

"실은 그 수표가⋯⋯."

저는 자초지종을 얘기했습니다. 그리고 그 수표를 바꾸어 제가 가졌습니다. 그렇지만 선물 가게 주인에겐 우리 둘만의 비밀을 지켜 줄 것을 당부했습니다. 그리고 집으로 돌아오는 길에 여러 가지 생각을 해 보았습니다.

'담임 선생님과 의논을 해? 미숙이를 만나? 아니, 미숙이 어머니를 만나? 만나서 뭐라고 말하지?' 저는 결론을 내릴 수가 없었습니다. 우리 수업 중에 문제로 내놓으려고 해 보았지만 혹시 미숙이에게 좋지 않은 영향이 미칠까 봐, 바쁘시겠지만 선생님께 이렇게 개인적으로 문의하게 되었습니다.

나는 세영이 어머니와 같은 수강자를 진심으로 존경한다. 조심스럽게 타인을 배려하는 세영이 어머니. 나는 세영이 어머니에게 질문을 했다.

"세영이 어머니가 타임머신을 타고 중학교 3학년으로 되돌아갔습니다. 불행하게도 세영이 어머니가 미숙이의 행동을 했습니다. 세영이 어머니는 미숙이 어머니가 어떻게 해 주시기를 바라겠습니까. 그리고 미숙이가 세영이라면요?"

"글쎄요. ……그렇게 생각하니까 편안해지네요. 너그럽게 잘해 주고 싶네요. 어떻게 하죠?"

"글쎄요, 제가 어려운 제안을 드려도 될까요? 어떻게 보면 비현실적인 제안인 것 같은데, 받아들이지 않으셔도 됩니다만."

"어떤 제안인데요?"

"20만 3천 원을 아무 대가 없이 쓸 수 있을까요?"

"20만 3천 원요? ……글쎄요. 그 정도는 할 수 있습니다만."

"그렇다면 세영이 어머니와 미숙이의 서명이 들어 있는 그 수표를 가지고 계세요. 그러다가 미숙이가 졸업하는 날 3천 원으로 예쁜 카드와 꽃을 사서 편지와 함께 그 수표를 미숙이에게 졸업 선물로 주시면 어떨까요?"

"글쎄요. 그런 일은 생각을 못했네요. 그러겠습니다. 그런 일을 할 수 있도록 기회를 주셔서 감사합니다. 카드엔 뭐라고 쓰죠?"

세영이 어머니는 나의 수제자였다. 아니, 존경하는 스승이었다. 그리고 3개월쯤 지났을까? 나는 세영이 어머니의 전화를 받았다.

"선생님, 오늘 우리 아이와 미숙이의 졸업식이었습니다. 그리고 미숙이에게 카드와 꽃을 주었습니다. 그리고 카드에 제 정성을 담아 편지를 썼습니다.

미숙아, 졸업을 축하한다.

나무가 자랄 때는 때때로 벌레 먹고 죽어 가는 가지가 있단다. 그 가지를 그냥 두면 나무 전체가 죽을 수도 있어. 그래서 그 가지는 잘라 내야 한단다. 잘라 내는 고통이 따르더라도 말이다. 세영이가 학교에서 잃어버린 수표를 선물 가게 아주머니에게서 10만 원과 바꿨단다. 이 일은 선물 가게 아주머니와 너와 나, 우리 세 사람만 알고 있단다. 네가 건강한 나무로 자라기를 기도한다. 이 수표는 네 졸업 선물이다. 너를 사랑하는 마음으로 늘 바라볼 거야.

세영이 엄마가

미숙이는 교문을 나서는 제게 쫓아와 '아주머니, 감사합니다' 하면서 자기가 받은 꽃다발을 제게 주었습니다. 그리고 저를 바라보는 눈에 눈물이 가득 고였습니다. 그 눈물이 그렇게 아름답게 반짝일 수가 없었습니다. 그 눈물엔 20만 3천 원의 몇백 배의 의미가 담겨 있는 듯했습니다. 그리고 고백할 게 있습니다. 3개월 동안 카드에 편지를 어떻게 쓸까를 문득문득 고민하면서 미숙이를 조금은, 아니 많이 사랑하게 되었다는 것입니다.

세영이 어머니의 목소리가 촉촉히 젖어 있었다. 자식을 키우는 세월과 함께 넉넉해진 모정이 따뜻하게 전해져 왔다.

별을 낚는 아이들

다음은 부모와 자녀의 대화 방법에 참가한 지 3년이 넘는 선생님이 중학교 3학년 학급 담임을 맡아서 그 반에서 만든 학급 문집의 내용 중 일부다. 독자들이 아이들의 생활을 이해하는 데 도움이 되기를 바라면서 이 책을 만든 선생님의 허락을 받아 소개한다.

저는 지난 1년 동안 정들었던 교실의 유리창을 통해 교문을 나서는 졸업생들의 뒷모습을 지켜보았습니다. 학생들이 거의 교문을 빠져 나갔을 무렵, 손에 든 한 권의 책을 펼쳤습니다. 우리 반 50명의 우정과 고통, 사랑, 손때 묻은 마음을 모아 묶은 책입니다. 저는 '선생님 말씀'에 쓴 제 글을 부끄러운 마음으로 읽었습니다.

지난 1년간 써 모았던 모둠 일기를 바탕으로 학급 문집을 발간하게 되어 무척 기쁘고 자랑스럽습니다. 늘 여러분에게 다가서려는 노력을 했지만 노력보다는 욕심이 앞섰습니다. 고등학교 입학이라는 현실적 중압감과 정신적 성장에 따른 갈등 속에서 고민하는 여러분을 이해한다, 이해한다 하면서도 입시에서 좋은 결과를 얻어야 한다는 명분으로 여러분에게 상처 주는 일이 많았습니다. 더 많이 인내하며 여러분이 느꼈을 좌절, 갈등을 보듬어 주었어야 했는데, 헤어짐의 자리에 서니 많은 부족함이 느껴집니다.

그렇습니다. 이제 여러분은 별 낚시꾼입니다. 우주 공간만큼이나 무한한 가능성 앞에 놓여 있습니다. 여러분은 미래의 자화상을 그릴 때입니다. '세상에서 가장 소중한 것은 무엇인가', '나는 어떤 사람이 되기를 원하는가' 등을 곰곰이 생각하며 자신의 가치관을 세울 때입니다. 가치관을 세워 사는 삶은 정확한 나침반을 가지고 항해하는 것과 같습니다.

한 나무꾼의 이야기가 떠오릅니다. 같이 나무하러 간 친구가 물었습니다.

"자네는 내가 일할 때도 쉬고 있을 적이 많았는데 어떻게 나보다 나무를 많이 했나?"

그 나무꾼은 이렇게 대답했습니다.

"나는 그냥 쉰 게 아닐세. 쉬면서도 도끼 날을 갈고 힘을 비축했네." 이런 지혜로움과 올곧은 삶을 가꿔 가길 바랍니다. 여러분은 제 마음속에 늘 '별을 낚는 아이들'로 기억될 것입니다…….

저는 또 다른 페이지들을 펼쳐 보며 지난 1년 동안 아이들과 함께 쓴 모둠 일기의 기록들을 읽기 시작했습니다.

○○이가 계속 결석이라 걱정이다. 빈자리를 보는 마음이 편치 않다. ○○이의 고민은 무엇일까? ○○이가 나오면 학교에 정을 붙이도록 해 줘야 할 텐데…….

—담임

○○이는 고민이 있는 게 아니라 돈만 있으면 환장해서 가출한다고 나에게 말해 줬어요.

—△△△

나는 갈수록 사는 게 싫을 때가 있다.

그것은 바로 공부 때문이다. 공고나 상고, 농고, 수고에 가서 무엇을 할 것인가. 그리고 내 적성을 찾았으면 한다. 그래야 전문대학이라도 가지. 안 그래요, 선생님? 지금 어떻게 해야 할지 모르겠습니다.

—□□□

답답한 네 마음을 속 시원히 풀어 줄 수 없어 미안하구나. 적성이란 틀에 얽매일 필요는 없다. 사람들이 꼭 자기 적성대로 일하는 건 아니니까. 무슨 일이든 할 수 있는 능력은 꼭 있는 거란다. 단 지금 네가 할 일에 최선을 다하는 것이 보다 빠르게 적성을 찾는 방법이 될 거다. 공부보다 우선해야 될 것은 '바른 삶'을 사는 길이다.

─담임

3월 23일

모두가 내겐 걱정이 없을 것이라 생각하겠지. 그렇지 않다. 성적이 좋다고 모든 게 잘되고 항상 편한 건 아니다. 오히려 더 미칠 것 같은 때가 있다. 항상 뭔가에 쫓기는 듯한 느낌, 한여름 밤 찌는 듯한 더위 속의 악몽 같은 기분, 지금 나를 둘러싸고 있는 거다. 이런 나를 더욱 혼란스럽게 만드는 게 있다. 난 지금 누군가를 무척 좋아하고 있다. 상대방은 전혀 모르리라 생각된다. 정말 혼란스럽다. 이 시기가 싫다. 하지만 이 시기가 값진 것일지도 모른다. 지나간 시절은 그리운 것인가 보다. 이 시기도 언젠간 그리운 시절이 될지도 모르지. 그때를 위해 걱정들을 즐기자. 추억을 만들며 시험도, 첫사랑의 기억도 멋지게 장식해 보자. 뒤죽박죽 되는 대로 썼지만 그래도 뭔가 보이는 듯하다. 역시 인생은 내가 개척하는 것인가. 하늘에 별 하나가 보이는 것 같다.

─×××

너무도 진부한 비유 같지만 '진주'의 얘기를 하고 싶구나. 영롱하고 순결한 그 아름다운 진주는 그냥 만들어지는 게 아니잖니? 엄청난 고통을 치러야만 하듯이. 헤르만 헤세의 〈데미안〉 얘기를 아니? 알을 깨는 고통을 치러 내는 너희들의 시기가 너무도 아름답게 보인다. 네 힘겨움을 덜어 줄 수 없음이 안타깝구나. 하지만 네 주변에 반짝이는 수많은 별들이 떠오르고 있음을 본다.

—담임

3월 23일 일기를 쓴 친구에게

너의 글을 읽어 보고 나도 공감했어. 삶, 삶이란 무엇일까? 남들이 말하는 삶과 내가 살아가는 삶은 다르다고 봐. 이성 때문에 걱정이라고 했지? 우리 나이에 모두 겪는 일이 아닐까? 물론 나도 겪었지. 이 생각 저 생각 해 보는 게 필요한 거야. 이 '모둠 공책'은 문학성도 길러 주고 고민거리도 해결해 주고, 일석이조의 역할을 하는구나. 그리고 성적 때문에 고민하던데 우리 반에서 소위 '캡빵'이라는 네가 걱정하면 우리 반이 흔들리잖아. ××아, 난 너를 믿는다. 지금부터라도 노력하자. 항상 1등은 존재하지 않아. 천재도 슬럼프는 있는 거야. 우리 과감히 그 슬럼프를 넘어 보자. 시작은 반이라잖아. 믿는다, 천재야. 최고를 위해 더 노력하는 거야. 파이팅! 부디 No.1의 자리를 지켜라. 뒤에 쫓아가는 나를 위해서라도.

—너를 진정으로 생각하는 친구가 O.B.J.

(내가 읽어 봐도 말이 막히는 부분이 있다. 국어 공부 열심히 해야지)

'3월 23일 일기를 쓴 친구에게'를 쓴 친구에게

고맙다, 오뱅아. 내 주위에 이렇게 나를 지켜보며 위로해 주는 친구가 있다는 게 얼마나 행복한지. 이 일기장은 정말 멋진 대화의 수단 같아. 말솜씨가 없는 나 같은 사람도 조금이나마 마음을 표현

할 수 있으니까. 어쨌건 네가 말하는 슬럼프란 것을 이겨 내야겠다. 고맙다.

―×××

3월 27일

오늘 3학년이 되어서 본 첫 번째 수시고사 수학 시험 결과를 보니, 자율 학습 태도와 성적이 비례하는 것 같다. 태도가 좋은 녀석은 안심이 되지만 그렇지 않은 녀석들은 속이 상하고 안타깝다. 저 녀석 봐. 또 얘기, 또 딴 짓, 소곤거림, 창밖 운동장 응시. 몇 대 후려 갈겨야 할까 보다.

―담임

○월 ○일

선생님, 저예요. 토요일, 어떻게 아셨는지 모르겠지만 오락실에 간 저를 보신 것 같아요. 변명은 않겠습니다. 예, 갔어요. 간 이유는……. 일반적인 이유는 스트레스 해소, 재미 등이죠. 하지만 전 그날 왠지 집에 가기 싫었어요. 변명이 되는 것 같지만 잘 모르겠어요. 그날 제 성적을 알았고 수학 문제집도 상으로 받고 또 선생님들께 칭찬과 격려도 받았습니다.

그러나 제게 남은 건 허전함과 떨고 있는 내 모습이었어요. 좋지 않은 점수로 전 학년에서 1등이라니. 모두가 비웃는 것 같았어요. 이상한 기분이 저를 그곳으로 움직이게 했어요. 하지만 제 탓이죠. 3학년이 되어 세운 의지가 한순간에 무너져 버렸어요. 그러나 잘못을 저지르는 것도 가치 있는 일 아닌가요. 반성을 하게 만드니까요. 자기 비판을 통해 과거의 자신에서 탈피하는 거죠. 거듭나기, 이 신성한 일기장 위에 맹세하죠. 다신 그런 일이 없을 거라고요. 껍질을 벗었으니까요. 좀더 큰 '나'가 되었으니까요. 아, 선생님 한 가지 더 말씀드려도 될까요?

이번 성적을 보며 제 능력에 의문이 생겼어요. 왜 난 나아지지 않는가. 곰곰 생각해 보니, 험한 산을 오르는 등산가에게 밀어닥치는 눈사태 같은 녀석이 있었어요. 자만심! 그 녀석이었어요. '우리 학교에선 내가 캡이다.' 작은 곳에 묶여 버린 거죠. 저 자신이 저를 묶은 거예요. 저는 자만심을 이기고 정상을 향할 의지가 있어야 해요. 우선 더 큰 목표를 세워 보기로 했습니다. 그릇이 작아 물이 넘치면 더 큰 그릇으로 옮겨야죠.

'전국에서의 내 성적에 관심을 갖자.' '우리 학교는 너무 좁다.' 이렇게 목표를 세워 보지만 자신이 없어요. 능력도 부족한 것 같고 "선배들은 이러지 않았어." 하시는 선생님들 말씀을 들으면 기가 꺾여요. 그게 사실이니까요. 그래도 뭔가 우리의 위신을 회복해야 할 것 같아요. 선생님들을 깜짝 놀라게 할 ……. 우선 제가 잘해야죠. 공부 못하는 녀석들 중의 1등이라 해도 어쨌건 1등이니까요. 갑자기 오기가 생기네요. (하, 정말 이 일기장은 이상해요. 자기가 자기의 문제를 써 놓고 스스로 해답을 찾게 되니까요) 그 길이 저희를 사랑으로 대하시는 선생님께 보답하는 길 같고 학교를 위하는 길인 것 같아요. 언젠가 말씀하셨죠. 10년 후엔 지금을 그리워하게 될 것이라고요. 그때를 위해 열심히 할 거예요.

종치기가 힘껏 종을 치고 있군요, 그때를 위해서. 종소리가 아주 크게 울려나갈 거예요, 분명히.

—○○○

앞 내용에 대한 얘기

토요일은 유난히 맑은 햇빛이었다. 버스를 타고 가는 길이 집이 아니라 한 번도 가보지 않았던 그 어떤 곳이었으면 하는 바람기(?)가 발동하는 날이었지. 교차로를 지나던 버스가 신호등에 걸려 대기 중이었는데 굉장히 반가운 낯익은 녀석 둘을 보게 되었지. 어디로 가는 걸까? 서점? 그렇게 밝은 표정을 보기는 처음이었던 것 같다. 그런데 ……. 솔직한 심정은 다음과 같다.

집에서 중학교 1학년인 아들에게 얘기했지.

"엄마, 실망하셨겠네요."

"두 가지 마음이었어. 한 녀석을 보면서는 저런 면이 있었구나, 그럴 수도 있지 하는 너그러움이 생기더라. 그런데 또 한 녀석은 월요일 수시고사 결과에 따라 혼 좀 내줘야겠다는 생각이 들었단다. 하지만 둘 다에게 실망을 한 건 아니야."

그래, 우리 자존심을 지키자. 해 보이는 거야. 보여 주는 거라고! 이제 비로소 나도 너희들의 한 부분인 것 같다. 내가 지금 담임을 맡고 있는 반이 너희들의 반이 아니라는 걸 상상도 못한다. 그만큼 나는 너희들 모두를 좋아한단다.

— 담임

생각이란? 생각은 인간만이 할 수 있는 특권이다. 요즘 세대들은 짧은 생각을 좋아하는 것 같다. '일언삼사(一言三思)'란 말이 있듯이 생각을 깊게 한 후 말하고 행동해야 한다. 오락실에 대한 갈등을 느낄 때에도 '에라, 10분만 하자.' 할 때와 '참자, 오락은 마약과 같은 것이야.' 하는 생각을 할 때 행동이 달라진다. 나는 다행스럽게 후자에 속하는 편이지만 생각을 깊이 하는 것은 머리가 아프다는 이유로 아무래도 피하게 된다. 그러니까 학원과 과외가 장사가 잘 된다. 친구들이 수학과 과학을 어려워하는 이유는 그 두 과목이 엄청난 사고력을 요구하기 때문이다. 과외나 학원을 다니는 사람들은 점점 스스로 생각하고 느낄 기회를 상실하고 사고력이 사라지고 자신감이 없어진다.

며칠 전, 어려운 수학 책의 글귀가 무슨 뜻인지 몰라서 애쓴 적이 있었다. '이것이 내 한계인가?' 하면서도 열 번, 스무 번 읽었다. 읽으면서 이렇게 여러 번 읽게 하는 것은 '무엇'일까도 생각했다. 그리고 드디어 해답을 얻었다. 머리가 아프고 뜨거웠다. 그러나 누가 가르쳐 주지 않은, 한 번도 들어 본 적이 없는, 우리 반에서 아무도 모르는 지식을 얻은 기쁨에 그날 밤은 꿀떡 같은 잠을 잘 수 있었다. 물론 누군가에게 물어보았다면 금방 해답이 나올 수도 있었을 것이다. 그러나 그러면 자기 스스로 탐구하고 생각해 보는 기회를 놓치게 된다. 다른 사람에게 도움을 청하는 일은 본인이 '이것은 도저히 넘을 수 없는 내 한계다.' 할 때에만 하는 것이라 생각한다.

마지막으로 우리 반 미화부장을 자랑하고 싶다. 그 친구는 하루에 한 번꼴로 내게 어려운 것을 묻곤 한다. 며칠 전 과학 문제를 물었는데 그 문제를 스스로 풀기 위해 새벽 두 시까지 끙끙거리다가 잤다는 것이다. 그 친구를 칭찬하고 싶은 이유는 그의 자세 때문이다. 그러한 자세가 수학과 과학을 발전시키는 밑천이라고 본다. 결론은 '생각하면 진보한다' 는 것이다.

－△△△

5월 3일

어느새 5월이다. 옆에서 우리 반을 지켜보시는 다른 선생님들이 말씀하셨다.

"이 선생님. 아이들은, 특히 요즘 학생들은 선생님의 정으로만 가르쳐선 안 돼요."

너희들 정말 그러니?

"바닷가의 조약돌을 그토록 둥글고 예쁘게 만든 것은 무쇠로 된 정이 아니라 부드럽게 쓰다듬는 물결인 것을." (법정, 〈무소유〉 중에서)

－담임

5월의 어느 주말

학생들과 함께 '인성 교육' 을 마친 그날 밤, 우리 반 학생 중에는 촛불로 어둠을 밝힌 채 부모님께 쓴 편지를 선생님께 가져온 친구가 있었다. 편지를 읽어 주실 부모님이 이미 이 세상을 떠나셨기

때문에 나를 부모님이라고 생각하고 가져왔단다. 그 밤은 정말 나
도 잠을 이룰 수가 없었다.

— 담임

7월 15일

오늘 있었던 일에 대한 네 얘기를 들어 보자. 속 많이 상했지?
억울하기도 하고 …….

— 담임

선생님께

솔직히 오늘 일은 기분이 아주 나빴습니다. 이유는 저만 그런 가
방을 가져온 것도 아니고, 그때 저 말고도 농구화를 신고 온 아이
들이 많았기 때문입니다. 게다가 검은 티셔츠는 토요일엔 입어도
된다고 했고, 저보다 더 늦게 온 학생도 많았습니다.

그래서 가방, 농구화, 지각, 티셔츠 문제로 비참하게 맞은 이유
를 모르겠고 너무 억울합니다. 솔직히 3학년 선생님 중에 존경할
만한 선생님이 한 분도 없습니다. 왜냐하면 차별하시기 때문입니
다. 지난 토요일에도 검은 티셔츠를 입은 친구와 물을 마시러 가다
가 김○○ 선생님을 만났는데 선생님께선 저만 때리셨습니다. 우리
반에 지각 삼총사가 있다고 말씀하셨는데 저만 야단맞고 혼이 났
습니다. 같은 조건에서 왜 저만 희생되어야 합니까? 선생님께도
두 번이나 쪽지 편지로 제 의견을 말씀 드린 적이 있습니다. 저는
중학교에 들어와서 별로 눈물을 흘리지 않았는데 3학년이 되어 많

이 우는 것 같습니다. 요즘 성적이 떨어져 기분도 안 좋은데 선생님들의 차별이 학교를 다니기 싫게 합니다.

담임 선생님께 건의합니다. 제발 특별한 일이 아니면 교무실로 부르지 마시고 교실에서 말씀해 주십시오. 그리고 선생님들께선 편견 좀 가지지 말아 주십시오. 저는 그래도 요즘 지각하지 않으려고 노력하고 있습니다. 제가 선생님 주의를 받으면서도 스포츠백을 가져온 건 잘못입니다. 앞으로 안 가져오겠습니다. 요즘 학교생활에서 수업 시간에 "너는 지각만 하니까 점수가 이 모양이지." 하시는 말씀과 교무실에 불려 갈 때 다른 선생님의 눈총, 또 다른 반 선생님께서 "그 옷차림이 뭐냐, 너 안 되겠다." 하시는 말씀을 들으면 울분이 치밀고 열 받습니다.

오늘 집에 와서 매 자국을 보니까 자존심이 상했습니다. 매 자국을 감추려고 했으나 어머니께 들켜서 교실에서 농구하다 맞았다고 거짓말을 했습니다. 거짓말하는 내가 이상했습니다. 진심으로 절 이해해 주고 위로해 주는 것은 같은 반 친구들뿐이라고 생각합니다. 더 이상 이런 글은 쓰고 싶지 않습니다. 2학기 때는 성적, 활동 등 여러 면에서 많이 향상될 것을 기대해 주십시오.

－×××

네 얘기를 듣고

그랬구나. 이렇게 솔직한 네 감정을 써 줘서 고맙다. 그리고 너를 교무실로 불러서 주의를 준 점 미안하다. 앞으로 고치도록 하마. 네가 이렇게 할 말이 많은 만큼 선생님도 할 말이 많다. 선생님이 맡고 있는 학생은 한두 명이 아니란다. 같은 잘못이 반복될 때는 참고 참다가 큰 소리로, 또 때론 매까지 들게 된다. 소수의 학생이었다면 더 기다릴 수 있었다고 말하면 변명이 될까. 그리고 네가 지적받은 것은 사소한 잘못들이라고 생각한다. 지각, 복장, 등등. 이 정도는 네가 챙길 기본적인 자세라고 본다. 네가 규칙을 지키면 그런 상처는 없었을 것 아닌지. 설득력 없는 내 얘기가 길어지고 있는 것 같지만 너 자신을 곰곰 생각해 보기 바란다.

내가 너를 지켜보며 관찰한 것은 단점보다는 장점이 더 많다는 사실이다. 그 많은 장점들이 몇 가지의 단점 때문에 묻혀 버린 채, 지적받고 야단맞는 네가 나로서는 안타깝고 속이 상한단다. 네 각오대로 2학기 때는 네 진가를 발휘하길 기대한다.

—담임

별 낚시꾼들의 애기는 계속 이어져 2학기까지 이어졌다. 이 모둠 일기를 통해 학생들과 선생님과의 막힘 없는 대화의 효과가 어떤 것인지 생각해 보게 된다. 담임 선생님은 학생들이 마음을 표현한 글을 한 글자 한 글자 정성으로 읽고 성섬껏 도와주고자 애썼다. 물론 선생님의 갈등도 컸다. 선생님은 대화 방법 수강 중에 그때의 고민을 털어놓았다.

저희 반 학생들이 엉망으로 될까 봐 걱정입니다. 우리가 배우는 대화 방법으로 학생들을 인격체로 대우하려고 노력하고 있습니다만 어렵습니다. 특히 말썽을 부리는 학생들은 체벌과 고함으로 길들여진 것 같습니다. 앞에서 말할 때는 잘될 것 같다가도 돌아서면 예전대로 되돌아가는 것 같습니다.

저를 위해 걱정해 주시는 선생님들의 말씀을 들으면 겁이 납니다. 학생들에게 가장 중요한 중학교 3학년 시기를 실패로 보내게 하면 어떡하나 하고요. 저 또한 교직 생활 16년 만에 처음 맡는 중3 담임을 망치고 싶지 않아요. "역시 체격도 마음도 연약한 여자 선생님께 중3 남학생들을 맡기는 게 아니었다."라는 말을 듣고 싶지 않거든요.

그런데 때때로 묘한 느낌이 들어요. 혼돈 속에서도 질서가 잡혀가고 있는 느낌이요. 안개 속에서 희미한 불빛이 보이기 시작했습니다. 그것은 희망이었습니다. 저는 학생들이 지금 이 순간을 영원히 '소중한 추억', '보람된 만남' 으로 기억하길 간절히 원합니다.

이 선생님의 얘기를 듣는 나 또한 겁이 났다. 어쩌면 우리가 배우는 이 방법들이 추상적인 이론일 뿐 구체적인 현실에 적용하기 어려운 것은 아닐까.

그러나 잘 다듬어진 조약돌보다는 그렇게 다듬어지는 과정에 의미가 있는 것이 아닌가. 학생들에 대한 이 선생님의 자상하고 진지한 관심은 온유함으로 드러나 그들을 설득시킬 수 있었다. 그들의 고민을 모둠 일기에 솔직하게 털어놓을 수 있게 만든 것이다. 친구와의 갈등, 성 문제, 폭력, 커닝, 성적에 대한 두려움, 부모님과의 갈등, 열등 의식, 답답함, 불만, 방황, 좌절 등 일상의 모든 고민을. 그리하여 "하, 정말 이 모둠 일기장은 이상해요. 자기가 자기의 문제를 써 놓고 스스로 해답을 찾게 되니까요." 하도록 만들었다. 그리고 "어머니 같은 모습으로 절 대해 주신 선생님께 감사 드리며 중학교 생활 동안 선생님반 학생이 되었다는 것을 가장 큰 행복으로 생각합니다." 라는 이야기가 나오게 만들었다.

그들은 모두 행복했다. 모둠 일기에 참가한 학생들은 우정으로 뭉쳐졌고 50명 전원이 한 명의 낙오자도 없이 고등학교에 진학했다. 졸업반 중 최고의 학급이 되었다. 이 선생님 또한 나의 최고의 수강자로 기억될 것이다. 그들의 학급 문집 〈별 낚시꾼〉이 한 권의 책으로 세상의 빛을 보게 되기를 기원한다.

아버지는 절 사랑하세요?

요즘 '명퇴(명예 퇴직)', '동퇴(겨울에 하는 명예 퇴직)' 혹은 '황퇴(황당한 해고 퇴직)'라는 단어가 아버지라는 이름 뒤에 따라다니고 있다. '고개 숙인 아버지'라는 이름도 오늘의 한국 아버지를 대변해 주는 말로 쓰이고 있다. 아버지가 직장과 사회에서 소외되고, 또 가정에서까지 소외되는 이유는 무엇일까? 지난날 자녀가 아버지와 함께 있기를 원할 때 그 바람을 들어 준 적이 있었는가. 힘이 있고 자신만만할 때, 직장의 '단노(단순 노가다: 자기 일만 묵묵히 할 뿐 요령을 피울 줄 모르는 우직한 직원)'로서만 모든 정력과 시간을 쏟아 놓았던 건 아닐까? 그 세월은 가족들에게 아버지는 있지만 아버지로서의 사랑과 관심은 없었던 시기로 기억되는 건 아닐까.

다음에 나오는 사례들은 나이가 들면서 고개 숙이는 아버지가 되지 않기 위해서 잠깐잠깐의 시간이라도 가족들에게 관심을 기울이고 사랑을 실천하는 이들의 체험들이다.

자녀와의 대화 방법 강사를 하면서 자녀를 바르고 훌륭하게 키우려는 의욕적인 어머니들을 만나지만 아버지들을 만나기는 쉽지 않다. 어느 30대의 아버지는 이렇게 말한다.

"아이들 교육 문제는 당연히 아내가 맡아야죠. 직장과 사회 생활에 바쁘고 지친 아버지가 어떻게 아이들 교육 문제까지 신경을 씁니까? 그럴 여유가 있어야죠."

또 다른 50대 후반의 아버지는 자녀 교육에 소홀했던 지난날을 후회하며 말했다.

"저는 아들만 둘입니다. 저도 아이들 교육은 아내가 맡는 것이 당연하다고 생각했었습니다. 아이들이 초등학교까지는 그런대로 하더라고요. 그런데 중학생이 되자 아내가 도움을 청하기 시작하더군요. 저는 아버지라는 힘으로 잘잘못을 따져서 잘한 일은 칭찬 한 번 하지 않고 잘못한 점만 골라서 야단치고 때리기까지 했습니다. 큰아들은 고분고분 제가 하라는 대로 잘 따랐지만, 작은아들은 서서히 빗나가기 시작했습니다. 그럴수록 저는 더 강하게 눌렀고 아들은 점점 멀어져 갔습니다. 큰아들은 제 생각대로 박사 과정을 공부하고 있지만, 작은아들은 고등학교를 졸업하고 재수해서 전문 대학에 적을 두고 군에 입대했습니다.

지금도 작은아들은 골칫거리입니다. 저와는 만나기만 하면 다퉈요. 아들은 제 어머니에게 집에 들어오기도 싫고, 하고 싶은 일도 없고, 살고 싶지도 않다며 몇 번 죽으려고 수면제를 사 모았다고 말하더랍니다. 아버지 맘에 드는 큰아들이 있으니까 저는 없어도 된다며 군에서 제대하면 외국에 나가서 살겠답니다. 제대할 날이 며칠 남지 않은 아들과 한집에 살 생각을 하면 사실은 저도 두렵습니다.

하지만 저도 아들이 건강한 사회인으로 잘살기를 누구보다도 원합니다. 제가 아이들이 어렸을 때부터 관심을 갖고 좋은 아버지가 되도록 노력했다면 오늘과 같은 결과는 있지 않았을 것이라고 생각합니다. 앞으로 어떻게 작은아들과 잘 지낼 수 있을지, 제가 어떻게 해야 하는지 배우고 싶습니다.”

자녀를 잘 도와주는 효과적인 부모 역할은 어느 날 갑자기 시작되고 끝나는 것이 아니다. 앞뜰에 심어 놓은 한 그루의 과일 나무도 정성껏 돌보아 주어야 맛있는 과일이 열리지 않는가. 하물며 자녀 교육에 있어서 바쁘고 힘겹다고 미루기만 하면 언제까지 미룰 것인가? 부모 교육 훈련 프로그램에 참여한 어느 아버지의 참여 동기다.

“저는 지금까지 꽤 괜찮은 아버지라고 생각했어요. 제가 열심히 돈을 벌어서 공부방이 있는 집을 사고, 자가용도 있고, 아이들이 원하는 것은 거의 사 주는 편이에요. 휴가 때는 아이들과 같이 놀러 가고 제 엄마는 늘 집에서 돌봐 주고요. 그 정도면 상당히 모범적인 아버지라고 자부했어요. 물론 퇴근하여 쉬고 있는 저에게 놀자고 칭얼대거나 조립식 로봇을 같이 만들어 달라고 조를 때면 자기밖에 모른다며 나무랐지요. 그런데 며칠 전 어느 분의 얘기를 듣고 정신이 번쩍 들었습니다.

그분에겐 아들이 하나 있었답니다. 고등학교 2학년이 된 아들은 학급에서 1, 2등을 했고 자기 일은 자기가 알아서 했답니다. 아버지는 등록금을 대 주고, 필요한 것을 사 주고, 용돈을 두둑이 주면 다른 도울 일이 없다고 생각했습니다. 아들은, 아침엔 아버지가 일어나기 전에 집을 나가고 저녁에는 아버지가 퇴근하여 잠든 후에 들어왔습니다. 그런데 그 아들이 백혈병에 걸렸습니다. 개인 사업을 하던 아버지는 회사 문을 닫고 아들을 따라다니며 간호를 했습니다. 어느 날 아들이 묻더랍니다.

'아버지, 아버지는 절 사랑하세요?'

'그럼, 사랑하고 말고, 이 아버지가 너를 얼마나 사랑하는데. 내 생명만큼, 아니지, 이 아버지의 생명보다도 더 너를 사랑해.'

'사실은요, 어머니가 절 사랑하신다는 건 알지만 아버지는 그렇지 않은 줄 알았어요.' 하더랍니다. 아들은 어느 날 행복한 표정으로 아버지를 꼭 껴안으며 말하더래요.

'아버지, 전 아버지가 절 사랑하신다는 걸 알게 돼서 너무너무 기뻐요. 그리고 행복해요, 아버지께서 저를 이렇게 가슴 가득 사랑해 주시니까요, 아버지 고맙습니다.'

이 말을 남기고 아들은 이틀 후 세상을 떠났답니다. 그 아버지는 그동안 아들에게 마음에 가득한 사랑을 전해 주지 못한 게 한이 되어 가슴을 쳤답니다. 바쁘고 피곤하다는 이유로 학교 가는 아들에게 잘 다녀오라는 말 한마디 못하고, 밤늦게 귀가하는 아들의 등 한 번 다정스럽게 두들겨 주지 못하고, 성적이나 친구와의 우정 문제로 갈등을 겪을 때, 당연히 고민하면서 성장하는 것으로 알고 제가 잘 알아서 하겠지, 나는 돈 벌어야 하고 바쁘니까 하는 핑계로 미뤄 왔던 소홀함을 무척이나 후회했답니다.

이 얘기를 듣고 저도 새롭게 눈을 떴습니다. 아이들의 일만은 내일로 미루지 말자, 지금 이 순간부터 해야겠다는 생각이 들었습니다. 그러나 아이들에게 관심을 갖고 가까이 갔더니 간섭하지 말라는 거예요. 도대체 아버지 노릇을 어떻게 해야 잘하는 것인지 모르겠습니다. 여기서 배우면 잘할 수 있을는지요."

이런 질문을 하는 아버지를 나는 존경한다. '잘하고 싶다'는 마음을 가진 것은 이미 잘하는 아버지가 되어 가고 있음을 의미하기 때문이다. 아버지 역할이 특별한 것은 아니다. 자신이 어렸을 때 부모가 해 주기를 바라던 대로 부모 노릇을 하면 되는 것이다. 다만 그것은 우리의 의식 속에서 잠자고 있을 뿐이다. 배우는 것은 좋은 방향으로 변화하고자 하는 의도가 아닐까. 지금 이 시각부터 자신의 행동을 바꾸면 그것이 곧 올바른 아버지 역할을 하게 되는 것이다. 다음은 송이 아버지의 얘기다.

"저에게는 초등학교 3학년과 1학년인 두 딸이 있습니다. 아내는 공정하게 두 딸을 대한다고 하지만 큰아이는 늘 서운한 듯 아쉬운 표정입니다. 언젠가 제가 퇴근해서 현관에 들어서는데 큰아이 송이가 오더니 조심스럽게 말했습니다.
'아빠, 나 문방구에 준비물 사러 가는데 같이 가 줄래요?'
생각 같아서는 '야! 넌 일찍 준비하지 않고 꼭 피곤해서 퇴근한 아빠를 끌고 가야 하니? 안 돼! 나중에 엄마랑 가든가 해!' 하고 싶었지만, 생각을 바꾸고 가방을 놓고 손도 씻지 않은 채, '그럼, 같이 갈 수 있지.' 하고 함께 나갔습니다. 아이는 얼른 따라 나오며 그 작은 손으로 제 손을 잡고 힘을 꼭 주었습니다. 저는 그 조그맣고 꼭 쥔 손 안에 숨겨진 '아빠, 피곤하신데도 나를 이렇게 사랑해 주셔서 고맙습니다.' 하는 뜻을 읽을 수 있었습니다. 그 이상의 행복을 어디에서 찾을 수 있겠습니까?"

그렇다. 송이는 넉넉한 아버지의 사랑 안에서 따뜻한 성품으로 성장할 것이다. 함께 있기를 원하는 오늘, 함께 있어 주는 것 이외에 사랑을 표현하는 또 다른 방법이 있을까? 머지않아 송이는 아버지 없이 혼자 문방구에 가고 싶어하는 날이 올 것이기 때문이다.

난 속상하면 어디로 가야 돼?

"초등학교 1학년인 제 아들이 어느 날 질문을 하더라고요.

'아빠, 학교에 가면 선생님께 야단맞고, 집에 오면 또 엄마에게 야단맞고, 그럼 난 속상하면 어디로 가야 돼?' 눈을 껌벅이며 심각한 표정으로 묻는 아들 앞에서 전 순간 움찔했어요. 집에서 야단을 많이 치거든요. 제 아내는 제게 말해요. 아이가 학교에 들어가기 전에 하는 모든 행동을 보면 여간 똑똑한 게 아니어서 일단 학교만 들어가면 모든 시험에서 만점을 받을 줄 알았대요. 그런데 아주 쉬운 것에서 두세 개 틀리면 안타까워서 닦달하게 된다고요. 이제부터 저나 아내가 아이들에게 인격적으로 잘 대해야겠어요."

아이들이 마음이 불안하거나 억울한 일이 있으면 자기가 지닌 능력을 제대로 발휘하지 못한다. 그러므로 부모는 자녀의 감정이 편안해지도록 도와주는 노력이 필요하다.

성빈이 아버지가 어떻게 성빈이를 도와주었는지 성빈이 어머니
를 통해 그 얘기를 들었다.

저녁을 먹은 성빈이가 일기를 써야 한다면서 어머니에게로 왔다.
성빈이 어머니는 3학년이 되어도 일기를 혼자서 못 쓰는 성빈이를
못마땅해 하면서도 마주 앉았다.
"엄마, 오늘 일기 제목은 반장 선거예요."
"그래? 그럼 뭐라고 쓰지?"

“엄마, 저기요. 내가 반장후보에 나갔어요.”

“아니? 네가 반장 선거에 나가? 공부 못하는 애도 반장 선거에 나가?”

성적이 반에서 중간이 될까 말까 한데 떨어질 게 뻔한 반장 선거에 나가다니, 성빈이 어머니는 어이가 없었다.

“선생님이 반장 하고 싶은 사람 다 나와도 된다고 했어요.”

“아니, 그것도 웬만해야 나가지. 떨어질 게 뻔한데 창피하게 어딜 나가?”

성빈이는 어머니의 큰 음성에 풀이 죽어 기운이 빠졌다.

그때 옆에서 신문을 보던 성빈이 아버지가 끼어들었다.

“뭐, 뭐라고? 우리 성빈이가 반장 후보로 나갔다고? 야, 성빈이 그 용기가 참 멋있다.”

성빈이가 조금은 기운을 차린 듯 다음과 같이 말했다.

“떨어졌는데, 그런데 ……”

“그런데 어떻게 됐는데?”

성빈이 아버지가 흥미롭다는 듯 바싹 다가앉으며 궁금해 하자 성빈이가 설명을 시작했다.

“선생님께서 반장 되고 싶은 사람 다 나오래서 저도 나갔는데요. 후보가 모두 12명이었어요. 투표하는 동안 가슴이 두근거렸는데 저는 한 표도 없었어요. 반 애들이 원망스러웠어요.”

“저런! 성빈이가 정말 서운했겠다. 그런데 아빠는 성빈이가 손을 번쩍 들고 자기가 하고 싶은 일을 용감하게 했기 때문에 아주 기분이 좋아. 우리 성빈이가 아주 자랑스러워.”

성빈이는 겸연쩍어하면서도 싱긋이 웃으며 말했다.

"아빠, 이제 일기 써도 돼요?"

"그럼! 그런데 엄마가 불러 주지 않아도 될까?"

"네, 혼자 쓸 수 있어요."

성빈이는 부지런히 일기를 쓰기 시작했다. 성빈이 아버지는 아내를 보며 씽긋 웃었다. 평소 열 줄 쓰기도 어려웠던 성빈이는 금방 일기장 한 쪽을 다 채웠다. 성빈이는 환하게 웃으며 다 쓴 일기를 아버지에게 보였다.

제목: 임원선거

학교에서 임원 선거를 했다.

선생님께서 "반장 되고 싶은 사람은 모두 앞으로 나와." 하셨다. 나는 손을 번쩍 들고 얼른 앞으로 나갔다. 가슴이 두근거렸다.

'내가 선거에서 떨어지면 어떡하지?' 라고 생각했다.

내가 몇 표를 얻었는지 칠판을 보고 싶었지만 떨려서 잘 볼 수가 없었다. 나중에 보니까 한 표도 없었다. 나는 반 애들이 원망스러웠다. 나는 반장으로 태훈이를 뽑았다. 태훈이가 반장이 되었다.

나는 반장이 안 되었지만 태훈이가 되어서 기분이 좋았다. 임원들이 우리 반을 최고의 반으로 만들었으면 좋겠다.

엄마에게 말했더니 공부도 못하면서 반장 선거에 나갔다고 꾸중하셨다. 그런데 아빠는 "성빈이가 하고 싶은 일을 용감하게 해서 기쁘다."고 칭찬해 주셨다. 나는 다음에 열심히 공부해서 꼭 반장이 되어야겠다. 그리고 난 우리 아빠가 참 좋다.

성빈이 어머니는 다음 말을 덧붙였다.

"제가 아들이 하는 말에 생각 없이 불쑥불쑥 대답을 했더니 아들은 금방 풀이 죽더라고요. 남편이 옆에서 도와주지 않았다면 우리 성빈이는 괴롭고 답답해서 울고 싶은 생각이 들었을지도 몰라요. 말의 중요성을 다시 한 번 깨달았어요. 교육을 받고 있는 저보다 〈이 시대를 사는 따뜻한 부모들의 이야기〉를 한번 읽은 남편이 더 잘 활용하는 걸 보면서 부끄러웠어요. 그리고 남편이 존경스러웠어요."

부모가 자녀의 얼굴을 마주 보며 '그래, 그랬어? 그랬구나!' 등의 말로 정성껏 들어 주기만 해도 자녀는 힘을 얻어 정직하게 말하고 행복해진다. 아버지는 신문을 보다가, 어머니는 빨래를 하다가 전화 벨이 울리면 보던 신문을 놓고, 비눗물 묻은 손으로 황급히 달려가 전화를 받는다.

그러나 아이들이 부르면 신문 보는데, 빨래 하는데 귀찮게 군다고 짜증을 내고 있지는 않은지 돌아보게 된다.

아이를 이해하는 아버지

"엄마, 이제부터 세뱃돈 뺏어 가지 마세요."

이번 추석에 차례를 지내러 시골집에 내려가는 차 안에서 초등학교 2학년인 딸아이 슬기가 불쑥 내던진 말입니다.

저는 '슬기가 무슨 불만이 있어서 이 말을 할까? 내가 어떤 말을 해야 할까?' 생각하고 있는데 아내가 재빨리 말을 가로채더군요.

"엄마가 언제 네 돈 뺏었어. 네 이름으로 저금했지. 애가 엄마를 아주 이상한 사람 만드네." 아이는 덤비듯 따지는 아내의 말에 기가 죽어 얼떨떨해하더라고요.

위와 같은 상황에서 만약 당신이 슬기 아버지라면 아이에게 뭐라고 말하겠는가? 이러한 경우 부모는 자녀를 잘 설득하고 이해시켜 세뱃돈을 부모에게 맡겨서 저금하는 것이 가장 좋은 방법이라는 것을 알려 주려 한다. 그러나 무엇인가 불만이 있는 아이에게 일방적으로 부모의 의견만 주입시키려고 하면 자녀는 반발하게 된다. 자녀의 속마음이 불만으로 가득 찼기 때문에 부모의 설득을 받아들일 여유가 없는 것이다.

위에서 슬기 어머니가 한 말은, 슬기의 마음속에 숨겨진 불편한 감정을 씻어 버리고 편안한 상태에서 슬기 스스로 '아, 세뱃돈은 부모님께 맡겨 저금하는 것이 좋은 방법이며, 그렇게 모았다가 꼭 필요할 때 써야겠구나.' 하는 결정을 내리는 데 방해가 된다. 다시 말하면 자녀의 욕구를 무시하고 부모의 생각대로 자녀를 평가·판단한다면 자녀는 부모만 옳고 자신은 모자라다고 느끼게 된다. 이렇게 되면 자녀는 부모에게 신뢰나 사랑을 느끼기보다는 적대감이나 불만을 품게 되어 부모와의 사이를 더욱 멀어지게 한다.

그렇다면 위 상황에서 가장 적절한 대화는 무엇인지, 어떻게 하는 것이 효과적인지 슬기 어머니와 아버지의 대화를 보며 생각해 본다.

슬기 엄마, 이제부터 세뱃돈은 뺏어 가지 마세요.

어머니 언제 엄마가 네 돈 뺏었어, 네 이름으로 저금했지. 애가 엄마를 아주 이상한 사람 만드네.

슬기 엄마가 맡아서 보관한다고 하고 은행에 다 넣어 버리니까 난 돈을 쓸 수 없잖아요.

어머니 엄마가 심부름값으로 주는 돈으로 네가 사고 싶은 것 다 사잖아.

아버지　(더 얘기하려는 아내의 말을 막고) 슬기야, 그동안 네가 받은 세뱃돈을 엄마가 몽땅 저금해서 서운했구나.

슬기　그래요. 다른 애들은 인형도 사고, 학교에 돈도 갖고 와서 자랑하는데 …….

아버지　세뱃돈을 자기 마음대로 쓰는 친구가 부러웠구나.

슬기　예, 돈을 쓰지 않아도 그냥 갖고 있고 싶어요.

어머니　그러면 돈을 잃어버린단 말이야.

슬기　아냐, 절대로 잃어버리지 않아요.

아버지　그러니까 슬기는 돈을 쓰고 싶은 것보다 갖고 있고 싶구나. 그런데 엄마는 네가 돈을 함부로 쓸까 봐, 잃어버릴까 봐 걱정하는 거야. 그러면 아빠가 제안해 볼까? 이번 명절에 돈이 생기면 슬기가 잘 관리하는 거야. 그러다가 힘이 들면 엄마에게 맡기고, 당신은 어때?

어머니　알았어요.

슬기　아빠, 좋아요. 그런데 제가 사고 싶은 거 사도 돼요?

아버지　그럼, 네게 맡겼으니까. 그런데 네가 산 것은 우리에게 보여 줬으면 해. 왜냐하면 슬기가 돈을 낭비하지 않고 꼭 필요한 것을 샀는지 아닌지 보고 싶거든.

슬기　알았어요. 아빠, 난 아빠가 좋아요. (아빠가 슬기에게 엄마 쪽을 향해 눈을 찡긋하자) 엄마도 좋아요.

아버지　슬기에게 그 말을 들으니까 아빠 기분이 굉장히 좋은데!

"슬기는 추석 때 친척들에게서 받은 돈 2만 7천 원을 이틀간 가지고 있다가 지우개, 연필, 머리핀, 머리띠 등 자질구레한 것을 사고는 학교에 가서도 돈이 걱정이 된다면서 제 엄마에게 맡기더라고요. 그런데 제가 아이에게 말을 할 때 아내가 끼어들어서 방해되는 말만 톡톡 하니까 아내에게 화나는 것을 참느라고 힘들었어요. 아내도 함께 배워야겠어요. 그리고 그 때는 유치원 다니는 아들이 잠이 들어서 다행인데 아들이 끼어들었으면 또 어떻게 됐을지 모르겠습니다. 어쨌든 먼저 아이의 마음을 헤아리려 노력했더니 아이가 많이 달라졌습니다. 그 일이 있은 후에 슬기가 너그러워져 동생과도 덜 다투고 우리 집 분위기가 한결 부드러워졌습니다.”

위 대화에서 슬기에게 자신이 인격적으로 존중받고 이해받고 있다고 느끼게 해 준 사람은 아버지와 어머니 중 누구인가? 슬기가 고민이 있을 때 그 고민을 털어놓고 싶은 사람은 누구일까?

승환이 아버지도 사례를 말한다.

지난 여름 방학이었다. 승환이 고모가 승환이와 동갑인 경준이를 데리고 승환이네로 놀러 왔다. 승환이 어머니는 손님을 맞아 분주히 저녁 준비를 하고 있었고, 승환이 아버지도 부엌을 들락거리면서 아내를 도와주고 있었다.

그때 동생 승민이가 달려왔다.

승민 (울면서) 아빠! 승환이 형이 나를 막 때려. 아빠가 형 좀 때려 줘!

아버지　승민이가 형한테 맞아서 속이 많이 상했구나.

승민　응. 형 때려 줘! 자기만 컴퓨터 해!

아버지　승민이도 무척 하고 싶은데 형이 경준이 형하고만 계속 하
니까 짜증이 났구나. 게다가 형한테 맞기까지 했으니 억울하고.

승민　응! 날카로운 막대기로 나를 찔렀어!

아버지　저런! 많이 아팠겠네. 그럼 지금 아빠가 형 혼내 줘야겠
네. 고모님이 계시지만 형을 때려 줘야겠다.

승민　아냐, 아냐, 아빠. 나중에요.

아버지　나중에?

승민　네, 나중에요.

아버지　(승민이에게 다가가 귓속말로) 고모 앞에서 형이 맞으면 형이
창피할까 봐 그러는구나.

승민　(고개를 끄덕이며 작은 소리로) 네, 아빠.

아버지　아빠는 승민이가 형을 염려해 주는 걸 보니까 기쁘고 승
민이가 아주 자랑스러워. 승민아, 고맙다.

승민이는 금방 울음을 그치고 형들이 노는 방으로 달려갔다. 승
환이 아버지는 다음과 같이 결론을 내렸다.

"이렇게 조용하고 평화롭게 어려움이 해결되다니요. 아버지 노
릇하는 데 좀 자신이 생기더라고요. 저는 모든 부모님들께 이 교육
을 받으셨으면 하고 권하고 싶습니다."

나는 승민이 마음을 자상하게 헤아려 주며 배운 대로 실천하는
승환이 아버지께 마음속으로 고개 숙여 감사 드린다.

난 아빠가 좋아

선생님, 저는 지난 주에 성공했습니다. 저는 그날 저녁 신문을 보고 있는데, 여섯 살 된 딸이 회전 의자에 앉아 의자를 빙글빙글 돌리며 장난하고 있었습니다. 순간 저는 불안했습니다. 의자가 낡아서 전에 몇 번 떨어져 다친 적이 있었거든요. 예전 같았으면, 저는 이렇게 말했을 겁니다.

"어? 지혜야. 내려와 다쳐. 응? 어서 내려와!"

"괜찮아, 아빠."

"괜찮긴, 전에도 다쳤잖아."

"오늘은 안 다친단 말이야."

"이 녀석이, 내려오라면 내려와, 어서!"

"알았어!"

아이는 점점 커지는 제 목소리에 놀라 내려왔을 겁니다. 그런데 그 날은 배운 대로 할 말을 잘 생각하며 말했습니다.

“지혜야, 아빠는 네가 그 의자에 앉아 있는 걸 보니까 불안해. 왜 냐하면 네가 떨어져서 다칠지도 모르고 또 의자도 고장날까 봐.”

“괜찮아, 아빠. 난 안 떨어지고 의자도 고장 안 날 거야.”

저는 기대했던 대답이 나오지 않아서 이럴 때는 뭐라고 말해야 할지 멍하게 앉아 있었습니다. 그런데 지혜가 슬며시 의자에서 내려오는 거예요. 저는 이때다 싶어 칭찬을 했습니다.

“지혜야, 네가 의자에서 더 많이 놀고 싶을 텐데도 아빠 마음을 편안하게 해 주려고 내려와서 고마워.”

지혜는 얼른 제게 달려들어 목을 껴안으면서 말하더라고요.

“아빠! 난 아빠가 좋아.”

기분이 아주 묘했습니다. 이게 자식 키우는 재미인가 했어요. 그런데 조금 후에 지혜 동생인 지웅이가 꽁꽁거리며 뒤뚱뒤뚱 그 의자로 올라가 앉는 거예요. 아차, 저걸 또 뭐라고 말해야 하나 궁리하고 있는데 지혜가 말하는 거예요.

“지웅아, 누나는 네가 그 의자에 앉아 있는 걸 보니까 불안해. 왜 냐하면 네가 의자에서 떨어져서 다칠지도 모르고 또 의자도 고장날까 봐.”

아, 신기하던데요. 그 어린 것이 제가 한 말의 토씨 하나 빼놓지 않고 똑같이 말하는 거예요. 그런데 지웅이는 사분사분 말하는 누나를 눈만 말똥말똥거리며 가만히 쳐다보고 있더라고요.

“지웅아, 너는 아직 어려서 말을 잘 못 알아듣는구나. 누나가 다시 한 번 말할게. 누나는 네가 …….”

그러면서 지혜는 아까 한 말을 그대로 반복하더라고요. 그래도 지웅이가 여전히 의자에 앉아 있자 지혜는 다시 한 번 말했습니다.

"너는 아직 어려서 말을 못 알아듣는구나. 자, 내려와. 아빠가 불안해 하셔. 내려와, 빨리!"

지혜가 끌어내리려 하자 지웅이가 앙칼지게 울면서 내려오지 않으려고 버텼습니다. 지혜도 울음을 터뜨렸습니다. 저는 아이들 옆으로 다가가 남매를 양팔로 끌어안으며 말했습니다.

"지혜는 지웅이가 다칠까 봐 불안하기도 하고, 아빠의 불안도 덜어 주고 싶은데 지웅이가 그냥 앉아 있어서 답답했지? 우리를 도와 줘서 고마워."

신통하게도 지혜는 눈물을 닦으며 말했습니다.

"아빠, 지웅이도 나만큼 크면 말을 잘 들을 거예요."

"그래, 아빠도 그렇게 생각한단다. 지웅이도 지혜만큼 크면 지혜처럼 아빠 말도 잘 듣고 누나 말도 잘 들을 거야. 그렇지, 지웅아?"

저는 그날처럼 아이들이 사랑스럽다는 생각을 해 본 적이 있었나 하고 돌이켜보았습니다. 그러고 보니 제가 그날처럼 지혜를 어른처럼 정중하게 대한 적이 없었습니다. 결국 제 딸이 숙녀답기를 원하면 제가 숙녀로 대해 주어야 하고, 제 아들이 신사답기를 원하면 제가 신사로 대해 주어야 한다는 사실을 깨달았습니다.

이번에는 빛나 아버지의 실천 사례다.

저는 제가 배운 것을 아내에게 전달하여 아내가 성공한 사례를 말씀드리겠습니다. 제 딸은 초등학교 3학년인데 몸이 약한 데다가 도시락을 거의 날마다 절반 가까이 남겨 왔습니다. 그런데 아내가 이 대화 방법을 활용하여 놀랍게 변했습니다.

평소의 대화

빛나 (학교에서 지친 모습으로 돌아와 무거운 가방을 내려놓으며) 학교 다녀왔습니다.

어머니 그래, 도시락 꺼내 놔.

빛나 네.

어머니 너 또 남겼구나. 깨끗이 먹으라고 했잖아. 남기면 후식 안 싸 주기로 했지. 내일부터 후식 없어. 알았지?(빛나는 말없이 자기 방으로 들어간다.)

변화된 대화

빛나 (지친 모습으로 들어와서 인사하며) 학교 다녀왔습니다.

어머니 (얼른 가방을 받아 주면서) 더운데 힘들었지?

빛나 체육 시간에 아이들이 제대로 줄서지 않아서 벌을 받았는데 다리가 너무 아파요.

어머니 저런! 더운데 벌까지 받아서 얼마나 다리가 아플까.

빛나 빨리 숙제하고 일기 쓰고 일찍 잘게요.

어머니 그래. 빛나야, 숙제하려면 힘들겠지만 도시락 좀 꺼내 줄래?

빛나 네.

어머니 점심 시간에 밥맛이 없었나 보다.

빛나 아니에요.

어머니 그러면 왜 남겼을까?

빛나 (미안해 하며) 배가 너무 불러서요.

어머니 그래, 배가 부른데도 이만큼 먹어 주어서 고맙구나. 엄마는 네가 엄마가 정성껏 싸 준 도시락을 다 먹었을 때가 가장 기쁘거든.

빛나 내일부터는 다 먹을게요.

어머니 그래, 고마워.

그 다음날부터 빛나는 밥알 하나 남기지 않고 깨끗이 먹고 왔습니다.

어머니 오늘도 다 먹었네. 빛나야, 엄마는 요즘 네가 도시락을 다 먹고 온 걸 보면 네가 건강하게 무럭무럭 자라는 것 같아서 신이 나고 기분이 좋아.

빛나 엄마, 친구들이 내 반찬 맛있다고 다 먹어서 반찬이 부족했는데, 남은 밥은 물 한 번 먹고 밥 한 번 먹고 그렇게 다 먹었어요.

어머니 저런! 반찬도 없는 밥을 다 먹다니. 엄마는 효녀 딸을 두었네.

빛나 그런데 엄마, 왜 요즘 엄마, 아빠가 나한테 잘해 주는 거예요?

어머니 으응, 요즘 아빠가 좋은 아빠 되는 법을 배우고 오셔서 엄마에게 가르쳐 주시거든.

 아아, 그렇구나.

 그래, 빛나야. 엄마, 아빠가 열심히 배워서 더 좋은 엄마,
아빠가 될게.

 그럼 나도 더 착한 딸이 되어야겠네요.

 그래, 고마워.

제 아내는 요즘 도시락 싸는 일을 행복하게 여긴답니다. 그리고
그 일로 저희 가족들이 지상 천국 생활을 하고 있답니다.

결국 자녀는 부모가 변하는 만큼 변하는 것이다.

엄만 왜 맨날 나만 꼬집어?

지난 겨울방학이 끝날 무렵이었습니다.

저는 아이들을 데리고 친구네로 놀러 갔습니다. 아이들은 그 집 아이들과 한방에서 놀도록 모아 놓았습니다. 다섯 살부터 여덟 살까지 연년생이 되는 아이들은 좀 다투기도 했지만 그래도 손님이 누군지, 주인은 어떻게 해야 하는지 알고 있는 듯하였습니다. 서로 적당히 양보하며 잘 놀더라고요.

물론 집을 떠나기 전에 미리 교육을 시켰지요. '아빠 친구네서 싸우면 집에 돌아와서 혼내 준다. 장난감도 아이스크림도 안 사 주고 다음엔 데려가지 않는다. 그렇지만 사이좋게 놀면 장난감과 피자, 아이스크림도 사 준다.' 이렇게 미끼를 놓았지요. 그러나 당돌하고 고집이 센 제 아들은 늘 걱정이 되곤 했습니다. 그날도 잘 노는가 싶더니 여덟 살 된 그 집 아들과 일곱 살인 제 아들의 성난 목소리가 몇 번 크게 들렸습니다. 아내가 얼른 아이들 방으로 달려갔습니다.

"꼬집지 마! 엄만 왜 맨날 나만 꼬집어?"

아들이 소리를 질렀습니다. 아내는 아이를 야단칠 때 조용하게 힘을 발휘하는 방법으로 꼬집는 버릇이 있어서 저와 가끔 다툽니다.

"아야야! 꼬집지 마!"

더 커지는 아들의 고함 소리에 제가 아이들 방으로 갔습니다. 아들이 심하게 고집을 부릴 때면 제가 노려보면서 무섭게 하면 좀 조용해지기 때문입니다. 아내의 설명을 들으니 아들은 그 집 아이의 새로 산 로봇을 가지고 놀고 싶고, 로봇의 주인은 빌려주지 않고 자랑만 하려고 했는데 제 아이가 만지는 것을 보자 망가질까 두려워 뺏으려고 다투었답니다.

저는 녀석이 늘 하는 버릇을 고치지 못하고 똑같은 말썽을 부리는구나 하고 화가 났지만 '그렇지, 좋은 기횐데 배운 대로 아이의 마음을 이해해 주자' 하고 잠시 감정을 누그러뜨리고 부드럽게 말했습니다.

아버지 건우야, 저 로봇을 가지고 네 맘껏 만져 보고 싶지?

건우 그래, 나는 저런 로봇 없단 말이야.

아버지 그래, 처음 보는 로봇이니까 신기해서 실컷 만져 보고 싶은데 맘대로 안 돼서 짜증이 나지?

건우 그래, 나 저 로봇 갖고 놀고 싶단 말이야.

아버지 그래, 아빠는 네 맘을 알겠는데, 저 로봇은 상진이 형이 주인이거든. 그래서 아빠 마음대로 할 수가 없어. 아빠가 형한테 부탁해 볼까?

건우 응.

아버지 상진아, 건우가 네 로봇을 만지며 놀고 싶어하는데 빌려 줄 수 있겠니?

상진 싫어요. 이건 제 거예요.

아버지 건우야, 상진이가 안 된다는데.

건우 알았어요, 아빠. 그럼 나 이거 가지고 놀래요.

저는 깜짝 놀랐습니다. 건우는 옆에 버려져 뒹구는 장난감 불자동차를 들고 애앵 소리내며 활기찬 기분을 되찾았습니다. 스스로 해결 방법까지 생각해 내다니요. 아이가 어려서 단순하니까 그런지, 아니면 자기 마음을 헤아리며 도와주려는 제 마음을 받아들였는지, 어쨌든 난처한 상황에서 부드러운 말로 쉽게 해결되었습니다. 이제 아버지 노릇도 해 볼 만한데요.

이 세상에 부모 노릇보다 더 중요한 역할이 또 있을까? 아이들을 진심으로 이해하고 도와주려고 조금이라도 노력했던 부모들은 알게 된다. 자녀가 얼마나 부모를 기쁘게 하려는지, 부모 마음에 드는 자녀가 되어서 부모님을 만족시키고 그만큼 사랑받기를 원하는지를. 그들의 부모가 그랬던 것처럼 말이다.

이번에는 6학년과 4학년 형제를 둔 승진이 아버지의 이야기다.

제 아내가 자녀와의 대화 방법 교육을 받고 저도 배우게 되었습니다. 제 아내는 아주 적절하게 이 방법을 활용합니다. 어느 날 저녁 9시가 좀 지나서 아이들 방에서 티격태격 다투는 소리가 들리고, 이어서 '어멈아, 자명종 시계 하나 더 사 줘라.' 는 어머님의 말씀이 들렸습니다. 며칠 전, 아침 잠 깨우기가 워낙 힘이 드는 큰 녀석에게만 사 준 자명종 시계 때문에 다투는구나 생각하니 갑자기 기분이 복잡해졌습니다.

그러나 잘못 끼어들면 싸움만 더 커지고, 가만 있자니 무심한 것 같고 어떻게 해야 할지 망설이고 있었습니다. 그런데 제 아내의 부드러운 음성이 들렸습니다.

어머니 얘들아, 너희들이 왜 다투는지 엄마에게 얘기해 줄 수 있겠니?

승진 내가 내일 아침 일찍 일어나서 승연이를 깨워 준다고 했는데도 자명종은 자기가 갖고 잔대요.

어머니 오, 그래? 승연이는?

 형은 자명종 시계를 사고도 한 번도 일어나지 못했어요. 그래서 제가 먼저 자명종 시계로 일어나서 형을 깨워준댔어요.

 그렇구나. 그러니까 승진이는 내일 아침부터 자명종 시계로 일찍 일어나서 동생을 꼭 깨워 줄 자신이 있고, 승연이는 형이 그동안 자명종으로 일어나기가 어려웠으니까 승연이가 먼저 일어나서 형을 깨우고 싶다고? 자, 그렇다면 시계는 하나뿐인데 밤 9시가 넘어서 사러 가기도 힘들고 어떡할까?

 알았어요. 승연아, 네가 먼저 갖고 있다가 내일 아침 깨워 줘.

 그래, 그럼 서로 바꿔 가며 깨워 주기로 하면 되겠니?

 좋아요, 오늘은 승연이가 갖고 자.

 알았어. 내일은 형이 갖고 날 깨워 줘.

 야, 이렇게 서로가 양보를 하다니……. 너희들이 기쁘게 이해하고 양보해 줘서 고맙다.

 뭘요, 엄마. 엄마는 명재판관이에요.

 그래? 판관 포청천이라도 되겠니?

 아니요, 엄마는 그 이상이에요.

저는 제 아내와 아이들이 너무나 근사했습니다. 아내가 부모와 자녀와의 대화 방법을 배우지 않았다면 싸움을 말리려다 셋이 뒤엉켜 더 큰 싸움이 벌어졌겠지요. 가정과 직장 생활로 바쁘면서도 매주 토요일마다 자녀와의 대화법을 배운 제 아내가 고맙고 자랑스럽고 존경스럽기까지 합니다. 제 아이들도 벌써 국제 신사가 된 기분입니다.

　가정은 행복의 원천이 되어야 하지 않는가. 우리 모두 사랑하는 방법을 배우는 가정이 되기를 기원하는 마음으로 오늘도 이 글을 쓴다.

아빠, 장난감 사 줘

올해 유치원에 들어간 우리 집 아이 아름이는 텔레비전에서 광고하는 장난감을 보는 대로 사 달라고 합니다. 이 문제 때문에 제 아내는 아이와 자주 다투었습니다. 때로는 사 주기도 하지만 어느 날은 떼쓰는 아이를 야단치고 때리기도 했습니다.

그런데 언제부턴가 아내가 작전을 바꾸더라고요. 아이가 장난감을 사 달라면 '그래, 알았어. 아빠가 돈 많이 벌어 오시면 사 줄게.' 하고 아이는 '알았어요, 그때 꼭 사 줘야 돼요.' 하며 싸우지 않고 해결하더라고요. 몇 번 그러더니 이번엔 아름이가 말을 바꾸더라고요.

'엄마, 저 장난감 아빠가 돈 많이 벌어 오시면 사 주세요.' 하더니 요즘은 다시 바꿔서 '엄마, 저 장난감 내 생일날 사 주세요.', '엄마, 저 장난감 크리스마스 때 사 주세요.' 하는 거예요.

그런데 며칠 전에 저를 보며 묻는 거예요. '아빠, 아빠는 언제 돈 많이 벌어 오실 거예요?' 하고요.

전 정말 할 말이 없었습니다. 우물우물 넘겼지만 얼마나 난처했는지. 전 왠지 아내가 하는 방식의 대화를 해서는 안 될 것 같고 그렇다고 이럴 때 이런 상황에 맞는 특별한 대화법도 모르겠더군요. 아이가 원하는 대로 다 사 주자니 자기밖에 모르는 아이가 될 것 같고, ‘안 돼, 안 돼’ 하자니 부모가 자기를 사랑하지 않는다고 느낄 것 같고. 이럴 때 어떻게 해야 하나요?

우선 위 상황에서 아름이 어머니의 말은 정직했는지 생각해 본다.

아름이 어머니의 말은 일시적으로 문제를 쉽게 넘겨 버리기 위한 회피에 지나지 않는다.

그리고 아름이는 어머니의 말을 들으며 아버지를 어떻게 생각할까? 사 주고는 싶지만 돈을 많이 벌어 오지 못하는 무능한 아버지로 인해 장난감을 가지지 못하는 아름이는 아쉬움이 남지 않을까?

이렇게 아름이와 같이 새로운 장난감을 볼 때마다 사 달라고 하면 일반적으로 어떻게 해결할까? 몇 가지 유형으로 나누어 보자. 첫째, 부모의 뜻대로 하는 경우다. 부모가 사 주고 싶으면 사 주고 안 된다면 떼쓰는 자녀를 때리거나 야단치면서 저지한다. 자녀는 겉으로는 부모의 뜻에 따르지만 속으로는 부모를 원망하며 부모에게 사랑받지 못한다고 느끼게 된다.

둘째, 대체로 자녀의 뜻대로 들어준다. 자녀가 떼를 쓰면 안쓰럽고 또 귀찮아서 자녀가 원하는 대로 들어준다. 자녀는 자신의 욕구를 절제하는 힘이 약해지며 자기 중심적인 사고가 형성된다.

셋째, 부모의 기분이나 상황에 따라 사 주기도 하고 거절하기도 한다. 자녀의 성적이 올라갔기 때문에, 손님 앞에서 시끄러울까 봐 사 주기도 하고, 부모의 기분이 나쁘니까 사 주지 않을 때도 있다. 자녀는 부모의 눈치를 보며 부모를 신뢰할 수 없게 된다.

그렇다면 어떻게 부모와 자녀가 함께 성장하는 계기가 되도록 문제를 풀어 나갈 수 있을까?

제 1단계 : 아름이의 욕구와 감정을 들어주고 정의한다

아름 아빠! 나 저 장난감 사 주세요.

아버지 네가 저 장난감을 갖고 싶구나.

아름 그래요, 아까 놀이터에 갔더니 다른 애들은 다 갖고 있었어요.

아버지 친구들이 다 갖고 있는 걸 보니까 아름이가 부러웠구나.

아름 네, 엄마는 맨날 아빠가 돈 많이 벌어 오시면 사 준다고 하고 안 사줘요.

아버지 저런! 아름이가 꼭 갖고 싶었는데 실망이 컸겠네. 그러니까 아름이는 저 장난감을 꼭 갖고 싶단 말이지?(아름이의 욕구 : 저 장난감을 꼭 갖고 싶다)

아름 네, 아빠는 언제 돈 많이 벌어 오실 거예요?

제 2단계 : 부모의 욕구와 감정을 말하고 정의한다

아버지 으응, 아빠는 지금도 우리 식구들이 충분히 살 수 있을 만큼 돈을 많이 벌어 오고 있어. 그런데 돈은 많이 있어도 꼭 필요한 데 써야 하거든. 쌀도 사고, 옷도 사고, 전기료도 내고, 아름

이 장난감도 사고. 그래서 엄마, 아빠는 우리 집 돈 쓸 계획에
맞춰서 아름이 장난감을 사 주려고 해.(아버지의 욕구 : 장난감
사 줄 계획에 맞게 사 준다)

아름 어떻게요?

제 3단계 : 해결책을 말하고 적는다

아버지 어떤 좋은 방법이 있는지 아름이랑 아빠랑 생각나는 대로
얘기하면서 방법을 찾는 거야. 우선 아빠 생각을 애기해 볼게.

(해결책 찾기)

① 사고 싶은 장난감을 한 달에 하나만 산다.

② 텔레비전 광고에 나오는 장난감이 만 원 이상일 때는 한 달에 하
　나, 만 원 이하일 때는 문방구에서 하나 더 산다.

③ ②번처럼 하고 생일과 크리스마스 때는 따로 산다.

④ 한 달에 새 장난감을 두 개 사는데 하나는 만 원 정도, 하나는 2천
　원 안에서 산다.

제 4·5단계 : 해결책을 평가하고 선택하여 실행에 옮긴다

아름이와 아버지가 모두 찬성한 ③번을 한 달 동안 실행하고 그
후에 다시 의논한다.

제 6단계 : 실행 후 재평가한다

실천에 옮긴 후 무엇이 만족스러웠는지 아쉬웠는지 서로 의견을

말하며 다음에 시정할 더 좋은 방법을 연구한다.

이러한 방법은 복잡하고 어려운 듯하나 익숙해지면 자연스럽게 해결될 수 있다. 결국 아름이는 텔레비전에서 광고하는 장난감은 모두 살 수 있다. 사지 않는 것은 아름이가 선택하지 않았기 때문일 뿐, 사지 않는 것과 못 사는 것은 다르다. 다만 부모가 자신의 기분에 따라 약속을 깨뜨리지 않도록 노력해야 하는 어려움이 있다.

난 정말 심심하단 말이야

저희 집에는 올해 초등학교 4학년인 외동딸이 있습니다. 고향이 지방인 저는 아이를 데리고 어딜 갈 때면 승용차에서 심심하다고 투정하는 딸의 문제로 고민을 해 왔습니다. 짜증을 내다가 몸을 비비 꼬며 앙탈할 땐 참는 데도 한계를 느껴, 물건 같으면 그냥 창밖으로 버리고 싶을 때가 한두 번이 아니었습니다.

우리 가족은 여행에서 돌아올 때 즐거운 기분으로 돌아온 적이 거의 없었습니다. 특히 길이 막히는 날이면 저희 부부는 초조했습니다. 그런데 제 아내가 자녀와의 대화 방법을 배우면서 이 문제가 잘 해결되어 소개합니다.

현주 아버지는 지난 봄방학 때 설악산을 다녀오면서 아내와 아이가 서로 다른 욕구를 충돌없이 어떻게 해결했는지 다음과 같이 설명해 주었다.

어머니 현주야, 엄마는 걱정이 있는데 이번 주말에 엄마, 아빠가 설악산으로 여행을 떠나거든.

현주 나도 가는 거야?

어머니 그래, 그 문제로 너랑 의논하려고 해.

현주 무슨 의논인데?

어머니 너를 데리고 가고 싶은데 현주가 차 안에서 혼자 심심하면 짜증이 나서 어떡하나 하고.

현주 그래, 난 너무 심심하단 말이야 엄마, 아빠만 재미있게 얘기하고.

어머니 그러니까 현주는 차 안에서 심심하지 않게 보내고 싶지?

현주 그래.

제2단계 : 부모의 욕구와 감정 말하고 정의하기

어머니 엄마, 아빠는 네가 차에서 짜증내면 불안하고 애가 타거든. 그래서 현주랑 엄마 아빠랑 모두가 재미있게 여행할 수 있는 방법을 찾고 싶어.

제3단계 : 해결책 말하고 적기

어머니 우리 식구가 즐겁게 여행할 수 있는 방법을 찾아보자.

① 차에서 심심할 땐 현주가 좋아하는 카세트 테이프를 듣는다.

② 현주가 심심할 땐 아빠 옆 좌석에 30분씩 엄마랑 번갈아 앉는다.

③ 색종이 접기를 한다.

④ 잠을 잔다.

⑤ 현주 친구를 함께 데리고 간다.

⑥ 말로 하는 퀴즈 게임을 한다.

제4·5단계 : 해결책을 평가하고 결정하여 실행하기

⑤번은 친구의 사정이 어떨지 잘 모르므로 ⑤번은 빼고 ①번부터 ⑥번까지 활용한다. ①번은 노래 테이프를 들으면서 노래를 함께 따라 부르는 것으로 수정한다.

실제로는 ④번 방법을 가장 많이 사용했고 다른 방법도 활용했으나 ③번은 실행하지 못했다.

현주 아버지는 실행한 소감을 다음과 같이 말했다.

아이들을 인격적으로 대우하고 아이의 의견을 존중해 주면 본인도 존중받을 행동을 하더라고요. 상황이 같은 경우인데도 쉽게 해결되었습니다.

집으로 돌아오는데 길이 막혀서 8시간 30분이 걸렸는데도 현주는 기분 좋게 차에서 내렸습니다. 지루함을 인내하는 자제력을 보였습니다. 저는 배운 대로 현주에게 고마운 마음을 전했습니다.

"현주야, 아빠는 오늘 찻길이 많이 막혀서 현주가 짜증내면 어쩌나 걱정했는데, 현주가 여러 가지 방법으로 차 안에서 시간을 잘 보내고 기분 좋게 내리는 걸 보니까 우리가 현주를 생각이 깊은 아이로 키웠구나 싶어서 아빠는 참 흐뭇하단다. 현주야, 고맙다."

“아빠, 저도 이제 다 컸어요.”

“그래, 그렇네. 오늘 보니 우리 현주 생각이 아주 많이 컸네.”

“헤헤.”

저는 딸을 안고 빙글빙글 춤을 추었습니다. 그렇게 대견할 수가 없었습니다. 만일 우리가 예전의 방법으로 “야! 너 왜 이렇게 짜증을 부려? 4학년이면 다 컸잖아. 그럼 길이 막히는데 아빠, 엄마가 어쩌란 말이야. 조용히 해! 다음부턴 할머니 집에 가 있어. 엄마, 아빠 따라다닐 생각 말고.” 했더라면 어떻게 됐을까 생각해 봅니다.

제 경험에 비춰볼 때, 좀 서툴더라도 실천해 보시기를 권하고 싶습니다. 배워서 이론으로 아는 것도 중요하지만, 실제 상황에서 실천하며 얻는 게 많았음을 말씀드리고 싶습니다.

수강자들은 현주네 가족에게 부러움의 박수를 보냈다. 옆에 있던 수강자 한 분은 다음의 말을 덧붙였다.

저는 교육에 참가하면서 우리 부모들의 언어 습관을 객관적으로 볼 수 있었습니다. 부모가 아이들에게 얼마나 일방적으로 말하는지 확실히 알게 됩니다. 어느 날 저녁, 제 아내와 중학교 2학년 딸아이와의 대화 내용입니다.

딸이 시험 공부를 하다가 어머니에게 다가와 말했습니다.

^딸 엄마, 나 머리 아파.

 어떻게 그놈의 머린 시험만 보면 맨날 아프냐?

 엄만, 언제 내가 맨날 아프다고 했어? 엄만 내가 머리 아프다면 머리 한 번 만져 준 적 있어?

 머리 아프다는 게 한두 번이어야지. 노상 아프다고 하는데 어떻게 맨날 만져 주냐?

 노상은 무슨 노상이야? 두 번이지.

 엄마도 머리가 자주 아프지만 좀 쉬면 나아. 너도 좀 자제하고 조절하면 되잖아.

 동생 아프다면 벌벌 떨면서. 아들이면 다야? 엄마도 여자면서.

 네 동생은 시험 앞두고 아프다고 핑계 대진 않아. 아파도 안 아픈 척 공부하지.

 알았어. 차라리 혼자 앓다 죽는 게 낫지. 뭐하러 말해. 에잇!

딸은 자기 머리를 쥐어박으며 방으로 들어갔는데 옆에서 못 들은 척 신문을 보던 저는 머리가 띵했습니다. 저는 무슨 말을 해야 할지 생각하고 나서 딸의 방을 노크하며 말했습니다.

 아빤데 들어가도 되니?

 왜요?

 공부하기도 힘든데 머리까지 아픈 널 위로하려고 왔어. 힘들지?

 아, 네. 조금요.

 아까 엄마랑 얘기할 때 네가 얼마나 답답할까 생각하면서
도 널 도와주지 못해서 미안하다. 아빠가 잘못 끼어들면 두 사
람 다 더 답답하게 될 것 같아서 자신이 없었어.

 괜찮아요, 아빠. 엄마는 맨날 그러는데요.

 그래, 네가 그동안 엄마에게 많이 섭섭했구나. 그런데 네
말을 들으니까 아빠가 난처해져. 엄마가 말은 그렇게 했지만 너
를 똑같이 사랑하고 있다는 걸 알고 있는데 네게 어떻게 전해야
할지. 그리고 아빠는 너도 엄마를 좋아하는 걸 알고 있거든.

 알아요, 아빠. 제가 괜히 투정했지만 엄마 마음은 알아요. 그
런데 '잘해야지.' 하면서도 엄마 말을 들으면 자꾸만 심술이
나요.

 그래. 아빠도 요즘 그걸 느끼고 있어. 네가 짜증나지 않도
록 말하는 방법을 엄마, 아빠가 배울게.

 아빠, 고맙습니다.

저는 깜짝 놀랐습니다. 뾰로통하던 우리 딸이 그렇게 쉽게 사근
사근 변하리라고는 예측을 못했습니다. 결국 자녀를 말 안 듣는 아
이로, 그리고 말 잘 듣는 아이로 만드는 것은 부모의 말에 달려 있
었습니다.

공감하는 수강자들의 눈빛에 이를 실천해 보려는 의지가 가득해
보였다.

돌이 보이네, 돌이

다른 날보다 일찍 식사를 하게 된 그날 아침은 제 마음이 여유로 웠는지 갑자기 변산반도 생각이 났습니다. 다음날, 대학에 재직 중인 남편이 학생들을 인솔하고 변산반도로 수학 여행을 떠나기 때문입니다. 저는 무심코 한마디 했죠.

"아빠가 변산반도 가신다는데 변산반도가 어디 있지?"

"동해에 있나?"

중학교 2학년 큰아이가 말했습니다.

"돌이 보이네, 돌이. 형은 초등학교 4학년을 안 보냈군. 아니, 어떻게 우리 나라 동해에 반도가 있을 수 있지?"

한심하다는 듯 초등학교 6학년 동생이 형을 보며 빈정댔습니다.

"거 참, 자아식!"

작은아들은 삼면이 육지이고 한 면이 바다인 반도의 뜻과 돌출부분이 없는 동해와 굴곡이 심한 서해의 특성을 이해하고 있었습니

다. 작은아들의 머리를 쓱쓱 문지르는 남편의 입가에는 흐뭇한 미소가 넘쳤습니다. 저는 남편과 작은아이의 행동이 못마땅했습니다.

"승주 너, 형한테 그 무슨 말버릇이야!"

제가 쏘아붙이듯 말했습니다.

"너, 너무 잘난 척하지 마!"

기가 푹 죽었던 큰아이가 기운을 되찾은 듯 한마디 했습니다. 그리고 그 이상은 아무도 말하지 않았습니다. 말이 이어지면 결국 온 식구의 기분이 그야말로 엉망이 된다는 것을 그동안의 체험으로 모두 알고 있기 때문입니다. 그날 아침을 그렇게 보냈습니다. 그날, 저나 제 남편이 무슨 말을 했어야 하는지요?

우리는 승주 어머니의 질문을 생각해 본다. 그날 아침 승주네 식탁에서 나눈 승주네 가족들의 대화는 사랑이 전해지는 대화였을까?

그날의 대화는 그들 형제에게 어떤 영향을 끼쳤는지 생각해 본다. 동생은 '아빠는 내 편이고 엄마는 형 편인가 봐'라고 생각하고 형은 '아빠는 동생 말만 인정해 주시고 내 기분 따윈 생각도 안 하시나 봐'라고 서운해하지는 않았을까. 또한 동생은 변산반도를 모르는 형을 무시하고, 형은 동생을 잘난 척하는 건방진 녀석이라고 느낀다면 그들의 우애는 금이 갈 것이다.

같은 상황에서 다음과 같이 대화가 진행된다면 어떨까.

어머니 아빠가 변산반도 가신다는데 변산반도가 어디 있지?

형 동해에 있나?

동생 돌이 보이네, 돌이. 형은 초등학교 4학년을 안 보냈군. 아니, 어떻게 우리 나라 동해에 반도가 있을 수 있지?

어머니 우리 승주가 초등학교 4학년 사회 시간을 아주 성실하게 보냈구나. 그런데 아빠(엄마)는 네 말을 들으니까 형에게 미안한 생각이 드는구나. 형에게서 보이는 돌은 아빠, 엄마가 낳은 돌이거든. 그리고 아빠(엄마)는 너희들이 겸손한 사람이 되기를 바래.

이러한 대화라면 형제는 각각 어떻게 받아들이고 어떠한 부모로 기억하겠는가.

주영이 어머니도 말했다.

주영이 아버지와 어머니는 저녁 9시 텔레비전 뉴스를 보면서 올림픽 경기에서의 특별한 장면을 흥미롭게 보고 있었다. 그때 주영이가 동생 주희와 장난을 하면서 텔레비전 앞을 왔다갔다 하며 시야를 가렸다. 처음엔 잠깐잠깐 방해가 되었지만 한두 번 하고 멈추려니 했다.

그런데 주영이 아버지 인상이 흐려졌다. 주영이 어머니는 남편의 표정에서 아들에게 소리치고 때리고 집안이 소란해질 시간이 얼마 남지 않았음을 읽을 수 있었다. 다른 날 같으면 남편이 야단치기 전에 주영이 어머니가 야단쳤을 게다.

'주영아, 조용히 해! 가만 있지 못해! 떠들지 말라고! 말 안 들어! 떠들려면 나가! 엄마 간다! 하나, 둘, 셋!' 등 지시, 명령 경고, 위협 등 대화에 방해되는 말만 했을 것이다. 그런데 주영이 어머니는 생각을 가다듬고 부드럽게 배운 대로 말했다.

어머니 주영아!

주영 왜요?

어머니 으응, 엄마 아빠가 텔레비전에서 중요한 뉴스를 보고 있거든. 그런데 네가 그 앞을 왔다갔다 하니까 뉴스를 볼 수 없어서 답답해!

주영이는 잠시 생각하더니 말했다.

주영 그러니까 나더러 비켜라 이거죠?

어머니 그래, 네가 비키면 엄마 아빠가 뉴스를 잘 볼 수 있거든.

주영 그럼 '비켜' 하면 되지, 왜 그렇게 이상한 말을 길게 하세요!

어머니 으응, 그러니까 엄마가 평소에 하던 말과 다르니까 주영이가 이해하기 힘들단 말이지?

주영 그래요, 생각해야 하잖아요!

주영이 어머니는 주영이의 말을 듣고 한 대 얻어맞은 기분으로 할 말이 생각나지 않았다. 그런데 그때 주영이가 동생에게 말했다.

"주희야, 우리 저 방에 가서 놀자."

'그래요, 생각해야 하잖아요!' 주영이의 이 말은 부모의 대화 방법, 즉 대화 습관을 단적으로 드러내는 말이 아닌가. 부모가 자녀를 생각하는 아이, 배려하는 아이로 길러 줄 수도 있고 그렇지 않을 수도 있다는 뜻이 아닌가. 주영이가 다른 방으로 옮긴 것은 어머니의 명령에 따른 것이 아니다. 주영이가 스스로 생각해서 본인이 선택한 행동이다. 본인이 선택한 행동에 대해서는 누구를 원망하거나 탓하지 않는다. 자신이 선택한 행동은 자신이 책임을 진다.

사려 깊은 부모의 말 한마디가 자녀를 책임 있는 행동과 타인을 배려하는 이타심이 있는 사람으로 자라게 한다.

다예 어머니도 얘기한다.

초등학교 2학년인 아들이 새로 산 5백 원짜리 고리 장난감을 갖고 재미있게 노는 걸 보자 학교에 가지고 갈까 봐 은근히 걱정이 되었습니다. 다음날 아침, 고리 장난감을 본 저는 얼른 숨기려고 장난감을 집어 들었습니다.

"엄마! 그 고리 장난감 주세요."

어디서 봤는지 아들은 제게로 다가오며 말했습니다.

'학교 가져가려고? 안 돼.' 한마디로 거절하고 싶었지만 배운 것을 생각하며 말했습니다.

"그 장난감 학교에 가져가고 싶구나. 엄마는 네가 공부 시간에 장난하게 될까 봐 걱정돼."

"2학년 때는 학교에 장난감을 한 번밖에 안 가져갔어요. 그리고 공부 시간엔 안 놀아요."

"그래도 장난감이 주머니에 있으면 신경이 쓰일 텐데."

"신경 안 써요. 주세요, 학교 가게요."

좋은 말로 잘 해결하고 싶은데 아들이 요리조리 피하는 것 같아서 화가 났지만 다시 말했습니다.

"다예야, 이 고리 어떻게 푸는 거야?"

"이렇게요."

아들은 두세 번 시범을 보여 주었습니다.

"이거 참 재미있네, 엄마 좀 빌려 줄래? 심심할 때 해 보게."

"그러세요."

"다예야, 네가 가져가고 싶은데도 엄마한테 빌려 줘서 고마워."

아들은 고맙다는 엄마 말이 민망한 듯 씨익 웃으며 나갔습니다.

오늘 아침, 대화 방법을 배운 덕택에 아들과 싸우지 않고 편안히 문제를 해결할 수 있었습니다.

다예 어머니의 발표 내용이다. 위 상황을 잠시 점검해 본다. 다예 어머니는 얘기를 잘 풀어 갔다. 그러나 다예가 어른이 되었을 때 이날 아침 아들에게 빌린 고리 장난감을 어머니가 가지고 놀기 위해서 빌렸다고 기억할까.

자녀가 정직하기를 원하면 부모부터 정직해야 한다. 다예 어머니는 솔직한 어머니로 기억되기 위해 그날 저녁 아들과 얘기했다.

"다예야, 학교에서 친구들이 장난감 가지고 노는 걸 보니까 부러웠지?"

"엄마가 즐거울 걸 생각하니 좋았어요."

"고마워라. ……그런데 엄마가 다예에게 고백할 일이 있어."

"뭔데요?"

"아침에 엄마가 너에게 장난감을 빌려 달라고 했는데 그건 네가 장난감을 학교에 가져가지 못하게 하려고 그런 거였어. 생각해 보니까 너에게 창피한 생각이 들었어."

"엄마, 진짜 그랬어요?"

"그래."

"엄마가 나한테 거짓말했네. 그렇지만 다음에도 내 장난감 엄마한테 빌려 드릴게요."

"다예야, 거짓말한 엄마를 이해하고 사랑해 줘서 고맙다."

"엄마. 그런데 왜 오늘 아침이랑 지금 이렇게 친절해졌어요?"

“응. 엄마는 요즘, 너희들을 진짜로 사랑하는 방법을 배우고 있
어. 엄마가 화 안 내면서 너희들을 사랑하는 방법 말이야.”
“엄마, 그거 맨날맨날 배우면 안 돼요?”
“그래, 엄마 맨날맨날 노력할게.”
“야아! 우리 엄마 최고!”

당신은 틀림없이 당신의 자녀들이 훗날, 어른이 된 후에 어린 날
을 회상하며 ‘우리 엄만 정직하고 친절하셨어.’ ‘우리 엄만 매일같
이 화 안 내고 사랑하는 방법을 배우셨어.’ ‘우리 부모님은 최고였
어.’ 하는 모습으로 기억될 것이다.
송이 어머니의 얘기도 들어 본다.

지난 추석 때의 일입니다. 시댁에서 추석을 지내고 집으로 돌아
오는 승용차 안에서였습니다. 남편과 제가 직장 일로 서로 바쁘게
지내다가 모처럼 우리 가족끼리 갖는 오붓한 시간이었습니다. 네
살인 큰아이 송이는 운전하는 남편의 옆좌석에 앉았고 저는 두 살
된 아기를 안고 뒷좌석에 앉았습니다.
동생만 예뻐한다고 끙끙대는 송이가 그날은 온 식구가 한데 모여
서 그런지 신나서 방글거렸습니다. 그러나 차츰 시간이 지나고 쌩
쌩 달리던 차가 길이 막혀 주춤거리자 즐거움이 시들해졌는지 저를
보며 말했습니다.
“엄마! 나 안아 줘!”
간단한 의사 표현을 하는 큰아이의 말을 듣자 갑자기 화가 났습

니다.

'아니, 너는 다 큰 애가 보면 모르니? 엄마가 동생을 안고 있는데 어떻게 너를 안아? 떼쓰지 말고 가만히 앉아 있어. 집에 가서 안아 줄게.' 자제하지 않았다면 이런 말들이 줄줄이 이어졌을 것입니다.

'그래도 …… 으응? 안아 줘!'

'시끄러워, 집에 가서 안아 준다고 했잖아, 조용히 해!'

'싫어, 싫어. 으응?'

'너 그러면 다음부턴 너 혼자 집에 두고 다닐 거야, 조용히 해!'

계속되다가 결국 한두 번 쥐어박고 누굴 닮아 이해심이 없는지 한심해했을 것입니다. 그러나 그 말들을 꿀꺽 삼켰습니다.

'그렇지, 사랑의 대화 교실에서 배운 대로 실천해 보자. 우선 멈춘다. 생각한다. 그리고 말한다. 일단은 멈추었으니까 생각해 보자. 뭐라고 말할까. 아이의 마음을 헤아려 보자. 오랜만에 엄마, 아빠가 다 모였고 엄마가 동생을 안고 있는 모습을 보면 저도 엄마에게 안기고 싶겠지. 다 크다니, 이제 경우 네 살, 만으로 3년 4개월인 아기인데……. 동생이 태어난 후에 엄마에게 폭 안겨 본 적이 있었던가? 그렇지. 안기고 싶겠지.' 생각이 여기까지 미치자 저는 큰아이에게 어쩐지 미안하고 가슴이 찡했습니다.

"송이가 엄마에게 안기고 싶구나!"

어떻게 자기 마음을 알았느냐는 듯 눈을 동그랗게 뜨고 저를 응시하며 고개를 끄덕였습니다. 저는 다시 말했습니다.

"그래, 그렇지. 엄마도 우리 송이를 꼬옥 안아 주고 싶어. 그런데 미안해서 어떡하지. 엄마가 아기를 안고 있어서 한꺼번에 두 사람을 안을 수가 없네."

송이는 제 말을 알아들었는지, 또 무슨 말을 해야 할지 난감한 듯 말을 못하고 주춤했습니다. 저는 미안한 마음으로 말했습니다.

"송이야, 우리가 집에 도착하면 아빠가 아기를 안고 엄마가 송이를 꼬옥 안아 주면 안 될까?"

"응, 엄마!"

큰소리로 대답하는 송이의 그 작은 몸이 기쁨으로 활짝 피는 것 같았습니다. 송이는 집에 도착할 때까지 한번도 투정하지 않았습니다. 길이 막혀 긴 시간이 지체되었는데도 말입니다.

저는 생각했습니다. 그 어린 아기도 존중받고 이해받는다고 느끼면 참고 기다리는 힘이 생기는구나 하고요. 그동안 시어머님께 아이들을 맡기고 직장 생활하면서 얼마나 말을 함부로 했는지요. 시간에 쫓기고 뭔가 짜증스러울 때면 아이들에게만 윽박지르고 소리치고, 또 때리고, 입에서 나오는 대로 쏟아 부었고요.

저는 부끄러웠습니다. 순간을 멈추고, 생각하고 말하면 긴 시간이 평화로워지는 것을요. 저는 그날 밤 오랜만에 사랑이 가득 담긴 가슴으로 송이를 품에 안고 잤습니다.

그 다음날 시어머님 말씀으로는 송이가 동생을 사랑스럽게 잘 돌보아 주었답니다.

송이 어머니의 체험을 들으며 우리는 다시 깨닫게 된다. 사랑의 실천은 인내와 희생이 따른다는 것을. 그러기에 사랑은 기적을 낳는다고 하지 않는가.

보영이네의 화해 성찬

저녁 8시 30분쯤, 기다리는 남편은 오지 않고 전화가 한 통 걸려
왔다.

"여보! 나 한잔했는데 이차를 가게 됐어. 여기 신사역 근처 ○○
니까 와서 자동차 가져가!"

'지금이 8시 30분. 남편이 이차를 가면 대부분 밤 11시를 넘긴
다. 집에서 9시 30분쯤 나가서 남편이 맡겨 놓은 자동차를 찾아 10
시 10분에 자율 학습이 끝나는 아들을 데리고 온다. 아마 집에 도착
하면 10시 30분이나 35분이 되겠지. 그러고 나서 거나하게 취한 남
편을 인내로 맞으면 우리 집엔 평화가 오겠지.'

계획을 세우며 마음을 정리하자 보영이 어머니는 느긋해졌다. 보
영이 어머니는 시간에 맞춰 동전 지갑에 자동차 열쇠와 운전면허증
을 넣고 집을 나섰다.

아들을 데리고 집으로 돌아오던 보영이 어머니는 아파트 승강기

에 내려 복도를 걸어가다 흠칫 놀랐다. '누굴까?' 현관문 앞에 사람이 길게 누워 있었다. 가슴이 철렁 내려앉은 보영이 어머니가 황급히 달려가 살펴보니 길게 누운 사람은 남편이었다.

'아니 이럴 수가? 초인종을 여러 번 누르다가 지치고 화가 났을까? 그렇기로서니 이렇게 …….'

생각을 멈추고 놀란 아들 보영이와 함께 남편을 일으켜 세우며 현관문을 열었다. 문이 열리자 휘청대던 남편이 얼른 집 안으로 들어가 문을 닫아 걸었다. 한순간이었다. 밖에서 열쇠로 열 수 없도록 잠금 장치까지 걸어서 완전히 닫아버렸다. 보영이가 애걸했다.

"아버지! 문 좀 열어 주세요. 저는 고3이에요. 너무너무 피곤하고 힘이 들어요. 대입 학력고사가 한 달도 안 남았어요. 문 좀 열어 주세요!"

"시끄러! 필요 없어! 다 필요 없다고!"

남편은 고함을 지르며 뭔가 물건까지 집어 던지는 것 같았다. 밖에서는 어떻게 해 볼 방법이 없었다. 남편이 보영이가 기르는 개를 밟았는지 깨갱깨갱 울어 댔다. 개 울음 소리에 놀란 보영이가 소리쳤다.

"아버지! 제발 문 좀 열어 주세요!"

소용이 없었다. 보영이는 비상 계단에 쪼그리고 앉아 있는 어머니를 껴안으며 펑펑 흐느껴 울었다. 어찌해 볼 수 없는 일방적인 힘에 의한 열여덟 젊은이의 분노와 적개심이 뭉쳐진 울음이었다. 아니, 어쩌면 보영이 어머니 자신의 감정이 터지는 소리였는지도 모른다. 깨개갱, 또다시 강아지 미니팬이 울었다.

"미니팬을 꺼내야겠어요. 아버지가 밟아 죽일지도 몰라요."

보영이는 복도로 난 창문의 방범틀을 통해 창문을 열어 보았다. 다행히 문이 잠기지 않았다. 보영이는 조심스럽게 미니팬을 불러 창틀 사이로 힘들게 빼냈다. 미니팬을 보듬어 안은 보영이는 끓어오르던 분노가 조금은 가라앉았는지 조용히 안도의 숨을 쉬었다. 그날 밤을 승용차 안에서 보냈다. 참으로 암담한 날이었다. 그 때문에 보영이와 어머니는 거의 일주일 동안 감기를 앓았다.

보영이 어머니는 생각할수록 남편이 한심했다. 그의 인격이 의심스러웠다. 아무리 술이 취했기로서니 아내와 아들을 문 밖에 두고 안에서 문을 걸어 잠그다니. 이중문까지 걸어 잠근 걸 보면 그렇게 심하게 취한 것도 아닌 것 같은데. 더구나 고3인 아들이 그 중요한 대학 입시를 한 달 정도 앞둔 시점에서. 이러한 남편의 행동을 어떻게 헤아려야 한단 말인가. 어떻게 이해한단 말인가. 전에도 그랬다. 지금 대학교 2학년인 큰아들이 고3 때도 그랬다. 큰아들이 3학년이 되어 첫 번째 본 모의고사 성적이 아주 좋았다. 아들은 저녁 식사 중에 신이 나서 말했다.

"아버지 저 S대학에 갈 수 있을 것 같아요."

"야아 야! 네가 S대학에 들어가면 내가 한강에 빠져 죽겠다!"

아들은 말없이 수저를 놓고 방으로 들어가 버렸다. 어깨가 축 늘어진 아들의 뒷모습을 보며 보영이 어머니는 그야말로 남편이 한심스러웠다. 아들을 생각하면 속이 아렸다.

"당신, 말을 어떻게 그렇게 하세요?"

"뭐가 어때서? 어쩌다 한번 잘 본 성적 가지고 큰소리 치긴. 왜 밥은 먹다 말고 그냥 나가? 정신 차리라는 소리지."

'쟤가 당신 말 듣고 정신 차리게 생겼어요?' 하고 소리 지르고 싶었지만 참았다. 아내 노릇, 에미 노릇이 이렇게 어려운 것인가. 그때도 아들을 위로하느라 얼마나 힘이 들었는지. 결국 보영이 어머니는 쓸개가 녹아 내리는 인내로 남편을 설득했고 남편은 아들에게 사과했다.

"한영아, 지난번 식사 때 아버지가 한 말 서운했지? 미안하다. 네가 S대학에 들어가려면 그만큼 힘이 든다는 얘기였는데, 그리고 좋다는 얘기였는데 아버지가 말하는 게 서툴러서 그랬단다. 네 마음 상하게 해서 미안하다. 네가 이해해 주기 바란다."

"알았어요."

"고맙다."

세상에 태어나서 처음으로 미안하다는 말을 아버지에게서 들은 큰아들은 애써 아버지를 이해하려 노력하는 것 같았다. 아버지에 대해 서운할 때마다 들춰 내던 그 말에 대한 투정은 그날 이후 더 이상 듣지 않아도 되었다.

보영이 어머니는 남편의 언행이 늘 조마조마했다. 차라리 대화 방법을 배우지 않았다면 본인이 하고 싶은 말을 대신해 주는 남편이 시원스러웠을 텐데, 대화가 어떤 것인지 배운 후에는 남편의 말이 늘 불안하게 들렸다.

어쨌든 이번 일도 잘 마무리되어야 할 텐데 막막했다. 무엇보다도 보영이 어머니는 남편과 말하고 싶지 않았다. 그러나 대학 입시를 20일 앞둔 아들을 생각하면 오늘이라도 남편에게 말을 걸어 아들의 마음을 풀어 주게 해야 했다. 어제 아침이었다. 남편과 말을 할 수 있는 절호의 기회였다. 남편이 출근 준비를 하면서 말했다.

"당신, 아버지께 들어서 알고 있지?"

며칠 전, 시골에 계신 이모님이 돌아가셔서 그 집에서 지내던 제사를 보영이네가 지내야 한다는 내용의 전화를 받았다. 그러나 모른 체했다.

"뭐를요?"(∗네, 알고 있어요. 그런데 알고 있다는 말을 당신에게 하고 싶지 않아요. 당신에게 서운함이 커서요)

"제사, 우리가 지내는 거."

"당신 어떻게 그럴 수 있어요? 그러잖아도 보영이가 감기 들까 봐 조심하는데 현관문을 잠그다니 그럴 수 있어요?"

제사 얘기는 어디로 갔는지 엉뚱한 말이 터져 나왔다. 인내의 둑이 무너져 억눌렸던 감정이 쏟아져 나온 것이다.

"등신, 그렇다고 차에서밖에 못 자냐!"

남편은 문을 박차고 나가며 말했다. 보영이 어머니는 쫓아가며 소리치고 싶었다. '그래, 등신이다. 등신. 왜? 왜? 마누라 등신인 줄 모르고 21년이나 같이 살았냐?' 부터 시작해서 할 말이 끝이 없었지만 참았다.

결국 원망은 원망을 낳고, 비난은 비난을 낳고, 화는 화를 부른다. 보영이 어머니는 조용히 마음을 달래며 배운 것을 생각해 보았다. 상대방 입장을 헤아려 보자. 그렇다. 그날 밤 남편 기분은 어떠

했을까? 어쩌면 그날따라 크게 기분 상하는 일이 있었을지도 모른다. 그러니까 평소보다 일찍 들어온 것이 아닐까? 집에 전화했을 때 아들을 데리러 간다는 말도 없었고, 초인종을 여러 번 눌러도 대답은 없고, 몸을 가누기는 힘겹고, 집안의 모든 일은 아들의 입시 앞에서 무시되고……. 여기까지 헤아리자 보영이 어머니는 남편이 이해되기 시작했다. 이 정도면 고3 아들을 위해 남편과 화해를 해도 크게 억울할 것 같지 않다는 생각이 들었다. 다음날 오후, 퇴근한 남편에게 말을 걸었다.

어머니 여보! 당신 도움이 필요한데 얘기해도 되겠어요?

아버지 뭐든지 하세요. 다 들어 드릴 테니.

어머니 보영이 얘긴데요. 전문가들 얘기가 시험을 앞둔 한 달이 가장 중요하대요. 입시의 승패를 좌우하기도 한대요. 앞으로 20일 남았는데 지난번 승용차 안에서 잤던 일이 걱정돼요. 상처를 많이 받은 것 같아서요.

아버지 알았어, 알았어.

어머니 당신, 전에도 한영이에게 잘 풀어 줬었죠!

아버지 그러지. 오늘 하면 되나?

어머니 오늘 보영이 생일이니까 식사 때 얘기하면 자연스럽겠네요.

아버지 아빠가 너를 힘들게 해서 피눈물이 났었다고 할까?

어머니 장난하지 말고요. (* 장난으로 들리네요)

아버지 아니야, 진심이야.

아버지 지난번에 너를 차에서 자게 하고……. 그래, 엄마만 차에서 재우려고 했는데 너까지 재워서 미안하다고 할까?

어머니 하하, 못 말려.(＊그 말이 당신 속뜻이라면 정말 섭섭하지만 아들을 위해서 넘어갈게요) ‘시험이 얼마 남지 않은 시기에 아빠가 그래서 미안해.’ 라고 말하면 풀릴 것 같은데요.

아버지 알았어, 걱정 마. 내가 오늘 다 풀어 줄 테니까.

저녁에 보영이를 위해 조촐한 성찬을 마련했다. 보영이 어머니는 식사를 준비하느라 남편과 나누었던 얘기는 깜빡 잊었다. 그러나 남편은 기억하고 있었다.

아버지 보영아, 지난번에 너를 밖에서 자게 해서 미안하다. 감기도 들고 고생 많았지? 시간이 지났지만 그동안 기회가 없어서 말을 못했는데, 네 생일에 아빠가 사과할게.

보영 아버지, 다시는 그런 일이 없었으면 해요.

아버지 그래.

보영 그런 일은 지난번이 마지막이 되었으면 해요

아버지 그래, 그래.

어머니 여보! 당신 참 멋있네요. 아들에게 사과를 하고. 그리고보영이도 멋있어. 사과하는 아빠를 이해해 드리고.

아버지 그래. 아버지도 이제 술 딱 끊었다. 그리고 보영아, 네가 17년 전 세상에 태어나던 날 아빠가 얼마나 기뻤는지 아니? 네 형이랑 두 아들을 얻게 되어 얼마나 든든하고 감사했는

지……. 내 모든 걸 다 바쳐서 너희들을 사랑한단다. 그리고 여보, 당신도 고마워!

보영이 어머니는 말했다.
"남편의 말에 꽁꽁 얼었던 감정의 덩어리들이 스르르 다 녹아 흘러내리는 것 같았습니다. 이 정도면 1년 이상 배우는 제자로 괜찮죠?"
성취감으로 흡족한 보영이 어머니의 환한 웃음이 우리에게 힘이 되어 주었다.
한 해가 간다. 독자들에게서 걸려 온 많은 전화 중에 두 독자와의 전화 내용이 내 마음을 떠나지 않는다.

"중학교 1학년인 딸과 중학교 3학년인 아들이 있습니다. 딸은 예쁜 짓만 하는데 아들은 문제가 심각합니다. 물론 아들도 중학교 1학년까지는 모범생이었습니다. 요즘은 나쁜 친구들과 어울리고 사귀는 여자 친구도 있어 중학교를 졸업할 수 있을지 걱정입니다. 여자 친구와 저녁 늦게 전화를 하면 30분도 좋다, 1시간도 좋다입니다.
선생님 책을 읽으며 우리 부부에게도 부모 역할에 문제가 있다는 생각이 들었습니다. 남편과 저는 아들의 잘못을 철저히 가려서 때리며 가르치려 했습니다. 아들을 사랑하니까요. 그런데 어제 아들이 여자 친구에게 전화하는 내용을 몰래 녹음해서 들어 봤어요. 기가 막혀요. 엄마, 아빠 명칭이 쌍기역, 쌍시옷으로 가득했어요. 더욱이 아버지가 한 번만 더 저를 때리면 이번엔 죽여 버릴 거래요.

남편이 펄쩍 뛰면서 자기가 먼저 아들을 죽이겠다는 거예요. 겨우 말려서 오늘 아침 아들은 학교에 가고 남편은 출근했는데, 오늘 저녁 부자가 만나면 어떤 일이 일어날지 겁이 나요. 제가 어떻게 해야 하나요?"

또 다른 독자의 얘기다.

"유치원에 다니는 아들 하나를 두고 있습니다. 저는 무엇보다도 아이가 친구들과 사이좋게 잘 지내기를 원합니다. 그러나 제 아이는 동네에서도, 유치원에서도 친구들을 잘 때립니다. 하루도 편안할 날 없이 말썽을 부립니다. 제가 선생님 쓰신 책을 읽고 결심했습니다. 아이의 행동이 맘에 들지 않더라도 야단치지 말자, 소리지르지 말자, 때리지 말자, 부드럽고 정답게 말하자 하고요. 하루를 정하여 결심한 대로 행동하고 다음날 아침 상냥하게 웃으며 유치원에 보냈습니다. 그 날 오후 유치원에서 돌아온 아들은 큰 소리로 저를 부르며 말했습니다.

'엄마아, 엄마아! 나 오늘 유치원에서 한 명도 안 때렸다.'

오늘이 사흘째. 아들은 똑같은 말을 했습니다. 저는 하나밖에 없는 아들을 거칠고 강하게 때리면서 훈련시키면 남자답게 자라리라 생각했거든요. 그러나 진정한 의미의 힘은 부드러움에 있다는 것을 이제야 새삼스럽게 깨닫게 되었어요. 제가 바뀌니까 아이가 바뀌더군요."

두 독자의 목소리가 귀에 쟁쟁하게 남아, 나를 깊은 생각에 잠기
게 하는 건 지금이 한 해를 마무리하는 시기여서인가, 아니면 한국
청소년들의 자살률이 해마다 늘어난다는 보도를 들어서인가.

영민이가 숲으로 간 까닭

벌써 새로운 한 해가 시작되고 2월이라니. 이맘때쯤 우리의 삶을 되짚어 보게 되는 것은 조금씩 성숙되어 간다는 의미인가.

부모로서, 자녀로서, 그리고 이웃으로서 가족과 주변 사람들에게 희망과 용기보다는 절망과 좌절을 주는 것은 아닌지, 특히 에미로서 하는 말 한마디가 아이들의 마음을 헤집고 있는 건 아닌지. 하다 못해 에미 노릇만이라도 제대로 할 수 있으면 좋으련만. 오늘도 두 손 모아 간절하게 소망해 보지만 그 에미 노릇이 얼마나 어려운지……. 수강자들의 얘기가 떠오른다.

저는 요즘 다섯 살 된 아들에 대한 태도가 많이 달라졌습니다. 아이를 완전한 하나의 인격체로 존중하며 제 사랑을 나누려 애쓰고 있습니다. 며칠 전, 평소에 쓰지 않던 말을 하려니 야살스러운 것 같아 몸이 간질간질했지만 잠자리에 든 아들을 끌어안고 말했습니다.

"엄만 널 굉장히 사랑해!"

"엄마, 나도. 나도 엄마 사랑해." 하리라 예상했던 반응은커녕 오히려 퉁명스럽게 입을 삐죽거리며 불평을 털어놓는데 저는 무슨 애긴지 기억이 나지 않았습니다.

"근데 왜 엄만 지난번 할머니 눈 다쳤을 때 나만 때렸어?"

"할머니 눈? 눈 다친 할머니?"

"그래, 접때 엄마가 나 업고 병원에 갈 때 할머니 눈 다쳤다고 나 막 때리고 야단쳤잖아!"

"오, 그 할머니!"

그제서야 생각이 났습니다. 3~4개월 전이었습니다 가까운 병원에 아들을 업고 가다가 한 할머니와 마주쳤지만 한눈 팔고 가던 저는 앞에서 오는 할머니를 보지 못했습니다. 그때 등 뒤에 업혔던 우리 아이가 무심코 들어 올린 손이 할머니의 눈을 쳤습니다.

"아앗!"

할머니가 비명을 지르며 눈을 가렸습니다. 저는 반사적으로 아들의 볼기짝을 힘껏 내리치며 소리 질렀습니다.

"왜 할머니를 치냐, 치긴. 봐라, 너 땜에 할머니 눈 다치셨잖아!"

저는 할머니께 여러 번 사과하고, 아들에게는 제 분이 풀릴 때까지 야단을 쳤습니다. 너무도 당연한 듯이요. 그리고 저는 까마득히 잊어버렸습니다. 그러나 다섯 살 된 제 아들은 그게 억울한 응어리로 남아 있었나 봅니다. 저는 배운 것을 생각하며 말했습니다.

"그때 일을 생각하면 엄마가 널 사랑하지 않는다고 느끼는구나."

"응, 내가 할머니 치지 않았단 말이야. 엄마는 나만 때리고……."

아들은 그때 일이 다시 떠오르는 듯 울기 시작했습니다. 저는 아들을 안은 채 한참을 침묵으로 기다렸습니다. 아들의 울음 소리가 잦아들었습니다.

"미안해. 네 잘못이 아닌데 너만 야단치고 때려서 미안해. 엄마가 앞을 잘 보고 갔으면 그런 일이 없었을 텐데, 정말 미안해."

"괜찮아, 엄마!"

그제서야 아들은 제 목에 감겨 들었습니다. 제겐 아주 감동적인 경험이었습니다. 아들이 그런 사소한 일을 간직하고 있었다는 것도 놀라웠고, 그 일을 제게 털어놓은 것도 제게는 특별한 일이었습니다. 지금까지의 솔직한 제 심정은 '제까짓 게 무슨 생각이 있고 감정이 있냐.' 는 식으로 무시하고 함부로 다루며 제 주장만 내세웠으니까요. 이 교육에 참가하기 전이었다면 아들의 그런 투정에 정반대의 결과가 나타났을 것입니다.

'엄마가 날 때리고 야단쳤잖아!'

'뭐라고? 네가 가만히 있는데 때렸어? 네가 할머니 눈을 치니까 때렸지.'

'나는 안 쳤어, 그냥 손을 들었지.'

'주위를 보며 손을 들어야지.'

'엄마도 앞을 보고 가야지.'

'뭐야? 뭘 잘했다고 엄마 말에 꼬박꼬박 대꾸야.'

아마도 한두 대 때려서 아들의 입을 틀어 막았을 것입니다. 지금 이러한 기회로 아이와의 관계를 회복할 수 있어서 얼마나 다행인지 모릅니다.

부모의 무심한 한마디는 성인이 된 자녀에게도 영향을 준다. 다음의 사례에서도 배울 수 있다.

오빠와 저는 직장 생활을 하며 자취를 하고 있습니다. 시골에 계신 어머니께서 한 달에 두 번 정도 오셔서 살림 점검을 하십니다. 아마 저 혼자였다면 일년에 한두 번 올까 말까 하셨을 거예요. 어머니는 오빠를 끔찍이 여기시거든요. 이번에도 어머니는 오시자마자 쌀의 분량부터 확인하시며 생각했던 것보다 쌀이 많이 남았다 싶으셨던지 이렇게 말씀을 건네셨습니다.

"왜 밥을 굶고 다니냐?"

"굶기는요, 잘 먹고 다녀요."

"네 오빠 말이다. 네가 밥 제때에 안 해 줘서 네 오빠 굶기는 것 아니냐고?"

저는 어머니의 말에 목이 콱 막혀서 할 말을 잃었습니다.

'내가 오빠를 굶기다니, 자기가 안 먹은 거지. 어머니에겐 언제나 오빠밖에 없어. 나 같은 딸이야 먹건 말건 관심 밖이야. 하긴 나야 늘 그런 존잰데.'

왜 그런지 서글픈 느낌이 들었습니다. 꾹 참고 어떻게 저녁을 먹었는지 모르겠습니다.

제가 배를 깎는 것을 보시고 어머니는 또 말씀하셨습니다.

"너는 왜 살을 다 파 버리냐!"

저는 깎던 배를 두고 제 방으로 들어왔습니다. 그냥 그 자리에 있었다면 '뭐라고요? 제가 배의 살을 다 파서 버렸다고요?' 하고 단어

하나하나를 따지며 덤비고 싶었기 때문입니다.

그리고 오늘 아침, 식사 시간이었습니다. 저는 밥그릇 세 개에 어머니는 보통 분량으로, 오빠는 가득히, 그리고 저는 적게 밥을 떠서 각각의 자리에 놓았습니다. 눈 깜짝할 사이에 오빠가 제 밥그릇과 오빠 밥그릇을 바꿔 놓았습니다. 짜증이 났지만 참았습니다. 어머니가 말했습니다.

"봐라, 오빠 밥을 이렇게 뜨니까 저렇게 마르지."

"아녜요. 제가 조금 먹으려고요."

오빠가 말했지만 벌떡 일어나 나오고 싶었습니다. 그러나 속으로 울분을 참으며 쓰게 느껴지는 밥을 억지로 먹고 있었습니다. 어머니는 남들이 오동통해서 복스럽다고 말하는 제 손등을 보며 또 말했습니다.

"저 손등의 살을 뚝 떼어다 오빠 얼굴에 붙여 주면 좀 좋아!"

눈물이 주르르 쏟아졌습니다. 저는 일어나서 나왔습니다.

"에이그, 저 × 앞에선 말을 못한다고. 그 말이 뭐가 섭섭하다고 삐치냐, 삐치긴. 그냥 한번 해 본 말이지."

제겐 그냥 한번 해 본 얘기로 들리지 않았습니다, 제 살을 떼어 내는 아픔이었습니다. 저는 출근하는 지하철 안에서 어머니에 대한 원망과 미움으로 가슴이 답답했습니다. 도대체 어머니가 하시는 말마디마다 걸리는 것은 무엇 때문일까? 어머니는 앞뒤 가릴 줄 모르는 무식한 분도 아니고, 고등교육을 받으신 50대 중반도 채 안 되신 분이다. 물론 외할머니의 별명이 욕쟁이였다고는 하시지만……. 아들 앞에선 눈이 멀어서 그러실까요. 저는 어머니를 이해하기가 힘이 들었습니다. 상황마다 툭툭 쉽게 던지는 말들이 제 가슴을 아리게 합니다.

지하철이 지상으로 올라오면서 구의역과 강변역을 지나 한강 위를 달리기 시작하자 답답한 가슴이 조금씩 트이기 시작했습니다. 그렇지, 그 상황에서 어머니만 원망할 것이 아니라 내가 배운 대로 말할 수도 있었는데. '네가 밥 제때에 안 해 줘서 네 오빠 밥 굶기는 거 아니냐고?' 하셨을 때 '어머니, 오빠가 식사 제대로 못해서 몸이 약해질까 봐 걱정되시는군요. 오빠가 결혼할 때까지 제가 잘 챙길게요.' 하면 될걸. 배를 깎을 때 '왜 살을 다 파 버리냐'하실 때도 '배 껍질을 두껍게 깎았다고요? 얇게 깎을게요.' 또 제 손등의 살을 오빠에게 떼어 주고 싶다고 하실 때도 '어머니, 오빠 야윈 모습이 마음에 걸리시죠? 오빠 건강에 신경 쓸게요.' 할 수도 있었는데. 그러나 다시 또 생각해 보면 그 상황이 재연되었을 때 뜻대로 잘될까 의문이 생깁니다. 다른 수강자들의 경험처럼 저도 그 순간에는 말을 하지 않는 것만으로도 최대의 인내였으니까요. 그런데 오늘 여기에 참가하면서 결심했습니다. 이 시간이 끝나고 집에 돌아가면, 섭섭하신 채로 시골에 내려가신 어머니께 전화할 것을요.

"뭐라고 전화하실 건가요?"
궁금해 하는 동료 수강자에게 김 간호사는 수줍게 말을 이었다.
"글쎄요, 제 생각을 솔직히 말하려고요. '어머니, 오늘 아침에 많이 섭섭하셨죠. 인사도 제대로 못하고 식사도 하다 말고 그냥 나와서 죄송해요. 어머니께서 늘 염려하시는 오빠의 식사와 건강에 신경 쓸게요. 저희를 위해서 애쓰시고, 또 서울에도 힘들게 오셔서 모든 걸 챙겨 주시는데 마음 상하시게 해서 죄송해요. 그리고 엄마 한 가지 말씀드려도 돼요? 엄마 말씀 이해는 되지만 섭섭할 때가 많아요. 엄마, 사랑해요.' 이렇게 말하면 될까요?"

"역시! 훌륭해요."

동료들이 함께 환호했다. 하루의 일과를 끝내고 피곤한 몸으로 교육에 참여하여 배운 대로 실천하려는 김 간호사의 마음씨에 코끝이 찡해 왔다.

나는 김 간호사의 말을 들으며 젊음의 힘을 느낄 수 있었다. 해야 할 일이라고 판단되면 행동으로 옮기는 능력, 그의 너그러운 포용력은 굳어져 가는 인간 관계를 온화하게 변화시키는 힘이 될 것이다. 또한 그가 새로 맞이하게 될 그의 올케와의 관계, 그리고 그의 어머니와 어머니가 맞이하게 될 며느리와의 갈등도 녹일 수 있는 원동력이 될 것이다.

아이들은 부모의 언행을 보며 배우고 자란다. 이 다음에 아버지처럼 아버지 역할을, 어머니처럼 어머니 역할을 해야지, 혹은 아버지를, 어머니를 닮지 말아야지 하며 자란다. 그러나 부모가 된 우리는 어떤지 돌이켜 본다. 닮아야지 하는 부분만 닮고 있는지, 닮지 않겠다고 맹세했던 행동을 더 많이 닮게 되는 건 아닌지.

부모의 영향력이 자녀에게 어떻게 나타나는지, 그것은 어떤 설명으로도 모자랄 것이다. 한 소년에 대한 얘기를 들어 본다. 교육에 참가했던 여자 교장 선생님의 사례다.

제가 이 교육에 참가하기 전까지는 그 유명한 학생에 대해서 '이해한다'는 단어를 제대로 이해하지 못하고 있었습니다. 문제를 일으키는 학생 중에서도 중학교 2학년이었던 영민이는 직원 회의 때마다 논의되는 학생이었습니다.

출석보다 결석이 더 많았고, 출석하는 날은 항상 지각을 했습니다. 지각도 5분, 10분이 아니라 한 시간, 두 시간이었습니다. 수업 시간에 졸지 않으면 만화책을 보았고, 숙제라는 개념은 아예 없었습니다. 거의 말이 없었습니다. 지각해서 맞고, 결석해서 맞고, 숙제하지 않았다고, 대답하지 않는다고, 소리 없이 친구에게 수작을 걸었다고 맞았습니다. 선생님들을 우습게 여긴다고, 학교를 우습게 안다고 맞았습니다. 가정 방문을 하면 어머니가 말한답니다.

'웬수 같은 놈. 어디 가서 뒈지기라도 하면 큰맘 먹고 말지. 뒈졌나 하면 들어와서 부모 애간장 다 태우고, 망신시키고, 사람 잡아가는 귀신들 눈이 멀었지. 저 웬수는 왜 안 잡아 가는지. 저걸 잡아가야 선생님도, 우리도 좀 편하게 살다 죽지요.' 하고요.

물론 저도 선생님들의 얘기를 들으면서 참 문제가 많은 학생이구나, 학생과 선생님도 힘이 들겠구나 생각했지요. 그런데 제가 이 교육을 받으면서 학생을 이해하는 방법을 생각해 보았습니다.

영민이가 가장 사랑하는 사람은 누구일까, 아니 영민이가 사랑하는 사람이 있을까, 가장 좋은 것을 보았을 때 주고 싶은 사람이 있을까, 외로울 때 찾아가고 싶은 사람이, 고통과 억울함을, 그리움을 나눌 친구가 있을까? 그리고 또 지극한 사랑을 받고 있다고 느끼게 하는 누군가가 있을까. 저는 모처럼 출석한 영민이를 교장실로 불렀습니다.

 영민이는 학교에 오기 싫지? 선생님께 야단맞고 매 맞으니까 기분이 많이 상하지? 숙제하기도 어렵고, 친구들과도 잘 지낼 수 없고.

 …….

 집에는? 집에 있는 것도 싫지?

 부모님께 야단맞으면 서운하고, 그러다 보면 외롭고 힘들지? 그런데 선생님은 궁금해. 영민이가 학교나 집에 없을 때 어디 가는지. 영민이가 가고 싶은 곳은 어디지? 오락실? 영화관? 만화 가게? 여자 친구?

 …….

 영민이가 슬프고 외로울 땐 어디 가지? 혼자 가고 싶은 곳 말이야. 선생님은 궁금해. 어딜 가지?

인내의 한계를 느끼는 제 얼굴을 처음으로 쳐다보며 영민이는 말했습니다.

 …… 산 · 에 · 요. …… 새들이 ……있는 …… 숲에요.

'산과 새들'이라는 말이 왜 그렇게 슬프게 들렸는지 모르겠습니다. 영민이의 외로움이 제게 밀려오는 것 같았습니다.

그날 오후 직원 회의 때 저는 선생님들께 부탁했습니다. 영민이가 학교에 오지 않는 날은 혼자서 산에 간다는 사실과 외로운 영민이를 체벌보다는 사랑으로 보살펴 주시라고요.

그로부터 2주 후 우리의 수업 시간에 교장 선생님은 한 시간 늦게 왔다. 그리고 낮은 음성으로 조용히 말했다.

"늦어서 죄송합니다. 제가 전에 말씀드렸던 영민이네 집에 다녀오는 길입니다. 어제 영민이가 죽었어요. 확실한 사인은 못 들었지만 주위의 소곤거림으로는 농약을 마시고 자살했답니다. 그의 어머니께 부탁해서 영민이의 책가방을 보자고 했지요. 만화책만 가득 들어 있었어요. 아마도 그 가방이 화근이었던 것 같습니다. 영민이 어머니가 서럽게 울었습니다. 저는 영민이 어머니가 왜 그렇게 우는지, 그 울음의 의미가 무엇인지 알 수가 없었습니다."

나는 교장 선생님의 말씀을 들으면서 어린아이 같은 궁금증이 끝없이 떠올랐다. '살아 있는 동안 영민이는 부모에게서 무엇을 받았을까? 선생님들께 배운 것은 무엇이었을까? 세상에서 누린 행복이나 기쁨은? 야단맞고 매 맞으면서도 제 또래들이 있는 교실로 찾아갔던 이유는 무엇일까? 부모님, 선생님과 이웃들에게 사랑을 듬뿍 받아, 사랑이 얼마나 따뜻하고 아름다운 것인지 알았다면 영민이가 죽음을 택했을까?' 이렇게 많은 것이 궁금하면서도 숲을 찾아간 이유만은 알 수 있을 것 같다.

오늘도 영민이는 눈 덮인 산 속을 만화책이 가득한 가방을 둘러메고 떠돌고 있는 것은 아닐까. 오늘처럼 내 삶을 되짚어볼 때 영민이가 생각나는 것은 나 또한 에미 노릇에 대한 아쉬움 때문인가 보다.

교장 선생님은 이렇게 말끝을 맺었다.

"제가 한발 늦었습니다. 조금만 더 일찍 관심을 기울이는 방법을 알았더라면 영민이의 죽음을 막을 수도 있었을 텐데 하는 아쉬움이 큽니다."

이미 알고 있는 소년에 대한 소식은 우리를 경악하게 했다. 멀리 남의 일처럼 느껴지던 사실이 바로 우리의 일처럼 느껴졌다. 우리는 한동안 말을 잃었다. 너무나 안타깝고 괴로웠다. 인간 관계를 배우고 있는 우리는 소년이 겪고 있던 고통의 실체를 조금은 더 깊이 이해하게 되었나 보다. 그러나 우리의 이해가 그 소년에게 어떤 의미가 있단 말인가.

오늘도 만화책이 가득한 책가방을 짊어지고 숲을 떠돌고 있을 영민이를 위해 작은 기도를 바친다.

세상에서 가장 아름다운 선물

다른 수강자들의 체험을 들을 때면 그 정도는 나도 할 수 있겠다 싶은데 제가 직접 부딪쳐 보면 얼마나 어려운지요. 지난 주에 있었던 일입니다. 저희 가족이 다니고 있는 교회에서 크리스마스 이브에 어린이들을 위한 음악 발표회를 하기로 했습니다. 발표회 출연자들을 뽑기 위해 초등학생들을 대상으로 현악기, 관악기, 피아노 부분으로 나누어 각각 선발하기로 했습니다.

그 소식을 들은 저는 제 아들도 자기 스스로 참가하겠다고 말해주기를 바랐습니다. 초등학교 4학년인 아들은 2학년 때부터 바이올린을 배웠고, 학교에서 오케스트라 단원으로 몇 번 발표회를 가졌습니다. 예전 같으면 저 혼자 결정해서 아이에게 통보하고 계획을 세워 밀고 나갔겠지만 이번엔 아들에게 맡겼습니다.

"준호야, 교회에서 제1회 기악 선발 대회가 있다고 하더라."

아들이 먼저 음악 발표회에 나가겠다고 말해주기를 기다리던 저는 신청 마감을 이틀 앞두고 운을 떼었습니다.

"참, 엄마 나도 들었어요. 나, 나갈까요?"

"글쎄, 엄마는 준호의 결정에 따르고 싶어."

다음날 아들은 참가하기로 결정했다고 말했습니다. 아들이 스스로 결정한 일은 그것이 처음이었습니다. 아들은 대회가 있는 날이 한 달 정도 남았으니까 열심히 연습하겠다는 말도 덧붙였습니다. 제 희망대로 준호가 자신이 결정하고 연습도 하겠다니 저는 정말 갸륵하고 사랑스러웠습니다.

그러나 제 속앓이는 그날부터 시작되었습니다. 일주일에 두번 선생님이 다녀가시는 날 외에는 연습하는 모습을 보지 못했습니다. 참가 신청을 하기 전과 조금도 다를 바가 없었습니다. 저는 참고 또 참다가 말했습니다.

"준호야, 참가 신청하고 일주일이 지났는데 특별히 연습하는 모습이 보이지 않네. 악보도 외우고 연습을 충분히 해도 여러 사람 앞에 나가면 떨릴 텐데."

"알았어요, 할게요."

대답은 입으로만 했습니다. '그렇게 연습하지 않으려면 아예 그만둬.' 하고 몇 번이나 멱살을 쥐어 잡고 흔들고 싶었지만 참았습니다. 차라리 신청을 못하게 할걸. 저는 후회가 되었습니다. 많은 사람 앞에서 망신만 당하는 게 아닌가. 그러나 망신당하는 것도 유익한 경험이 되지 않을까 하며 심란한 마음을 달랬습니다.

지난 주는 심사가 있는 날이었습니다. 준호가 제비 뽑은 순서는 중간 정도였습니다. 저는 준호보다 먼저 발표하는 어린이들을 보며 기가 막혔습니다. 준호보다 더 어린 참가자들도 곡을 다 외우고 반주자도 함께 나왔습니다. 반주자도 없고, 곡도 다 외우지 못한 준호의 발표 모습을 상상하자 머리가 지끈거려 왔습니다. 예비 선발이라고 가볍게 생각했던 제가 한심스러웠습니다. 참가자가 연주할 때마다 가슴이 조여들었습니다. 사회자에게 "제 아이 박준호 취소하겠습니다." 하고 살그머니 아이를 데리고 빠져나오고 싶었습니다. 저는 애가 타는데, 준호는 킥킥대며 동생과 장난을 치는 것이었습니다. "야, 박준호! 정신 차리고 앞에 나가서 잘할 생각 좀 해. 곡도 다 못 외운 주제에 장난은!" 하고 쏘아붙이고 싶었습니다. 그러나 그 말을 입 밖으로 내놓진 않았습니다.

드디어 준호 차례가 되었습니다. 가슴에서 쿵쾅대는 소리가 옆 사람에게도 들릴 것 같았습니다 준호의 연주는 한마디로 엉망진창이었습니다. 곡은 처음부터 틀렸고 여기저기 악보를 찾느라 헤맸습니다. 얼굴이 확확 달아올라 고개를 들 수가 없었습니다. "죄송합니다. 됐어, 준호야. 그만해." 당장이라도 무대 위로 뛰어올라가 아들을 끌어 내리고 싶었습니다. 왜 그렇게 연주 시간은 길게 느껴지던지요.

"아니 ! 준호 엄마, 준호가 왜 저래요?"

평소 잘 알지도 못하는 준호 친구 엄마가 제게 말했습니다.

"모르겠어요. 쟤가 올 때부터 기분이 안 좋았어요."

무슨 말을 했는지도 모르겠습니다. 쥐구멍이라도 있으면 숨고 싶었으니까요. 준호가 무대에서 내려왔습니다. 솔직히 "엄마." 하며 저를 찾아올 준호가 제 아이라는 사실이 창피했습니다. 주위 사람들이 킥킥거리며 비웃을 것 같았습니다.

"엄마아!"

준호는 힘없이 저를 부르며 제 옆자리에 앉았습니다.

"준호야, 수고했다. 힘들었지?"

말을 하고도 그 말이 나온 것이 기적 같다는 생각이 머리를 스쳤습니다.

'거 봐라, 뭐라고 했니. 이제 창피라는 괴물이 뭔지 알겠어?'

있는 힘껏 눈을 흘기고 싶었으니까요. 겉으로는 태연하게 앉아 있었지만 마음은 갈등으로 복잡했습니다.

'무슨 염치로 앉아 있지, 그냥 빠져나가?'

저는 최대한 인내심을 갖고 버텼습니다. 준호는 참가상으로 하모니카를 받았습니다. 선발되지 못한 참가자 전원에게 주는 기념품이었습니다.

돌아오는 승용차 안에서 서툰 하모니카를 불어 대는 준호는 자기가 받은 상품이라고 동생에게 뻐기는 것이었습니다. 집에 와서도 대단한 일을 해낸 것처럼 할머니와 아빠에게 자랑했습니다. 저는 준호가 의심스러웠습니다. 제가 저를 나무라지 않고 오히려 위로해 주니까 자신이 잘한 것으로 착각하는 건 아닌가, 아예 부끄러움도 자존심도 없는 아이가 아닌가 하고요. 따끔하게 야단쳐야 할 것 같았지만 정신을 차리고 말했습니다.

"준호야, 오늘 네 느낌이 어때?"

"엄마, 떨려서 혼났어. 엄마, 나 굉장히 빨리 끝났지? 하다 보니까 1악장 빼먹고 3악장을 하고 있었어. 또 하다가 틀리니까 악보도

잘 안 보여. 3악장 끝나고 다시 1악장을 할까 하다가 그냥 내려왔
어. 그럴 줄 알았으면 아예 1악장만 할걸. 1악장을 더 많이 연습했
는데."

"아니! 3악장부터 했다고?"

"그냥 하다 보니까 3악장이었어."

할 말이 많았습니다. 너무너무 많았습니다.

'내일부터 바이올린 집어치워! 한 달에 얼마씩 돈 주고 배우는지
알아?'

할 말이 태산 같았지만 제 감정을 달래며 말했습니다.

"준호야, 그래서 어떤 생각을 했어?"

"연습을 많이 해야겠다는 생각이 들었어요. 내 친구는 엄마가 옆
에 지키고 있어서 다섯 시간씩 연습했대요."

"그래, 엄마도 생각을 많이 했어. 앞으로 이런 일이 있거나 시험
을 본다면 옛날처럼 너를 강제로 때리면서 옆에 지켜 앉아서 시켜
야 할지, 이번처럼 너를 믿고 맡겨야 할지?"

"엄마, 근데 엄마가 옛날 엄마 같았으면 내가 나간다는 말을 안
했을 거예요. 엄마가 좋은 엄마가 됐으니까 나간다고 했지요."

"그래, 그러니까 좋은 엄마라서 연습을 안 해도 된다고 생각했었
구나."

"아니에요. 하려고 했는데 잘 안 되었어요. 엄마, 이제부턴 잘할
게요."

"그럼 엄마가 다시 너를 믿고 네게 맡겨야겠네."

"그럼요, 저도 이제 다 컸어요. 제게 맡기세요."

대화를 나누는 동안 준호가 금방 다 큰 것처럼 의젓해지는 걸 느꼈습니다. 저도 옛날 같으면 '뭐라고? 다 컸다고? 말씀은 좋으셔. 입만 살아가지고. 다 컸다는 녀석이 그 꼴이야?' 했을 텐데요, 제가 조심스럽게 말하니까 준호도 제 대화 수준에 맞추려는 걸 느꼈습니다.

"그래. 다 큰 우리 아들 준호를 믿을게."

말을 하고 나자 아들에 대한 믿음이 조금은 생기는 듯했습니다.

준호와는 그렇게 얘기가 됐습니다만, 마음 한구석엔 암울한 찌꺼기가 남아 있었습니다. 마침 친자매처럼 지내는 이웃집 은지 엄마를 만나게 되어 저는 위로를 받고 싶었습니다.

"은지 엄마, 글쎄 오늘 준호 발표가 엉망이었어요. 얼마나 창피했는지 얼굴을 못 들겠더라고요."

"저는 준호가 나간다고 할 때부터 알아봤다고요. 요즘 엄마들 얼마나 극성인데, 준호 엄마는 그 무슨 교육인가 받는다면서 그냥 내버려 두더라고요."

할 말이 없었습니다. 그동안 극성부리지 않은 제 내면의 갈등과 고통이 얼마나 컸는지, 그는 전혀 헤아리지 못하는 것 같았습니다. 누군가에게 이해받는 것은 쉬운 일이 아니었습니다.

저는 그날 밤 남편에게 제 마음을 털어놓았습니다. 이해받고 싶어서였습니다.

"여보, 오늘 준호가 어떻게 연주했는지 아세요?"

"왜? 어떻게 했는데?"

"엉망이었어요. 곡도 틀리고, 외우지도 못하고, 얼마나 창피했는지 어디라도 숨고 싶었어요."

"잘 시키지도 못하면서 왜 그런 데는 내보내?"

"내보내긴요. 자기가 나간다니까 그러라고 했죠."

"그러라고 했으면 적극적으로 연습을 시켜야지. 애들이 좋은 말로 하면 스스로 알아서 하나? 그런 애가 몇이나 돼? 그리고 난 당신도 좌절을 느껴 봐야 한다는 생각이 들었어. 당신은 좌절을 모르고 살았기 때문에 다른 사람의 좌절을 이해하지 못하더라고. 이번 기회에 당신도 당해 봐야 한다는 생각이었어. 당신이 지금 그걸 느끼는 거라고."

갈수록 태산이라더니. 눈물이 핑 돌았습니다. 믿을 데가 없구나. 누구에게도 이해받을 수 없다니. 다정했던 이웃도, 일생을 바치기로 서약한 남편도 내 편이 아니었구나. 이런 걸 외로움이라고 하는구나. 그건 슬픔이었고 나를 흐느끼게 했습니다. 시간이 좀 지나자 남편이 민망했는지 제게로 다가오며 말했습니다.

"그만 울어. 내가 말을 잘못했다면 이해해. 이번 일로 당신이 아이들이나 남을 이해하는 데 도움이 됐으면 해서 한 말이야. 큰 공부 했다고 치자."

"준호가 떨어져서 우는 게 아니에요. 오늘 일이 하도 답답해서 은지 엄마에게 얘기했더니 나갈 때부터 알아봤다고 하고, 당신까지 한번 당해 보라고 생각했다니, 세상에 내 편은 한 사람도 없구나 하니까 너무 허무해서 그래요."

"미안해, 내가 말을 심하게 해서. 사실은 예전에 당신한테 서운했던 감정들이 나왔나 봐. 내가 재수할 때의 어려움을 당신은 모르더라고. 그때 당신도 한번 당해 봐라 하는 생각이 들었어. 그런데 당신이 작년부터 조금씩 달라지기 시작했어. 나를 인정해 주더라고. 난 얼마나 고마운지 몰라. 당신은 정말 좋은 여자구나 하는 생각을 많이 해. 미안해."

"여보!"

그날, 저는 많은 것을 돌이켜 보게 되었습니다. 그동안 어려웠지만 제 내면의 고통을 통한 인내가 가족에게 전달되었구나 하고요. 또 은지 엄마에 대해서도 이해하게 되었습니다. 그가 나를 염려해 주는 마음은 변함이 없는데 표현하는 방법에 문제가 있구나 하고요. 기회가 되면 함께 배우는 시간을 가져야지 했습니다. 얼마나 변화된 제 모습입니까. 예전엔 그런 일로 토라져서 서먹서먹했으니까요. 특히 이번 사건에서 준호를 아예 무대에 서 보지도 못하게 하고 그냥 제 기분대로 데리고 연주장을 나왔다면 준호에게 어떤 영향을 끼쳤을까를 생각해 봅니다.

아마도 이번 사건은 모든 일을 순간의 감정대로 처리하지 않고 신중하게 생각하고 결정하는 자세를 배우게 된 계기가 아닌가 생각합니다.

수강자들은 동료 수강자의 체험을 들으며 각기 자신을 돌아보는 기회를 갖는다. 부모는 자녀를 통해 진정한 의미의 어른이 되어 가고 인간을 사랑하고 삶을 소중히 여기게 된다.

그날 강의를 마치고 집으로 돌아오는 길엔 탐스런 함박눈이 내리고 있었다. 그런 날이면 반가운 얼굴이 떠오른다. 초등학교 교사인 옛친구의 모습이다. 몇 해 전 어느 날 친구는 내게 말했다.

내가 6학년 담임을 할 때였어. 그 학생은 처음 보았을 때부터 졸업할 때까지 늘 허름한 차림이었어. 나는 모든 학생에게 하듯이 그가 가지고 있는 모든 것을 있는 그대로 인정해 주었지. 그는 유리창을 깨끗이 닦았고, 누가 보든 안 보든 물걸레를 깨끗이 빨아 책, 걸상을 닦았어. 비 오는 날 찢어진 우산으로 친구를 바래다 주었고 수업 시간엔 눈을 반짝이며 들었어. 당당하고 따뜻했어. 그는 보석처럼 빛나기 시작했지. 학교에 입학해서 6년 만에 처음으로 반장 후보가 된 거야. 62명 중 52표를 얻어 반장이 되었어. 그의 순수함은 주위의 친구들을 순수하게 만들었지. 전교 학생회장이 되었어. 5학년 때 담임 선생님은 그 학생이 걔가 아니라는 거야. 내 경험으론 당연한데 말이야.

졸업식 날 그 학생은 학년 전체 수석을 했어. 졸업식을 마치고 그 학생의 부모님께서 나를 찾아오셨어. 6년 동안 학교 오는 일이 처음이래. 그분들은 내게 인사를 했어.

"선생님 인사할 줄도 모릅니다. 고맙습니다. 그저 고맙습니다. 선생님 부끄럽지만 저희들의 작은 정성입니다." 허름한 포장지에 싼 선물을 주고 가셨어. 난 고마운 마음으로 그냥 받았지. 텅 빈 교실에 앉아 조심스럽게 포장지를 펼쳤지. 포장지 안에 들어 있는 선물, 그것은 라면 두 봉지였어. 주르륵 내 눈에서 눈물이 흘렀어. 난 가난을 알지. 그리고 가난 속에서도 사랑은 핀다는 사실을 알지.

그것은 내가 지금까지 받은 선물 중에서 가장 값진 선물이라는 걸 너는 알지? 그런데 그날 창밖에 함박눈이 탐스럽게 내리고 있었어.

동창 친구의 얘기를 들은 후 그 선물은 내게도 가장 아름다운 선물이 되었다. 지금쯤 어른이 된 그 아이는 어디서 무엇을 하고 있을까? 그 친구가 생각나는 날, 함박눈처럼 내 마음이 포근해진다.

아들의 생일과 신용 카드

그날은 우리 집 큰아들의 20번째 생일을 1주일 정도 앞둔 날이었습니다. 저는 이번 봄 '성년의 날'을 그냥 보낸 것이 미안하고 못내 아쉬웠습니다. 다음 주에는 남편도 1주일 정도 출장을 가야 한다기에 아들에게 미리 약속을 받아 두었다가 아들의 생일을 근사하게 해 주고 싶었습니다.

그동안 저는 큰아들과 문제가 많았습니다. 아이가 커 가면서 점점 거리감이 생기고 어떤 때는 외계인과 얘기하는 것처럼 도무지 느낌이 통하지 않았습니다. 어려운 대학 입시의 관문을 뚫고 대학에 들어간 아들이 대견스럽게 느껴지다가도 사소한 일로 의견 충돌이 생기면 아들에게 무시당한 느낌 때문에 힘이 빠지고 울적해집니다. 그럴 때면 새벽에 일어나 도시락을 두 개씩이나 싸고 밤 늦게까지 졸린 눈을 비비며 아들 뒷바라지에 정성을 쏟았던 자신이 바보스럽기까지 했습니다.

저 자신의 존재 자체에 회의를 느껴 우울증에 빠지기도 합니다.

이웃의 형님들이 ‘도시락 쌀 때가 행복한 거야.’ 하는 말의 의미가 가슴에 와 닿았습니다. 이제 나는 아들에게 필요 없는 존재인가? 나도 이제부터는 내 삶을 개척해 나가야지. 아이들에게서 떨어져 나와야지. 굳게 다짐해도 아침저녁으로 부딪치는 아이들과의 갈등을 쉽게 해소하지 못했습니다.

그러다가 마침 이 교육을 받게 되었습니다. 물론 이젠 너무 늦어 버려 아이들과의 갈등을 풀어 갈 수 없을 것 같아 중도에 하차할까 하는 생각도 들었습니다만, 제 잘못이 눈에 보이고 제 잘못을 스스로 인정하자 점점 변화가 생기기 시작했습니다. 예를 들면 큰아들이 수능 시험 보기 일주일 전이었습니다. 암기 과목을 좀 공부해 주었으면 하는데 잠만 잤습니다. 저는 그동안 참고 참다가 그날 한마디를 했습니다.

“(머리를 쓰다듬으면서) 우리 진호가 정말 애쓰고 있구나. 수능 시험이 1주일 남았는데 암기 과목은 거의 완벽하게 준비되고 있니?”

“엄마! 오늘 아침 제 도시락 거의 완벽하게 싸셨어요?”

“어떻게 완벽하게 쌀 수 있겠니. 네가 오늘 고기를 먹고 싶은지 생선을 먹고 싶은지 모르는데. 다만 내 정성껏 쌌지.”

“저도 그래요. 시험이 동물에 대해서 나올지 식물에 대해서 나올지 모르니까요. 다만 제가 할 수 있는 만큼 하는 거죠.”

아들은 한심하다는 듯 저를 보더라고요. 그때는 아들이 괘씸하고 원망스러웠는데 그동안 제가 했던 말이 얼마나 아들의 부아를 돋우었는지 교육을 받으면서 이해가 가는 거예요.

그동안 저는 두 아들을 일관성 없이 대해 왔습니다.

'엄마, 이번 토요일에 친구들이랑 롯데월드 가기로 했어요.'

'뭐라고? 안 돼. 너희들끼린 위험해서 안 돼. 그리고 문제지도 많이 밀렸잖아.'

큰아들의 말에 저는 생각할 겨를도 없이 무조건 반대했습니다. 그러나 작은아들이 같은 말을 하면 '어떤 친구들이랑 가는데? 너무 어둡기 전에 와야 돼.' 하며 문제지가 밀려도 작은아들은 허락을 했습니다. 그러면 큰아들 진호는 항변을 하죠.

'엄마는 진영이는 뭐든지 다 하라고 하면서 왜 나만 안 된다는 거예요?'

진호가 어딜 간다면 왠지 불안하고 걱정부터 앞섰습니다. 그러나 진호가 먹고 싶은 것이 있다면 한밤중에라도 얼른 준비해 줍니다. 작은아들이 먹고 싶다면 '밤늦게 그런 거 먹으면 살만 찌고 둔해져.' 하며 거절합니다. 작은아들이 또 항변하죠. '엄마는 형이 먹고 싶다면 뭐든지 다 해 주면서 나는 왜 아무것도 안 해 줘요?' 저는 제 마음 돌아가는 데 대해서 갈피를 잡을 수가 없었습니다. 그런 일들은 거의 본능적이었던 것 같습니다. 저는 헤매면서 아이들만 나무랐습니다.

그런데 이 교육을 받으면서 차츰 정리가 되었습니다. 버럭버럭 화를 내던 제가 차분히 제 감정을 정리할 수 있었습니다. 그러나 며칠 잘 나가다가 무너지고 다시 또 무너졌습니다. 성적, 옷, 용돈, 친구 등등의 문제에서 아이들과의 가치관 갈등은 복병처럼 숨어 있다가 불쑥불쑥 튀어나옵니다. 기분 좋게 얘기하다가도 어느새 붉으락 푸르락 얼굴이 달아오르며 언성이 높아지고, 아들은 벌떡 일어나

휙익 자기 방으로 들어가 버립니다.

'아니! 저 애는 누굴 닮아 저렇게 고집이 세고, 자기 주장만 내세우고, 저밖에 모르는 이기적인 아이일까? 내가 저토록 교육을 잘못한 것일까.' 참다가도 좌절감에 빠지면 쓰라린 가슴을 안고 괴로워했습니다. 교육이고 뭐고 다 그만두고 싶었습니다. 그래도 교육 중에 들은 말이 떠올라 조용히 저를 깨우칩니다. '우리 부모가 자녀에게 함부로 대했던 세월만큼 꾸준히 나를 고쳐 나가는 인내와 노력이 필요하다.' 는 말씀을 자신에게 비추어 봅니다. 20년 동안 잘못했던 내가 2~3개월 대화 방법을 배워 조금 양보하고, 조금 이해하고, 조금 변화했다고 해서 아들에게 금방 효과가 나타나서 나를 이해해 주기만을 바라다니, 지나친 욕심이지. 저는 자신을 돌아볼 수가 있었습니다.

저는 여러 가지 의미에서 큰아들의 스무 번째 생일을 잘해 주고 싶었습니다. 이번엔 특별히 멋진 경양식 집에서 저녁 식사를 하고 와인도 마시면서 빨간 장미꽃 스무 송이와 금일봉(대학생이라 어떤 선물보다 현금을 더 좋아할 것 같아서)을 선물하고 싶었습니다. 모처럼 온 가족이 모여 단란한 시간을 갖게 될 것을 생각하며 흐뭇했습니다. 그 정도 계획이면 저도 꽤 괜찮은 엄마이며 아내인 것 같아 어깨가 으쓱했습니다. 그날따라 남편과 큰아들이 모처럼 일찍 들어왔습니다. 좋은 생각을 해서 누군가에게 축복을 받는 것 같았습니다. 남편과 큰아들과 함께 앉아 과일을 먹으며 저는 우아(?)하게 말했습니다.

"진호야, 다음 주 수요일이 네 생일이지? 그날은 아버지가 출장

가시니까 이번 주 토요일이나 일요일에 우리 가족 모두 외식을 하면서 네 생일을 근사하게 축하해 주고 싶은데 네 시간이 어때?”

저는 당연히 아들이 좋아하리라 기대했습니다. 혹시 그날이 이미 약속이 되어 있었다 하더라도 기꺼이 시간을 조정하겠다고 할 줄 알았습니다. 함박웃음으로 엄마의 제의를 받아 주리라고 믿었습니다. 그런데 아들의 대답은 달랐습니다.

“(피식 웃으며) 외식하면 생일이 근사해지나요. 전 약속이 있어서 그날 시간을 낼 수 없어요. 이제 생일 같은 거 필요 없어요. 우리 서로 그런 일에 신경쓰지 않기로 해요.”

아! 이런 걸 보고 마른 하늘에 날벼락이라고 하나요. 아들의 말에 저는 가슴이 쿵 내려앉았습니다. 어떻게 반응을 해야 할지 머리 속이 콱 막혀 버렸습니다. 옆에 있던 남편이 제가 안쓰러웠는지 조심스럽게 거들었습니다.

“진호야, 왜 말을 그렇게 하니. 네 엄마처럼 멋있고 이해심 많은 엄마가 어딨어? 지금도 엄마는 네 말에 화내지 않잖니. 엄마 성의를 봐서 다시 날을 잡으면 어때?”

아들은 이번에도 거침없이 말했습니다.

“다른 엄마들도 다 그 정도는 해요. 엄마가 이해심이 많다고요? 전 한 번도 그렇게 생각한 적이 없어요. 중·고등학교 시절에 엄마 반대 때문에 여행 한 번 못 가고, 친구들이랑 맘 놓고 얘기 한 번 못 했어요. 조금만 늦으면 제 친구들 집으로 여기저기 전화하고, 아파트 입구에서 기다리다가 절 낚아채며 얼마나 야단쳤는데요. 제가 얼마나 창피했는지 아세요? 전 그때마다 단 한 번도 잘못을 뉘우치고 반성해 본 적이 없어요. 엄마에게 부당한 처벌을 받는다는 억울한 느낌뿐이었어요. 클 때까지 기다리자며 복수심만 키워 왔어요. 그리고 엄만 절 믿어 주지 않았어요. 생일 선물이나 외식 같은 거 필요 없어요. 신용 카드나 빌려 주세요. 제가 필요한 만큼 썼다가 제 용돈으로 갚아 나갈 테니까요."

'아! 내가 저를 어떻게 키워 왔는데, 내가 저를 얼마나 소중하게 키워 왔는데 저토록 엄청난 생각을 품다니. 저토록 엄청난 말을 하다니!' 순간 저는 억울하고 기가 막혀서 눈물이 핑 돌았습니다. 따귀라도 한 대 올려 붙이고 싶었습니다. 그러나 순간, 대화 방법을 배우면서 들었던 말이 생각났습니다. 아이들이 불만을 털어놓을 때는 내면에 쌓인 쓰레기들을 쏟아 내는 것이기 때문에 좋은 기회로 삼아야 한다.' 고 하지 않았던가.

'지금을 기회로 삼자. 내가 참으며 들어 주고 아이의 감정을 헤아려 주자.'

이렇게 생각을 바꾸자 치솟아오르던 감정이 푹 꺼지고 마음이 편안해졌습니다.

'그래, 내 아들은 아직도 날 사랑하는구나. 이 엄마에게 이해받고 싶은 마음이 남아 있었구나. 그래서 아들은 20년 동안 가슴에 묻어 두었던 쓰레기들을 마구 내게 쏟아 내고 있구나.'

이렇게 생각하자 아들이 고맙기까지 했습니다. 저는 참으로 편안하게 말했습니다.

"진호야, 네 말을 듣고 보니 정말 그렇구나. 네가 그동안 얼마나 힘이 들었니? 동생에 비하면 여행 한 번 제대로 못하고 사춘기를 겪을 때도 이해는커녕 야단치고 간섭만 했으니 미안하구나. 엄만 네게 너무 미안해서 할 말이 없구나. 다만 엄마는 네가 너무나 소중해서, 너무나 귀한 아들이어서 방심하면 잘못될까 봐 구석에 숨겨 놓은 보물처럼 너를 엄마 안에 가두려고만 했어. 너를 소중하게 아끼고 사랑하는 방법을 몰랐어. 이번 생일은 네가 편한 대로 해 줄게. 그리고 앞으로는 네 일은 네게 맡길게.”

“맡기지 않으셔도 돼요. 이제는 엄마 말씀 따를 때 다 지났습니다. 제 일 제가 알아서 할 때입니다. 저도 이제 성인이라고요.”

“그래, 그렇구나. 미안하다.”

아들의 격한 마음을 받아들일 준비가 되어 있었기 때문에 제가 생각해도 놀랄 정도로 평온했습니다. 아들은 제 대답이 예상 밖인 듯 머쓱해 하며 슬며시 자기 방으로 들어갔습니다.

제가 풀이 죽어 안방으로 들어오자 남편도 뒤따라 들어오며 말했습니다.

“여보! 당신 참 많이 변했어. 그릇이 커졌네, 여유가 생기고, 옛날 같으면 ‘야! 뭐라고? 복수심을 키워?’ 시작하면 집안이 시끌벅적했을 텐데. 당신 그동안 대단히 달라졌네. 정말 근사해, 당신!”

돌이켜 보면 남편은 제게 과분한 사람입니다. 그날도 저를 달래 주려는 남편이 너무나 고마웠습니다. 그 고마움은 제게 여유로움으로 돌아와 아들을 폭넓게 이해하는 힘이 되었습니다.

아들의 생일 전날 밤 저는 아들에게 다음과 같이 긴 편지를 썼습니다.

진호에게

생일을 축하한다. 의젓하고 멋있게 자라 준 네게 한없이 고마움을 느낀다. 특별하고 멋있는 생일 잔치를 해 주고 싶었는데 네가 안 된다니 섭섭한 마음을 한구석에 접어 둔다. 너를 편안케 함이 너를 사랑하는 길이라고 생각한다. 소중하고 귀한 보물인 너를 잘 보살피고 키워야 한다는 책임감과 두려움 그리고 엄마의 어리석음으로 많은 잘못을 했구나. 거기엔 엄마의 욕심도 끼여 있었음을 고백한다. 엄마의 미숙함을 이해받고 싶구나. 그동안 너와 있었던 사건들, 그 하나하나의 사건들에서 네가 받은 상처에 대해서도 용서를 청하고 싶구나.

사랑의 매라고 하면서 엄마의 화풀이로 네게 준 상처, 엄마 편하자고 너를 옭아 매던 끈, 엄마도 지나온 날을 되돌아보며 많은 후회의 눈물을 흘리고 있단다.

이젠 엄마의 눈도 밝아지고 있단다. 물론 너에게는 아직도 미숙한 엄마지만 너를 올바르게 사랑하고 네 편에서 너를 이해하려고 많이 노력하고 있단다. 여기 엄마의 생일 선물로 신용 카드와 비밀번호를 동봉했다. 성인이 된 너의 판단과 결정을 온전히 믿고 네게 이 카드를 맡긴다. 결제는 엄마가 할게.

너를 사랑하는 엄마가

그런 일이 있고 며칠이 지났습니다. 아들은 집에 일찍 들어오는 날이 많아졌고 상냥해졌습니다. 학교에서 있었던 데모 얘기도 들려주고요. 학생운동 계열인 NL계와 PD계가 무엇인지 몰라서 묻는 제게 친절하고 자상하게 그리고 이해하기 쉽게 설명해 주었습니다.

예전 같으면 "쳇! 엄마가 그건 알아서 뭐 하시게요." 했을 텐데 말입니다. 저는 요즘 저 자신도 대견해 보여요.

제가 이렇게 부모와 자녀의 대화 방법을 배우지 않았다면 요즘도 아들과 맞서서 제 입장만 주장하고 섭섭해 하며 아들을 못된 녀석이라고 몰아붙이고 있을 텐데요. 그랬다면 우리 집 공기도 요즘의 바깥 날씨처럼 싸늘하게 얼어붙었을 겁니다. 저는 긴 터널을 빠져나와 환한 세상을 보는 듯 시원합니다. 터널이나 비포장 도로는 상대방이 만드는 것이 아니라 바로 제가 만들고 있었습니다. 아들이 결혼하여 집에서 분가하여 나갈 때까지 아들과 아름다운 추억을 만들 날이 남아 있다는 사실이 얼마나 감사한지요.

아들이 제 신용 카드로 돈을 얼마나 쓸지 모르지만 저는 이번만은 이렇게 말할 겁니다.

"진호야, 너 돈을 절약해서 쓰느라고 애썼구나." 하고요.

무공해 아내

　저희는 결혼한 지 4개월째입니다. 지금까지 큰 다툼은 없었지만 아주 사소한 일로 다툰 적은 여러 번 있었습니다. 지나고 보면 하찮은 일인데 그 순간에는 그 일이 가장 큰 갈등처럼 느껴집니다. 지난 주에도 그런 일이 있었습니다. 남편은 국을 좋아합니다. 저는 위장이 약한 남편을 위해 위장에 좋다는 아욱으로 국을 끓였습니다. 특히 아욱 줄기가 위장에 좋다고 해서 저녁 식사 때 남편의 국에 줄기를 많이 넣었습니다. 남편은 국을 먹으며 말했습니다.

　"나는 아욱국은 좋은데 줄기는 너무 질겨서 싫어. 줄기는 주지 마!"

　"그래요? 그런데 위장에는 줄기가 좋다는데요."

　"그래도 난 싫다니까!"

　저는 남편의 짜증스런 말을 듣자 마음이 편치 않았습니다. 뭔가 톡 쏘아주고 싶었습니다. '어린아이도 아닌데 어떻게 다 큰 어른이 먹고 싶은 것만 먹어요?' 하고요. 그러나 일단 참았습니다. 그리고 생각하고 말했습니다.

'알았어요.'

아마 제가 사랑의 대화 방법을 배우지 않았다면 그날도 다음과 같이 티격태격 다투었을 것입니다.

'그래도 난 싫다니까.'

'알았어. 다음엔 절대로 아욱국 안 끓여!'

'그래 네 맘대로 해.'

'싫다는 아욱국 또 끓이면 내가 미친 거지.'

'누가 아욱국 싫다고 했냐? 줄기가 싫다고 했지.'

'그 말이 그 말이지.'

'어떻게 그 말이 그 말이냐. 국어 시간에 뭐 배웠냐.'

이렇게 이어지면 서로 토라져 따로따로 출근하고 며칠간 작은 냉전이 있었을 것입니다. 그러나 제가 참은 보람으로 그날의 평화는 유지되었습니다.

다음날 아침이었습니다. 바쁜 아침 출근 시간에도 남편의 국그릇에서 아욱의 큰 줄기를 정성껏 골라냈습니다. 그런데 남편은 국을 먹으며 말했습니다.

"야! 줄기는 주지 말랬는데 왜 또 줄기까지 주냐?"

"다 골라냈는데요."

"여기 있다, 여기! 이건 줄기 아니냐?"

남편은 국그릇에서 작은 줄기를 골라 가위로 싹둑싹둑 잘라 냈습니다. 큰 줄기를 골라내면서 남겨 놓은 작은 줄기였습니다. 그 작고

266

연한 줄기를 잎에 남겨 놓느라 얼마나 정성을 들였는데요.

'까다롭긴, 다시 아욱국 끓이나 봐라. 자기 건강에 신경 쓰나 봐라. 남자가 소견머리가 뭐 저러냐.'

저는 톡톡 튀어나오려는 말을 간신히 멈추고 침묵으로 인내했습니다. 아침은 그렇게 더 이상의 큰소리 없이 보냈습니다. 그러나 그 일은 목에 걸린 가시처럼 하루 종일 저를 껄끄럽게 했습니다. 남편에 대한 기분이 편치 않았습니다.

그날 저녁, 저는 자신을 다스리며 배운 대로 잘 말해서 남편과의 관계를 한 단계 성숙시켜야지 하고 결심했습니다. 저는 조심스럽게 말을 꺼냈습니다.

아내 저기요. 아침에, 제가 당신 국에 아욱 줄기를 넣어서 화났죠?

남편 내가 어제부터 줄기 주지 말랬지!

'아침엔 화가 났었는데 내가 가만히 생각해 보니까 당신이 다 나를 위해서 그런 건데 미안한 생각이 들었어. 내가 미안해.' 하고 부드럽게 대답해 주리라던 기대를 깨고 남편은 할 말이 많다는 듯 큰소리로 말했습니다. 남편의 거친 대답을 듣자 잘해야지 하던 생각은 어디로 날아가 버렸는지 저도 퉁명스럽게 대꾸했습니다.

아내 줄기가 위장에 좋다고 일부러 줄기만 먹는 사람도 있어요.

남편 그래, 철사를 끓여 먹는 사람도 있어. 위장 좋으라고.

저는 기가 막혔습니다. 할 말을 잃었습니다. 그냥 눈물이 주르륵 흘러내려 돌아서서 훌쩍였습니다.

남편 …… 울지 마! 미안해, 내가 잘못했어.

어린애처럼 울고 있는 제게 남편이 다가와 말했습니다.

아내 시간이 없는데도 연한 줄기 골라가면서 당신 먹이려고 애썼는데, 거기다 가위로 잘라 내니까 정말 기분이 엉망이었단 말이에요.
남편 그래, 미안해. 다음엔 줄기 넣어도 내 건강 생각해서 잘 먹을게.
아내 고마워요.

비로소 목에 걸린 가시가 빠진 듯했습니다. 그러나 제가 가만히 생각해 보니까 그날 아침에 참은 것은 저만이 아니라 남편도 참았고, 또 저녁때까지 풀리지 않았던 남편의 입장도 이해가 되었습니다. 저는 저만 참고 화난 줄 알았거든요. 또 하나 숙제로 남는 것은 결과는 잘 풀린 것 같은데 대화하는 과정에서 뭔가 모자라다는 생각이 드는 것입니다. 제가 남편을 울음으로 설득했으니까요. 이제부터 더 열심히 배워서 울지 않고 당당하게 갈등을 풀어 가고 싶습니다. 노력하면 되겠지요.

여기서 잠깐 생각해 본다.

우리가 배운 대로 조심스럽게 말하지만 상대방이 예상대로 말하지 않을 때도 많다. 그러므로 상대방이 빗나가는 대화까지도 미리 준비하고 말해야 한다. 위 상황에서 발표자의 남편처럼 상대방의 대답이 예상과 다를 때 어떻게 대처할 것인지 생각한다.

아내 저기요. 아침에 아욱 줄기 줘서 화났죠?

남편 내가 어제부터 줄기 주지 말랬지!

아내 당신 아침 일이 아직도 안 풀리셨군요.

남편 그럼 어제부터 싫다고 했는데 내 말이 말 같지 않아? 아침에도 또 주게?

아내 당신이 아욱 줄기를 그렇게 싫어하는 걸, 어제도 오늘 아침에도 드렸으니 당신이 지금까지 화내실 만하네요.

남편 ……. (속으로만 '알긴 아네.' 한다)

아내 미안해요. 저는 아침에 시간이 없는데도 당신 건강에 좋다니깐 연한 줄기라도 먹이려고 애썼는데 …….

남편 …….

아내 애써서 남긴 연한 줄기를 당신이 가위로 잘라 내니까 정말로 아침에 제 기분이 엉망이었어요.

남편 …… 미안해. 다음엔 줄기 넣어도 먹을게, 내 건강 생각해서 먹을게.

아내 고마워요.

위와 같은 대화는 어려울까?

나는 위 사례를 들으며 생각했다. 그의 인내와 노력은 다시 그와 비슷한 상황을 만나면 틀림없이 의연하게 대처할 수 있게 되리라는 것을. 우리는 그렇게 조금씩 성장해 가는 것이니까.

다음의 사례들도 우리에게 깨달음을 준다.

저는 그날, 저녁 식사 후 한가한 시간에 남편과 얘기를 나누다 말했지요.

"여보! 요즘은 자격증 시대라는데 저도 자격증 하나 딸까 봐요."

"뭐라고? 쳇, 당신 주제에 자격증을 따? 당신이 자격증을 따면 내 손에 장을 지진다, 장을!"

그 순간 대답할 말이 없었어요. 다만 마음속으로 결심했지요.

'그래, 당신 손에 장을 지지게 해 주지, 몇 번이라도!'

그리고 그 후에 두 개의 자격증을 땄습니다. 두 번 남편의 손에 장을 지졌지요. 제 마음속으로요. 남편은 그런 말 한 기억이 없다며 억울하다고 하지요. 그러나 저는 3년 반이 지났는데 지금도 그때 일이 선명하게 기억납니다. 그 표정, 말투, 눈빛까지요. 이성적으로는 남편의 가벼운 농담으로 이해하고 지나쳐야지 생각하지만 감정적으로 이해가 안 돼요. 가끔 짜증이 날 때면 불쑥불쑥 떠올라 남편과의 거리를 떼어 놓고 저를 괴롭힙니다.

이런 경우 아내의 말에 남편이 다음과 같이 말했다면 어떨까.

'여보! 요즘은 자격증 시대라는데 저도 자격증 하나 딸까 봐요.'

'그래, 당신은 집에서 살림만 하면서도 어딘가에 도전해 보려는

끊임없는 학구열이 대단해. 당신은 참 멋있어, 당신이 마음만 먹으면 얼마든지 할 수 있을 거야! 내가 도울 일이 뭐지?'

이런 말을 들었다면 자격증을 따기 위해 공부하는 동안 얼마나 뿌듯하고 행복했을까. 남편에 대한 사랑과 고마움이 얼마나 컸을까. 그러나 기억조차 할 수 없는 말 한마디에 의해 가정의 행복이 흔들리기도 한다.

제 사례는 앞의 사례와 반대가 되겠네요.

남편의 고등학교 단짝 친구가 미국에 살다 20년 만에 한국에 다니러 왔습니다. 가까웠던 몇몇 친구들 부부가 모여 서로 부인을 소개하는 순서였습니다.

"이 사람 내 아낸데 무공해 여자야!"

저를 소개하는 남편의 마음이 따뜻하게 느껴졌습니다. 남편이 얼마나 고마웠는지요.

"오, 그러시구나!"

한마디씩 하시는 주위 분들도 저를 무공해 여자로 신선하게 보아주는 것 같았습니다. 제가 정말로 무공해 여자가 된 것 같았습니다. 그 후에 남편과 다투어 기분이 상했을 때 무공해 여자라는 말이 떠오르면 남편에 대한 섭섭함이 금방 풀리고 오히려 남편을 더 많이 이해하게 됩니다. 저는 남편의 말처럼 모든 일을 순수하게 받아들이는 깨끗하고 맑은 무공해 여자니까요.

위와 같은 부부의 대화는 가정의 분위기를 좌우하고 자녀들은 이러한 부모의 언어 습관을 그대로 배우게 된다. 부부가 서로를 존중하면 자녀도 부모와 이웃을 존중하고, 부부가 서로 헤아리며 이해하면 자녀 또한 그것을 배우게 된다. '어머니', '아버지' 라는 이름은 얼마나 막중한 책임이 수반되는 단어인가.

공들여 가꾸는 씨앗

저는 결혼한 지 6개월 된 새댁입니다.

남편과는 3년 가까이 오빠처럼 사귀다가 결혼했습니다. 결혼 전에 생각했던 결혼 생활에 대한 상상은 그야말로 환상에 불과했습니다. 맞벌이 부부인 저희는 결혼 6개월 만에 사랑이 거의 바닥이 드러나는 것 같았습니다. 아주 작은 일에도 티격태격하다 보니, 이 사람이 진심으로 저를 사랑해서 결혼했는지 의심스러울 때가 한두 번이 아니었습니다.

저희 집에서 흡족해하는 결혼이 아니었기 때문에 친정에 가서 원망할 수도 없고 달리 하소연할 곳도 없었습니다. 혼자서 고민하던 중에 이 교육에 참가하게 되었습니다. 뭔가 희망이 보이기 시작했습니다. 지난 주에 있었던 일입니다.

"따르릉."

저녁 식사 시간에 전화 벨이 울렸습니다. 남편은 식사를 끝내고 식탁에 앉아 있었고, 속도가 느린 저는 그때까지 먹고 있었습니다. 저는 당연히 식사를 끝낸 남편이 전화를 받으려니 했습니다.

"따르릉, 따르릉."

전화 벨이 세 번이나 울렸는데 남편은 움직일 기미를 보이지 않았습니다.

"여보! 전화 좀 받아요."

"당신이 받아!"

"저요? 저는 식사 중이잖아요. 당신은 식사를 다 끝냈고요."

"전화기 당신 옆에 있잖아!"

너무나 당연하게 말했습니다. 저는 한마디하고 싶었지만 꾹 눌러 참고 전화를 받았습니다. 하필이면 전화도 잘못 걸려 온 것이었습니다.

"여기 그런 집 아니에요!"

짜증스럽게 대꾸하고 전화를 끊었습니다. 다시 식탁에 앉았지만 입맛이 싹 가셨습니다. 맥이 빠지고 우울했습니다. 이게 뭐람. 다정하게 속살거리며 저녁 식사를 하리라던 꿈이 이런 것이었나. 허탈했습니다. 저는 식사를 멈추고 상을 치우기 시작했습니다. 남편이 분위기를 파악했는지 방으로 들어갔습니다. 이제부터 누군가가 먼저 말을 걸어 올 때까지 이어질 신경전이 시작된 것입니다. 저는 설거지를 하면서 복잡한 감정의 소용돌이 속으로 빠져 들었습니다. '뭐, 사랑한다고? 날 행복하게 해 준다고? 예단 문제부터 함 문제, 예식장 일, 신혼 여행지 선택, 여행 선물, 집들이할 때 손님들, 수저 문제(사람이 많으니까 일회용 플라스틱으로 하자고 했다가 난리가 난

적이 있다)까지 얼마나 많은 말 못할 갈등이 있었는데 그때마다 그래그래, 내가 그냥 따르자 하면서 양보했어. 조금 전에도 전화 벨 소리보다 더 크게 쏘아붙이고 싶었지만 참고 넘어갔으니 그 정도지, 내가 계속 해댔으면 결과는 더 커졌을 게 뻔해.' 하면서 제가 몰고 갔을 상황을 상상해 봅니다.

'전화기 당신 옆에 있잖아.'

'당신 밥 다 먹고 앉아 있는데, 전화받으면 안 돼요?'

'당신 바로 옆에 전화기 있는데, 내가 꼭 받아야 돼?'

'밥 먹을 땐 개도 안 건드린다는데, 식사 다 끝낸 당신이 받으면 안 돼요?'

'안 돼, 전화받는 일이 뭐 그리 대단한 일이라고 잔소리가 많냐.'

'잔소리라니? 쳇, 사랑한다고 하더니 밥 먹는 사람 전화받으라는 게 사랑이야?'

'야, 사랑이랑 전화받는 거랑 무슨 상관이냐?'

'무슨 상관이라니? 그럼 상관이 없단 말이야?'

'됐네, 됐어. 그만하자고.'

이렇게 이어지다 보면 결혼 생활에 대한 회의까지 듭니다. 아예 이 정도에서 끝내야 할지, 아이를 가져도 될 것인지, 이 생활을 지속해야 할지를요. 그때까지는 그렇게 부정적인 쪽으로 속을 끓여 왔습니다.

그러나 그날은 배운 것을 생각했습니다. 그렇지. 배운 대로 해 봐야지. 우선 남편 입장을 헤아려 보자. 내가 손을 뻗으면 바로 잡히는 자리에 전화기가 있는데, 그런 내게 전화받으라는 것은 당연하지 않은가.

남편이 손님이었다면 내가 손님인 남편에게 그 전화를 받으라고 했을까? 가장 편하고 가까운 사람이라고 느끼고 있기에 전화 받으라고 한 것이 아닐까? 그리고 '여보, 전화 좀 받아요.' 보다는 내가 수화기를 남편에게 건네주면서 '여보, 제가 식사 중이라서 ……. 죄송하지만 전화 좀 받아 주실래요?' 했다면 남편이 뭐라고 했을까? 헤아림이 여기까지 미치자 편안해지기 시작했습니다. 저는 계속해서 연구했습니다. 남편의 조금 전의 기분, 어줍고 떨떠름한 기분을 어떻게 풀어 줄 것인가.

그래, 대화로 풀어 보자. 그리고 남편과 나의 생활 습관이 다르다는 것을 인정하자. 서로 다른 환경에서 27년과 25년을 살았기 때문에 생활 습관이 다른 거야. 그것도 남편은 아들만 셋인 가정에서, 나는 딸만 넷인 가정에서 성장했으니까. 진지하게 얘기를 나눠 보자. 저는 한결 가벼워진 마음으로 남편에게 말했습니다.

"여보, 오미자차 한잔 드릴까요?"

"조오치."

상냥해진 제 목소리에 남편의 대답도 경쾌하게 들렸습니다.

저는 남편과 마주 앉아 조심스럽게 말했습니다.

"저어, …… 궁금한 게 있는데 말해도 돼요?"

"그럼! 뭔데? 뭐든지 다 말해."

"당신네는 식사할 때 전화 오면, 밥 먹고 있는 사람과 밥을 다 먹은 사람 중에서 누가 받아요?"

"으응, 우리는 식사와는 상관없이 전화기 옆에 있는 사람이 받아."

"그래요?"

대답은 했지만 또 화가 났습니다. '아니, 별 집도 다 있네. 어떻게 밥 다 먹고 앉아 있는 사람 두고 밥 먹고 있는 사람이 전화를 받아? 길 가는 사람 붙잡고 물으면 열 사람 중에 여덟, 아홉은 틀렸다고 할 텐데.' 그러나 서로 다르다는 것을 인정해야 진정한 의미의 대화가 이뤄진다는 말이 떠올랐습니다. 그렇지. 서로 다른 생활 습관을 이해하고 받아들여야 해. 저는 자신을 설득시키면서 말했습니다.

"그렇군요. 그래서 당신이 식사 중인 저더러 전화받으라고 했군요. 그런데 저희 집에선 식사 중에 전화가 오면 전화기가 어디에 있든 밥을 다 먹은 사람이 전화를 받거든요. 그래서 밥을 먹고 있는 제게 당신이 전화를 받으라니까 섭섭했어요. 그리고 전화받고 나니까 입맛도 없어지고요.”

“그랬어?”

남편이 어색하게 한마디했습니다.

“당신 할 일 있다면서요? 저 설거지하고 들어갈게요.”

찻잔을 옮기려는 제게 남편은 “내가 씻을게.” 하며 대신 찻잔을 들었습니다.

“네?”

“찻잔 내가 씻는다니까.”

“당신이요? 고마워요.”

분위기가 그렇게 달라질 수 있을까요. 대화 방법으로 말한 효과가 얼마나 큰지 정말 놀랐습니다. 남편이 하고 싶어하는 말도 다 하고, 또 제가 하고 싶은 말도 다하고요. 그것도 언성 높이지 않고 서로 존중하면서요. 제가 남편을 만나 그때까지 그렇게 신중하게 상대방을 배려하며 말한 것은 처음이었던 것 같습니다.

그날의 대화로 바닥까지 보이던 우리 부부의 사랑이 다시 가득 차오르는 느낌이었습니다.

우리는 위 사례와 같은 상황에서 선택한다. 상대방을 원망하고 미워하면서 속을 끓이든가, 지혜롭게 갈등을 극복하고 해결할 방법을 찾아 연구하든가에 대한 선택이다. 이렇게 선택한 행동의 결과는 그들이 부모가 되었을 때 자녀에게도 그대로 영향을 준다.

다음의 사례에서도 변화된 부모의 모습이 자녀에게 어떻게 반영되었지는지 볼 수 있다.

보미 어머니는 부모 · 자녀의 대화 방법을 배우고 강사 교육까지 받아 열심히 실천하고 있다. 다음은 그의 초등학교 3학년인 딸 보미의 일기다.

1997년 ○월 ○일

주제 : 따뜻함

미술 시간에 있었던 일이다. 3학년 1반 선생님인지, 2반 선생님인지 잘 모르겠지만 선생님께서 우리 반 교실 문을 여셨다. 우리 반 수환이가 선생님께 "선생님, 추워요. 문 닫으세요!" 하고 말했다. 선생님은 수환이의 이름을 알아내셨다. 수환이의 책가방을 뒤져서 공책에 쓴 이름을 보고 아셨다. 그리고 수환이의 뺨을 꼬집었다. 선생님이 가시고 난 후 수환이의 뺨이 빨개졌다. 내가 수환이라면 그냥 말없이 잠바를 입었을 텐데. 수환이가 '선생님께 문 닫으세요!' 하고 명령했기 때문에 화가 나셨나 보다. 나 같으면 "선생님, 무슨 일로 오셨는데요?"라고 말할 것이다. 그리고 "선생님, 문이 열려져 있어서 추운데 제가 문을 닫아도 될까요?" 할 것이다.

초등학교 3학년인 보미는 옆반 선생님과 같은 반 친구 사이에 일어난 갈등을 객관적으로 지켜보면서 대처 방법을 찾았다. 아니, 연구했다. 자칫하면 '선생님이 왜 저러시지? 문 닫으라는 말 한마디 했다고 책가방을 뒤지고, 이름을 알아내서 뺨까지 꼬집을까. 선생님은 참 이상하시네.' 하거나 '수환이는 예의가 없는 아이야. 선생님께 문 닫으라고 명령했기 때문에 맞은 거야.' 하고 평가, 비판하는 것으로 끝낼 수도 있었을 텐데 보미는 달랐다. 선생님의 행동을 이해하고 있다. 수환이가 추위를 참고 말없이 잠바를 입었거나, 말을 하더라도 명령하지 않았으면 꼬집히지 않았을 것이라는 것을 알고 있다. 또 만일 자신이 수환이의 입장이 되면 어떻게 대처할 것이라는 것도 알고 있다.

나는 보미에게 기대할 수 있다. 머지않아 보미의 일기에 다음과 같은 내용이 덧붙여지리라는 것을.

"나는 생각했다. 내가 이 다음에 선생님이 된다면 같은 상황에서 수환이에게 이렇게 말할 것이다. '수환아. 선생님이 교실 문을 열어서 네가 많이 춥구나. 미안해. 선생님 볼일 보고 빨리 문 닫을게. 그런데 문 닫으세요 하는 네 명령을 들으니까 선생님 기분이 언짢네.' 하고."

대부분의 부모는 자녀가 실수했을 때 뺨을 꼬집는 선생님보다는 너그럽게 이해하는 선생님이 아이의 담임이기를 원한다. 그러나 담임 선생님은 1년이면 끝난다. 부모는 자녀의 일평생 담임으로서 자녀에게 영향을 준다. 그러므로 나는 뺨을 꼬집는 부모 역할을 하고 있는지, 너그럽게 이해하고 도와주는 부모 역할을 하고 있는지 돌아보아야 한다.

다음은 초등학교 5학년인 지민이가 친구에게서 받은 편지다. 지민이 어머니도 3년째 대화 방법을 배우고 있다.

나의 친구 지민에게

지민아 안녕? 나 연재야. 너에게 이렇게 편지를 쓰는 이유는 네게 고맙다는 말을 하고 싶어서야. 오늘 너의 집에서 네가 내 얘기를 잘 들어 주고 진지하게 답변해 주어서 기분이 참 좋았어. 맨 처음 너를 보았을 때는 잘 몰랐지만 친하게 지내기 시작하면서 많은 것을 느꼈어. 너는 진지하고 어른스럽게 상대방과 이야기할 줄 알고, 다른 사람의 기분이 상하지 않게 결점을 고쳐 줄 줄 알잖아.

너 같은 친구를 둔 것이 참 기뻐. 네가 책을 좋아하는 것도 내가 좋아하는 점이야.

나는 이제까지 진지하면서도 뭐랄까, 마음이 편한 그런 친구를 찾아 왔어. 그렇지만 내가 아는 몇몇 아이들은 그렇게 너그럽지 않았고 고학년이 되니까 성격도 많이 변하더구나. 그런데 너는 아니었어. 장난을 치면서도 진지할 줄 알고, 남을 세심하게 관찰해 주고 배려해 주는 것 같아. 너는 무척 좋은 친구라는 생각이 들어. 난 네가 정말 좋아. 남들은 내가 좀 진지해지면 안 받아들여. 그리고 내게 어려움이 있을 때 네가 나를 감싸주고 도와줘서 큰 위안이 돼. 늘 고마웠는데 오늘에야 이렇게 편지를 썼어. 앞으로 더욱 친하게 지내자. 그리고 나에게 물어보고 싶거나 내가 잘못했다고 생각되는 것은 금방 얘기해 줘. 고치도록 노력할 테니까 말이야.

늘 잘 대해 주는 너에게 너무너무 고마워. 아픈 것 얼른 낫기를 바랄게. 답장해 줄 수 있겠니?

그럼, 안녕

너에게 고마움을 느끼는 벗, 연재가

지민이 어머니는 딸의 친구에게서 온 이 편지를 읽어 준 후에 말했다.

"저는 3년째 대화 방법을 배우면서도 막상 현실에 부딪히면 잘 안 돼요. 소리 지르고 때릴 때도 있고, 원망하고, 엉망이에요. 그러면서도 어쩌다가 한두 번, 또 서너 번 성공할 때가 있습니다. 그렇게 가끔 배운 대로 실천하게 되는 대화 방법을 아이들은 그대로 배워서 쓰고 있다는 사실을 알게 해 주는 편지였습니다. 우리 집 큰아이 지민이에게 문제가 많다고 이 방법을 배우기 시작했는데, 지민이는 저를 앞질러 가면서 저를 이끌어 주고 있습니다. 덜렁대고 이기적이던 지민이가 친구의 말처럼 진지해지고, 친구를 배려해 주는 아이가 되어 가고 있습니다. 지민이에게 보내오는 우정어린 편지들이 점점 많아지고, 그 중에서도 반에서 소외당하던 아이들이 지민이가 친구로 잘 대해 주어 학교 오는 일이 즐거워졌다는 편지를 읽을 때는 코끝이 찡해 오기도 합니다.

되었다, 안 되었다 하는 저 자신에게 실망하고 괴로워했는데, 아이들은 저에게 희망을 줍니다. 공들여 심고 가꾼 씨앗에 싹이 돋는 것을 이제 3년이 넘어서야 보고 있습니다."

말을 마친 지민이 어머니의 눈가에 이슬이 맺히고 있었다.

긴장되셨군요

저는 직장에서 있었던 일을 발표하겠습니다.

지난 주 제가 간부회의에 참석한 날이었습니다. 한 여직원이 참석자들 앞에 찻잔을 옮겨 놓고 있었습니다. 워낙 윗분들이라 그랬는지 그 여직원의 모습이 굳어 있는 것 같았습니다. 뭐라고 말해서 긴장을 풀어 주고 싶었지만 얼른 할 말도 생각나지 않고 또 싱거운 사람이라는 소리도 들을 것 같아서 그냥 보고만 있었습니다.

결국 제 작은 불안이 드러났습니다. 찻잔이 엎질러지면서 테이블 위로 차가 쏟아졌습니다. 여직원이 안절부절 어찌할 바를 몰라 하며 얼굴이 빨개졌습니다. 그때 누군가 짜증스럽게 말했습니다.

"어허! 조심해야지. 그게 뭐야!"

여직원은 더욱 당황하여 테이블의 차를 닦아 내는 손이 떨렸습니다. 그 순간 저는 그동안 배운 대화 방법을 생각했습니다. 이럴 때 뭐라고 말하지? 그렇지, 저 여직원이 얼마나 난감할까, 내가 뭐라고 말하면 도움이 될까. 짧은 순간에 왔다갔다 하던 생각이 정리되었습니다. 저는 얼른 직원의 가슴에 있는 명찰의 이름을 부르며 말했습니다.

"저런! 김진숙 씨가 어른들 앞이라 많이 긴장되셨군요."

살짝 고개를 든 여직원의 표정에 안도의 빛이 보였습니다. 움츠렸던 어깨가 내려가는 것 같았습니다. 주위의 공기까지도 편안해진 느낌이었습니다. 회의를 끝내고 나오는데 "감사했습니다." 어디서 나타났는지 그 여직원이 상냥하게 인사를 했습니다. 그때는 제가 당황해서 미소로 답변을 했지만 어쩐지 좋은 일을 한 것 같아 기분이 좋았습니다.

다음은 중학교에 근무하는 교장 선생님의 사례다. 교장 선생님은 이 교육을 받기 위해 버스를 타려고 교문을 향하여 운동장을 걸어 나오고 있었다. 운동장에서 한 젊은 남자 교사를 만났다.

교사 교장 선생님 어디 가십니까?

교장 선생님 예, 대화 방법이라는 부모 교육을 받으러 갑니다.

교사 교장 선생님. 뭘 그런 교육을 받으십니까. 요즘 뭐 부모 교육 내용들, 다 그게 그건데요.

교장 선생님 그래도 이 교육은 제가 꼭 받고 싶었던 교육입니다.

교사 그게 다 뻔한 거라고요. 괜한 시간 낭비하지 마시고 가지 마세요.

교장 선생님 선생님은 제 일 참견 마시고 선생님 하실 일이나 하세요.

교장 선생님은 휙 돌아서 빠른 걸음으로 운동장을 빠져나왔다.

"왠지 찜찜해요. 요즘 젊은이들의 말버릇이 그게 뭔가, 교장 선생님께 이래라저래라 하다니, 괘씸한 생각도 들고 저 자신의 모습도 불만스럽습니다. 속이 답답하네요. 이럴 땐 어떻게 해야 하는 건가요?"

'말' 과 '대화' 는 차이가 있다. 대화는 주로 말로 하지만 말은 대화가 아닐 수 있다. 말은 일방적인 의사 전달이어서 본인의 뜻을 상대방에게 전하기만 하면 된다. 그러나 대화는 의사 교환이어서 말을 받아들일 상대방을 헤아리며 말해야 하고, 상대방의 말을 헤아리며 들어야 한다.

'에이, 교장 선생님. 뭘 그런 교육을 받으십니까. 요즘 뭐 부모 교육 내용들, 다 그게 그건데요.'

이 말을 하는 교사는 이 말을 받아들일 상대방을 배려하며 말했을까. 대화의 대상이 친구인지, 학생인지, 동료 교사인지, 아니면 윗사람인지 헤아렸을까. 이 말을 듣는 교장 선생님의 마음은 어땠을까.

'부모 교육이라는 내용들 다 그게 그거라니? 다 그게 그건지 아닌지 들어 보았단 말인가. 다 들어 보지 않고 평가를 내렸다면? 그런 능력으로 학생들을 올바르게 가르칠 수 있을까?'

'그게 다 뻔한 거라고요. 괜한 시간 낭비하지 마시고 가지 마세요?'

이 말은 또 어떤가. 상대방의 마음을 헤아렸는가.

'다 뻔한 거라고? 시간 낭비라고? 가지 말라고?'

평교사에게 평가받고 명령받은 교장 선생님은 불쾌할 수밖에 없다. 반발하고 거부하게 될 것이다. 그렇다면 그런 상황에서 적합한 말은 무엇인가. 수강자들은 역할극과 토론을 하면서 적절한 말을 찾아본다.

① "예, 참 좋은 교육을 받으시는군요. 열심히 배우고 오십시오. (좋은 교육인지 아닌지 아시나요? 그리고 제가 소홀히 할까 봐 열심히 배우라고 충고하시나요?)

② "예, 교장 선생님 그 교육이 참 좋다고 들었는데 열심히 배우고 오셔서 저희들에게도 가르쳐 주십시오." ("예, 그러시군요. 그 교육이 참 좋다고 들었는데 저도 기회가 된다면 배우고 싶습니다."로 바꾸면 어떨까)

③ "예, 그러시군요. 이렇게 열심히 배우시는 교장 선생님 모습 참으로 존경스럽습니다. 저도 부지런히 배워야겠다는 생각이 듭니다."

당신이라면 어떤 대화를 선택할 것인가, 또 당신이 교장 선생님이라면 어느 말을 듣고 싶은가.

여기서 잠시 그 젊은 교사의 말 안에 들어 있는 생각을 헤아려 본다. 그는 교장 선생님을 무시하거나 평가하여 비난할 의사는 전혀 없었을 것이다. 오히려 업무에 시달리시는 선생님을 편안하게 해 드리고 싶은 배려에서 그런 말을 할 수 있다. 그러나 무심코 한 말은 상대방을 불쾌하고 불편하게 만들었다. 교장 선생님 또한 그 교사의 속뜻을 이해할 수도 있다. 그럼에도 불구하고 그 말에 자존심이 상하고 불쾌한 것을 어쩌랴.

나는 교장 선생님에게 궁금한 점을 여쭤 보았다.

"좋은 일에 그 선생님이 추천되었다면 허락하시겠습니까?"

"객관적인 일이 개인적인 사소한 일로 좌우될 수는 없지만 지금의 심경으로는 허락하고 싶은 마음이 아닙니다."

"열심히 배우시는 교장 선생님이 존경스럽습니다. 저도 부지런히 배워야겠다는 생각이 듭니다." 하는 말을 했었다면 같은 상황에서 어떤 영향을 끼칠까.

우리는 훈련 과정에서 다시 그 상황을 가지고 공부하게 되었다. 그 젊은 교사를 한 인간으로 존중하고 아끼는 마음에서 이해하고 받아들인다면, 또 깨닫게 하려면 교장 선생님은 어떻게 해야 할까. 다시 한 번 그 상황으로 돌아가 본다.

교사 교장 선생님, 다 그게 그건데요.

교장 선생님 예, 선생님은 제가 배우는 부모 교육에 대한 내용을 아시는군요.

교사 그건 아니지만 뻔한 거라고요. 괜한 시간 낭비하지 마시고 가지 마세요.

교장 선생님 선생님은 저를 배려해서 하시는 말씀이시죠. 그런데도 저는 자존심이 상하고 괘씸하다는 생각이 드네요.

교육이 끝나던 날, 교장 선생님은 이렇게 말을 맺었다.

"제가 그 젊은 선생님을 나무랐지만 결국 저도 그 수준이었네요. 부끄럽습니다. 다음에 또 그런 기회가 오면 배운 대로 생각하며 말하겠습니다."

나는 직장인들에게 강의할 때 교장 선생님의 위 사례를 많이 인용한다. 어느 날 한 수강자가 개인적인 면담을 요청해 왔다. 그는 두 시간 이상 당신의 딱한 처지를 털어놓았다. 일곱 살 된 큰아이가 뺑소니차에 치여 2년 이상 병원 생활을 하고 있으며 직장이 집에서 너무 멀어 집을 옮겨야 하는데 승진 발표일을 손꼽아 기다려 왔다고 했다. 그는 말했다.

"회사에서의 제 실력과 업적은 자타가 인정합니다. 그런데 회사에 입사해서 그동안 두 번의 승진 기회에서 누락되었습니다. 동료보다 빨리 승진해도 모자랄 텐데 두 번이나 빠지다니요. 저는 그 당장 사표를 내려고 했습니다. 그러나 그동안 온 정열을 바쳐 회사에 쏟아놓은 제 노하우가 너무나 아까워서 그냥 두고 떠나기엔 억울하고 분했습니다. 마지막으로 한번 더 기다리자, 참고 기다려 보자. 그런데 그 세 번째 발표하는 날이 그제였습니다. 이번에도 승진자 명단에 제 이름은 없었습니다.

저는 그 이유를 곰곰 생각해 보았습니다. 선생님께서 말씀하셨던 그 교장 선생님과 평교사의 대화, 제 대화 방법이 바로 교장 선생님과 말씀을 나누었던 교사의 모습입니다. 제가 승진에서 탈락한 이유가 바로 거기에 있었습니다. 이 교육에 참여하지 않았다면 탈락의 이유가 무엇인지 모르고 어둠 속에서 원망하며 방황을 계속했을 것입니다. 이제 방법을 알았으니 제 일생을 걸고 새롭게 변화된 모습으로 재도전하겠습니다. 저 자신과의 투쟁을 시작해 보겠다는 말씀을 드리고 싶었습니다."

아마도 지금까지 그가 겪은 좌절의 시간들은 그를 더욱 성숙하게 하는 밑거름이 될 것이다. 힘주어 말하던 그의 목소리는 자신감과 의욕으로 가득 찼다. 나는 그가 머지않아 거침없는 특별승진을 하게 될 것을, 자신과의 싸움에서 승리하여 겸손한 태도로 삶을 사랑하게 될 것임을 확신할 수 있었다.

다음은 직장에서 이러한 대화 방법이 어떻게 활용되는지에 대해 필자가 서울아산병원에서 정규 강의를 하면서 수강자들이 체험한 사례다.

봉수는 여섯 살 된 남자아이로 편도선 절제 수술을 받고 병실로 올라왔습니다. 저는 진통제를 놓아 주고 봉수의 부모님께 수술 후 주의 사항을 알려 드렸습니다. 오후 4시 이후에는 아이스크림과 찬 우유를 먹고 수술한 부위인 목에는 얼음 주머니로 30분 정도 찜질해 준 후 한 시간 정도 쉬도록 하라고 설명하였습니다. 그리고 봉수의 목에 얼음 주머니를 대주고 병실을 나왔습니다. 10분쯤 지나서 같은 병실의 다른 환자에게 주사를 놓으려고 들어갔더니 봉수는 얼음 주머니를 대지 않고 있었습니다. 봉수 어머니는 봉수가 하기 싫다고 해서 하지 않았다는 것입니다.

예전 같으면 "봉수가 싫어한다고 얼음 주머니를 대지 않으면 어떡해요. 억지로라도 시켜야죠. 봉수에게 후유증이 생겨도 괜찮으세요?” 라고 봉수 어머니에게 말하고 또 봉수에게도 “봉수야, 얼음 찜질 하기 싫다고 안 하면 어떡해. 얼음 찜질을 해야 빨리 나아서 집에 가지. 집에 가기 싫어? 빨리 얼음 주머니를 목에 대자. 그래야 착한 아이지.” 하면서 억지로 얼음 주머니를 대었을 것입니다. 물론 마음으로는 봉수 어머니를 한심한 분이라고 나무라면서요.

그런데 그날은 ‘사랑의 대화 교실’에서 배운 대로 해 보자는 결심을 하고 봉수에게로 다가갔습니다. 저는 봉수의 머리를 쓰다듬으면서 말했습니다.

“봉수야, 목이 답답하고 많이 아프지? 그리고 얼음 주머니를 목에 대니까 차가워서 싫지? 그래서 얼음을 목에 댈 수 없었지?”

봉수는 제 얼굴을 쳐다보며 울먹이는 목소리로 “응.” 하는 것이었습니다. 저는 발그레해진 봉수의 얼굴을 어루만지면서 다시 말했습니다.

“그렇구나, 너무 힘들어서 할 수 없었구나. 그런데 봉수가 목에 얼음을 대면 목이 붓지 않고 아픈 것도 차츰 가라앉고 빨리 나을 수 있을 텐데, 어떡할까?”

봉수는 잠시 생각하는 듯하더니 말했습니다.

“저 얼음주머니 할래요.”

“저런! 차갑고 싫은데도 얼음 찜질을 하겠다니, 봉수는 용감하고 참을성이 있는 어린이네.”

봉수의 얼굴에 미소가 번졌습니다. 봉수가 스스로 얼음 주머니를 하겠다고 하다니, 저는 신기했습니다. 그리고 저 자신을 향해서 도 빙긋이 웃을 수 있었습니다.

병원에 근무한 지 거의 3년. 이제 제 주위에서 일어나는 환자들의 불만이나 짜증은 면역이 되어서인지 그러려니 하고 지냈습니다. 그러면서 '직장은 좀 짜증도 나는 곳'으로 생각해 왔습니다. 그런데 사랑의 대화 교실에 참여하면서 '직장은 가슴 뿌듯한 보람과 기쁨으로 가득한 곳'으로 바뀌기 시작했습니다.

얼마 전 있었던 일입니다. 내과 환자로 6인실에 입원한 환자가 수술을 하게 되어 외과 병동으로 옮겨야 했습니다. 환자는 외과에서도 6인실에 입원하기를 원했습니다. 비슷한 상황에서 예전에 했던 대화와 바뀐 대화를 소개합니다.

예전의 대화

간호사 홍수만(가명) 님, 내일 수술하는 것 아시죠? 외과 병동으로 옮기셔야 하는데 6인실은 없고 1인실만 있네요. 어떡하시겠어요. 1인실이라도 가셔야죠?

환자 난 6인실 아니면 안 가. 하루 먹고 하루 사는 사람이 무슨 돈이 있어. 여기서 그냥 수술할 때까지 있든가, 6인실이 나면 수술하든가.

간호사 무슨 말씀이세요. 수술은 내일로 정해져 있는데 외과로 옮겨야 의사도 간호사도 잘 봐 줘요. 우린 수술 환자 본 적이 없어요. 무엇이 더 중요하세요? 돈이에요, 치료에요?

환자 물론 치료지. 그렇지만 하루에 10만 원씩 내고는 못 있어.

간호사 일단 1인실로 갔다가 거기서 6인실로 옮겨 달라고 하세요.

환자 언제 6인실로 옮기는데?

간호사 그건 그 병동 사정이니까 우리가 모르죠. 거기서 옮겨 달라고 하세요.

환자 미리 신청해 놓고 여기 계속 있다가 6인실이 나서 가면 안 될까?

간호사 그 병실 환자를 우선으로 옮긴다고 했잖아요. 우리도 이렇게 6인실 원하는 사람 적어 두었다가 순서대로 옮기잖아요. 빨리 결정하세요.

사랑의 대화

간호사 홍수만 님, 내일 수술하는 것 아시죠? 그런데 어떡하죠. 외과에서도 6인실을 원하셨는데 거긴 6인실이 없고 1인실만 있다는데요.

환자 어떻게 1인실로 가, 하루에 10만 원씩 한다는데. 하루 먹고 하루 사는 사람이 무슨 돈이 있어.

간호사 1인실이 많이 부담스러우시군요. 일단 1인실로 갔다가 6인실이 나는 대로 옮기는 방법도 있어요.

환자 언제 6인실로 옮기는데?

간호사 그건 그 병실 사정이니까 저희는 몰라요. 그런 것은 거기서 옮겨 달라고 해야 하거든요.

환자 미리 신청해 놓고 여기 계속 있다가 병실이 날 때 가면 안 될까?

간호사 수술한 외과 환자는 외과 병실에 입원하셔야 치료를 잘 받으실 수 있어요. …… 결정 내리기 힘드시죠?

  …… 할 수 없네요. 일단 1인실로 갔다가 될 수 있으면 빨리 6인실로 옮겨 주셨으면 해요.

  결정하기 힘드셨을 텐데 치료에 도움이 되도록 결정하셔서 저도 마음이 놓이네요. 외과에 사정을 잘 얘기하겠습니다.

  돈도 중요하지만 치료부터 해야죠. 참! 친절하게 잘 얘기해 줘서 고마워요.

환자가 고마워하는 뿌듯한 마음이 저에게도 전해져 왔습니다. 환자의 입장에서 생각하려고 노력하면서 말하니까 저도 기쁘더라고요. 새해엔 제 일터가 행복한 곳이 되도록 열심히 노력하겠습니다.

체험을 발표하는 윤 간호사의 표정이 새해라는 말의 느낌처럼 신선해 보였다.

"오늘이라도 입원을 하셔서 치료를 받으셔야 합니다."

선생님의 진찰 소견을 듣고 힘없이 진찰실을 나가던 50대 초반의 환자 부인이 되돌아와서 제게 물었습니다.

"입원 수속을 어떻게 해야 되죠?"

'원무과에 가서 물어보세요. 저는 바빠요.' 불쑥 나오려는 말을 순간 참았습니다. '그렇지, 생각하고 말해야지. 이 부인이 얼마나 걱정이 될까.' 그 부인의 마음을 헤아리며 저는 자세히 알려 드렸습니다. 제 안에 있는 예전의 제가 놀라는 것 같았습니다.

"네? 뭐라고요. 어떻게 하라고요?"

'방금 제가 말할 때 어디 갔었어요.' 하고 대꾸하고 싶었지만 참고 생각했습니다. '긴장해서 잘 못 알아들었나 보다.' 저는 두 번째로 설명을 해 드렸습니다.

"네? 어떻게 하라고요?"

아주머니는 또다시 물었습니다. '아니, 이 아줌마가 날 우습게 아나, 아줌마 저 바빠요. 안내소나 원무과에서 물어보세요.' 하고 싶었습니다. 그러나 다시 참고 생각했습니다. '이 아주머니가 입원 수속을 처음 하는지도 몰라.' 생각이 여기에 미치자 저는 다시 말했습니다.

"아주머니, 입원 수속을 처음 하시나 보죠?"

"네, 전 처음이에요. 저 양반이 워낙 건강해서 감기 한 번 앓은 적이 없어요. 저는 골골해서 입원을 많이 하지만 그때는 저 양반이 다 했어요. 저는 입원에 대해서는 잘 몰라요."

"그러시군요. 그런데 제가 지금 굉장히 바쁘거든요. 한 번만 더 설명해 드릴게요."

저는 천천히 알려 드렸습니다.

"네, 잘 알았습니다. 고맙습니다."

그분은 얼른 잘 알았다고 대답하고 나갔지만 잘 안 것 같지는 않았습니다. 바쁘다는 제 입장을 배려해 준 것 같았습니다.

아마도 제가 사랑의 대화 교실에 참여하지 않았다면 두 번까지는 참을 수 있었을지 모르지만 세 번까지는 어려웠을 것입니다. 세 번째는 '아주머니, 몇 번이나 말해야 알아들으시겠어요. 전 바빠요. 나가서 알아보세요.' 하고 제 기분대로 톡 쏘아서 말하고 그러고도 제 당위성만 내세웠을 것입니다. '바쁜데 두 번씩이나 말했으면 됐지, 그 이상 어떻게 하란 말이야.' 하고요. 그러나 어렵게 참으며 말하고 나니 왠지 뿌듯했습니다.

그날 퇴근 무렵 간호실 밖에서 저를 찾는 분이 있어 나갔습니다. 저를 찾는 분은 세 번씩이나 저를 인내의 시험에 빠지게 했던 바로 그 아주머니였습니다.

"아까는 바쁜데도 친절히 가르쳐 주어서 너무너무 고마웠어요. 마침 2인실에 자리가 있어서 우선 입원했어요. 정말로 고마웠어요. 그 인사하러 왔어요."

아주머니의 다정한 말 한마디가 그날의 제 피로를 말끔히 씻어 주었습니다. 그 상쾌한 기쁨, 그것이 바로 일하는 보람이라는 확신을 참으로 오랜만에 느꼈습니다.

1997년 또 새로운 한 해가 시작됩니다. 금년은 여기서 배운 대로 실천해 볼 결심입니다. 그동안의 제 직장 생활을 돌아보면 의무는 철저히 했지만 환자에 대한 헤아림과 배려, 즉 사랑이 빠져 있었던 게 아닌가 하는 생각이 들었습니다. 알맹이가 빠진 껍데기 삶이라고 할까요. 마음만 먹으면 다른 사람을 헤아리고 배려하는 데 시간이 많이 걸리는 것은 아니었습니다. 새해에는 저를 만나는 모든 사람들이 사람 만나는 기쁨을 느끼도록 실천해 보겠습니다.

김 간호사의 말을 진한 감동으로 들으며 오래 전에 있었던 일이 생각났다. 그날 나는 강의실을 찾고 있었다. 40대 중반의 남자분께 길을 물었다.

"실례합니다. 교육관이 어느 건물인가요?"

"저기잖아요. 저기요."

그것도 모르느냐는 듯 퉁명스럽게 말했다.

"고맙습니다."

말은 그렇게 했지만 마음은 그렇지 않았다.

"이곳에 처음 오셨군요. 저기 보이는 저 건물입니다."

이렇게 대답해 주었다면 이해받은 것이 고마워서 오래도록 기억할 텐데…….

그날 오전 10시 10분쯤 네 살 된 미경(가명)이가 퇴원하는 날이었습니다. 미경이 어머니가 퇴원 수속을 해 놓고 기다리다가 말했습니다.

"아니, 지금 11시가 다 되었는데 도대체 퇴원 수속이 언제 되는 거예요?"

'지금은 10시 10분 전인데요.' 하고 싶었지만 저는 참고 말했습니다.

"조금만 기다리시면 정산이 돼요. 조금만 기다리세요." (* 많이 기다리셔서 힘드시죠. 한 번 더 알아 볼게요)

"아침부터 조금만 조금만 하고서는 아직도 안 됐잖아요. 도대체 이 병원은 독촉 안 하면 되는 게 없어."

'독촉 안 해서 안 된 게 뭐예요?' 하고 싶었지만 꾹 참았습니다. 함께 있던 간호사가 말했습니다.

"다른 분 아무도 아직 계산이 안 나왔어요. 조금만 더 기다리세요."

"애가 자꾸 보채는데 어떻게 더 기다려요? 어른이면 몰라도."

아이는 어머니의 손을 잡고 가만히 있었습니다.

"그렇잖아도 퇴원계에 부탁해서 빨리 해 달라고 했으니까 계셔 보세요"(* 퇴원자가 어린애라 더 힘드시죠? 저희들도 이럴 땐 참 난처해요. 저희 병원 입·퇴원 환자가 하루에 300명이 넘으니까 생각처럼 빨리 안 되네요. 10분 전에 부탁했는데 한 번 더 해 볼게요)

"이만큼 기다렸으면 됐지, 뭘 또 기다려요?"

참고 안내하던 저는 신경질적인 보호자의 말에 벌컥 화를 내고 싶었지만 배운 것을 생각했습니다.

"기다리시는 동안 퇴원 후 먹일 약에 대해서 설명해 드릴게요. 설명 들으시는 동안 컴퓨터 조회해 볼게요. 김 간호사님 한 번 더 확인해 주실래요?"

김 간호사가 확인해 보고 말했습니다.

"금방 계산이 다 끝났네요. 퇴원계에 가 보세요."

"내가 난리 안 쳤으면 아직도 안 됐을 거야."

보호자는 아이를 데리고 나가면서 말했습니다. 휴우, 제 가슴에 참고 담아 두었던 긴 숨이 쏟아져 나왔습니다. 반박하고 싶은 말을 참은 보람이 있어 조용한 가운데 갈등이 해결됐구나 하고요. 그리고 결국 보호자도 자신이 난리를 친 것을 알기는 아는구나라는 생각이 들었습니다. 그러나 어딘가 미흡한 느낌이 들었습니다. 노력하다 보면 부족한 부분도 채워지겠죠.

우리는 배우는 과정에서 '미흡' 함을 느낄 때가 많다. 특히 상대방은 하고 싶은 말을 시원스럽게 다하는데, 대화 방법을 배우는 나는 상대방 기분 상하지 않게 생각하며 말하려니 힘들고 답답하고 억울하다.

위 상황에서 보호자가 '내가 난리 안 쳤으면 아직도 안 됐을 거야.' 했을 때 간호사가 '미경이 어머니가 난리쳐서 됐군요. 미경이 어머니가 난리치시니까 제가 몹시 힘들었어요.' 하고 간호사의 입장을 표현했으면 어떨까. 여기서 난리치니까 하는 말은 조심스럽게 해야 할 말이지만 보호자가 한 말이기 때문에 그 말을 받아서 표현하는 것은 크게 문제되지 않는다.

때로는 침묵이 찬성으로 오인되기도 한다. 나를 표현해야 상대방이 자신의 행동을 돌아보며 잘잘못을 깨닫게 된다. 배운 사람이 그렇지 않은 사람을 계도할 의무가 있다. 그래야 함께 성장한다. 그리고 대단히 어렵겠지만 간호사의 대화를 필자가 권하고 싶은 *의 표현과 같은 말로 했다면 보호자는 어떤 반응의 말을 했을지, 생각하는 기회가 됐으면 한다. 그러나 노력하면서 부족한 부분을 채우겠다는 수강자의 자세는 얼마나 아름다운가. 밝은 내일을 그리는 발표자의 모습이 한층 정겹게 느껴졌다.

황금보다 더 빛나는 말

"차라리 죽는 게 낫지. 아, 글쎄 인공 호흡기를 개인용으로 사서 중환자실에서 일반병동으로 올라가라는 거야. 어떻게 기계를 달고 살아. 집에서도 어떻게 그러고 살아. 영영 기계를 못 뗀다는데."

중환자실에 입원한 박만복(가명) 씨는 저를 보자 기다렸다는 듯이 혼잣말로 투덜댔습니다.

그는 뇌의 손상이 가져온 호흡 중추 마비 때문에 호흡을 스스로 못 하고 인공 호흡기에 의존하여 7개월을 살았습니다. 그는 인공 호흡기를 가지고 휠체어를 타서 슈퍼맨을 찍었다는 영화배우 얘기를 듣자 그렇게라도 해서 병동에도 올라가고 집에도 갈 수 있다면 좋겠다고 했었습니다. 그러나 막상 담당 의사로부터 인공 호흡기를 사 가지고 병동으로 올라가라는 얘기를 듣자 실망이 컸나 봅니다.

저는 황금 같은 추석 연휴 동안 내내 오전 근무를 하다가 환자가 뜸하자 병동 순회를 했습니다. 여느 때 같으면 마음이 바빠 눈 인사만 하고 지나쳤을 텐데, 그날은 사랑의 대화 교실에서 배운 것을 생각하며, 무슨 말을 하든 잘 들어 드려야지 결심하고 박만복 씨 곁으로 다가갔습니다.

그러나 그분의 말을 듣자 '처음엔 인공 호흡기를 사 가지고 병동에 가고 집에도 갈 수만 있다면 좋겠다고 하셨잖아요.' 하는 말을 툭 내뱉고 싶었습니다. 하지만 일단 참고 생각하며 말했습니다.

"그 얘기를 듣고 매우 실망되셨겠네요. 그동안 기계 떼고 호흡하는 연습도 열심히 하셨는데요."

"그래요. 지금 먹고 있는 약도 10개월을 먹어야 효과가 있다는데, 아직 몇 달밖에 먹지 않았는데 ……."

"……."(뭐라고 말해야 할지 몰라서 침묵)

"젊어서 건강 조심해야 해. 운동도 많이 하고 잘 먹고. 나이 들어서는 내외간에 시골에서 조용히 등산이나 다니면서 살아. 나도 그러려고 했는데 …….

"산을 좋아하시는군요. 저도 등산 좋아해요."

"어느 산에 갔는데?"

산에 대한 얘기가 시작되었습니다. 저는 그분이 신나게 얘기하는 동안 '예.' 정도로 대답했습니다. 어느덧 화제가 바뀌어 그분은 병원 생활 하는 동안 간호사에 대해 서운했던 점들을 말했습니다.

"나이 어린 간호사에게 그런 말 듣고 서러워서 혼자 많이 울었지. 여기 방에 누워 있으니 동물원 짐승 같다는 생각도 들고 ……."

순간 예전처럼 '아마 그 간호사가 바빴나 봐요. 원래 그 간호사 그런 사람 아니에요.' 하고 싶었지만 참았습니다.

의사 나이 어린 간호사에게 그런 말 들어서 몹시 서운하셨군요. 많이 괴로우셨겠어요.

환자 그때는 그랬지. 정말 좋은 간호사도 있는데 못된 사람도 있어.

계속해서 서운했던 일들을 얘기했습니다. 이해하며 들으려 했지만 때로는 '우리는 사람이 아닌가. 정말 힘들다. 열심히 해도 이런 얘기나 듣고.' 하는 불만이 불쑥 튀어나오려 하기도 했습니다. 또 매 순간 바쁘게 일하는 간호사의 입장을 밝히며 그것은 환자가 오해하는 것이라고 두둔하고 싶었지만 배운 대로 하려고 노력했습니다.

의사 네. 얼마나 참기 힘드셨어요? 그래서 화가 많이 나셨군요.

환자 그런데 나중에 그 간호사가 미안하다고 하며 그때 사정을 얘기하더라고. 나도 미안하다고 했지. 이젠 괜찮아. 이제는 그 사람과도 잘 지내.

의사 네, 그러셨어요.

환자 사실, 간호사들도 온갖 궂은 일 하는 걸 보면 안됐어. 저 어린 사람들이 가족도 하기 힘든 일을 얼굴 한 번 변하지 않고 하는 걸 보면 …….

의사 이해해 주셔서 감사합니다.

한 시간 넘게 얘기하는 동안 차츰 생기와 의욕을 찾아가는 환자를 보며 생각했습니다. 내가 대하는 환자들이 단순한 생물학적 인간이 아닌 하나의 인격체임을 얼마나 자주 잊고 살았는가 하고요.
결국 그분은 말했습니다.

"저 기계를 사 가지고 나랑 똑같은 질병을 완치했다는 사람을 찾
아가 의논하면서, 그 치료약으로 계속 질병 치료를 해야겠어. 지금
은 시골에 산다는데."

삶에 대한 새로운 의욕으로 환해지는 그를 보며 정말 흐뭇했습
니다.

권 간호사의 말을 듣자, 황금 연휴를 황금같이 보낸 그가 황금보
다 더 빛나 보였다.

며칠 전 한 회의에 참석했다. 중요한 안건에 대하여 진지하게 토
의가 진행되고 있었다. 시간이 좀 지났을 때 한 회원이 말했다.

"이렇게 자꾸 떠들지 말고 원안이 잘되었으니 원안대로 넘어갑시
다."

"그 말씀 유감스럽습니다. 우리는 떠드는 것이 아니라 우리의 의
견을 정성껏 애기하고 있습니다. 우리의 의견 발표가 떠드는 것으
로 보였다면 회의는 왜 소집했는지 의심스럽습니다."

"그 말 취소합니다."

분위기가 경직되다가 제자리로 회복되었다. '의견 발표'를 '자꾸
떠드는 것'으로 평가받으면 유감스러울 수밖에 없다.

우리는 한마디의 말로 좋은 관계를 유지할 수도 있고 불편한 관
계로 갈등을 빚기도 한다.

다음은 선·후배 간호사 사이에 있었던 사소한 일이다. 무심코 불쑥 내뱉는 말과 생각하면서 말하는 경우를 비교해 본다.

어느 날 수술실에서 선·후배 간호사가 마주쳤는데 후배가 인사를 하지 않았다.

실제 상황

선배 (열 받은 목소리로) 백장미! 너는 선배를 보고도 그냥 지나가니?

후배 (어이없다는 표정으로) 바쁘게 가느라 못 봤어요.

선배 아무리 바빠도 그렇지. 너는 기본 예의도 없니?

후배 알겠어요. 다음부턴 조심할게요. (쌀쌀맞게 홱 돌아서 간다)

말을 마친 선·후배는 양쪽이 다 찜찜하다. '요즘 후배들 다 그 모양인데 포기하고 그냥 참고 지나쳐 버릴걸.' 선배는 후회가 된다. 후배 또한 깐깐한 선배와 마주칠 일이 부담스럽다. 같은 상황을 사랑의 대화 교실에서 배운 대로 바꾸어 보았다.

사랑의 대화

후배 (그냥 지나간다)

선배 백 간호사님, 많이 바쁘시군요.

후배 왜요?

선배 네, 저는 백 간호사를 보고 반가웠는데 그냥 지나가서요.

후배 (겸연쩍은 표정으로) 바쁘게 가느라 못 봤어요.

선배　네, 그랬군요. 제 생각만 했네요. 저는 백 간호사가 그냥 지나가길래 못 본 척하나 하고 서운했거든요.

후배　죄송합니다.

선배　말을 할까 말까 망설였는데, 백 간호사와 잘 지내고 싶어서 말했어요.

후배　얘기해 주셔서 고맙습니다.

선배　이해해 줘서 고마워요.

마음만 먹으면 이러한 대화는 가능하지 않을까. 위와 같은 대화를 나누고 나면 선배와 후배가 각각 어떤 느낌일까. 또 다른 상황을 본다.

수술실에서 근무하는 박 간호사는 데이(낮) 근무를 마치고 다음 시간근무자인 홍 간호사를 기다리고 있었다. 그날따라 인계할 일이 많은데 홍 간호사는 근무 시작 시간 10분을 남겨 둔 4시 20분이 다 되어서야 나타났다.

실제 상황

박 간호사　홍 간호사님, 지금이 몇 시에요?

홍 간호사　왜요?

박 간호사　인계를 받으려면 일찍 와야 되는 거 아니에요?

홍 간호사　지금도 늦지 않았잖아요. 4시 20분밖에 안 됐는데…….

박 간호사　수술 상황이 어떻게 되는지 알아야 하는 것 아니에요? 인계할 것도 많은데.

 알았어요. (속으로는 '왜 그래?' 빈정대면서)

사랑의 대화

박 간호사   홍 간호사님, 힘든 수술인데 오늘 이 방 담당이시군요.

홍 간호사   네, 여기예요.

박 간호사   인계할 일이 많아서 초조하게 기다렸는데 이제 오신걸
보니 바쁘셨군요.

홍 간호사   죄송해요. 다음엔 일찍 올게요.

박 간호사   그래요. 빨리 시작할까요?

홍 간호사   네, 저 때문에 늦어서 죄송합니다.

박 간호사   조금 늦어서 다행이네요. 수고 많으셨습니다.

이렇게 바뀌는 것은 환상에 불과할까. 위와 같은 상황에 부딪힐
때 실천해 보면 바른 대화가 어떤 결과를 낳는지 확인할 수 있을 것
이다.

그날 오전 10시 30분경 저는 한 통의 전화를 받았습니다. 편도선
절제 수술을 받고 어제 퇴원한 홍우주(가명) 씨의 부인이었습니다.
남편이 오늘 아침 직장에 나갔는데 목에서 피가 난다는 연락을 받
아 어떻게 해야 좋을지를 묻는 내용이었습니다. 가끔 받는 전화 내
용이어서 침착하게 대답을 했습니다. 잠시 기다리면서 피가 멎는지
살펴보고 계속해서 피가 난다면 응급실로 오시라고 알려 드리고 전
화를 끊었습니다. 낮 근무가 끝날 무렵 홍우주 씨는 응급실을 통해

다시 입원했습니다.

그러나 이번에는 저의 팀 담당이 아닌 다른 병실로 입원을 했기 때문에 특별한 관심을 두지 못하고 그분이 다시 입원을 하셨구나 하는 정도로 알고 있었습니다.

그런데 1인실 환자에게 주사를 놓고 복도로 나왔다가 문을 막 열려는 홍우주 씨의 부인과 마주쳤습니다.

예전 같으면 그냥 살짝 인사나 하고 지나쳤을 텐데 그날은 달랐습니다. '남편이 다시 입원하게 되어 얼마나 힘드실까. 내가 무슨 말을 해야 할까.' 생각하며 한마디 했습니다.

"출근한 남편으로부터 출혈이 있다는 연락을 받고 많이 놀라셨죠?"

제 말을 들은 부인은 병실 문을 열려던 동작을 멈추고 저를 향해 몸을 돌리면서 "그럼요, 얼마나 많이 놀랐는지 몰라요." 반색을 하며 그때부터 입원하기까지의 상황에 대해서 자세하게 설명을 하기 시작했습니다.

저는 사랑의 대화 교실에서 배운 대로 적당한 간격을 두고 "네에, 그러셨군요." 하며 부인의 말을 경청했습니다. 적당히 이야기가 끝날 즈음 "정말 애쓰셨네요." 하고 말을 마무리하자 부인은 "선생님, 제 이야기를 잘 들어주셔서 정말 고맙습니다."라는 말을 두세 번 반복했습니다.

저는 그 이후에도 그 부인의 표정을 잊을 수가 없습니다. 누군가 당신의 마음을 헤아려 주는 사람이 있다는 것을 알았을 때의 안도감이라고나 할까요. 그런 느낌이 부인의 얼굴에 가득했습니다. 말

한마디의 위력을 새삼 깨달으며 그 한마디를 제가 했다는 사실에 놀라면서도 기뻤습니다.

나 또한 수줍게 경험담을 발표하던 김 간호사의 환한 얼굴과 그 마음을 잊을 수가 없다. 김 간호사의 말 한마디에 실린 아름다운 마음씨가 나에게 전해졌기 때문이다.

저는 그날 아침에 전임자로부터 전체적인 인계를 받고 병실 순회를 위해 막 일어서려는데, 환자 한 분이 간호사실로 들어서면서 큰 소리로 불평을 하는 것이었습니다. 남자 6인실에 입원한 환자였습니다.

환자 갑 옆에 있는 환자가 심장병 환자라는데, 히터도 끄고 창문을 활짝 열어 놓고 자는 바람에 감기에 걸렸어요. 이래도 되는 겁니까?

간호사 (속으로는 불쑥 반발심이 생기면서 '그게 어디 제 탓인가요. 왜 제게 화를 내세요. 화 내시려면 그 환자에게 화를 내셔야지요?' 하고 싶었으나 무슨 말을 어떻게 해야 할까를 생각하며) 그러세요? 어젯밤에 잠도 제대로 못 주무셨다고 들었는데, 감기까지 걸리셨군요.

환자 갑 그래요. 이제 이런 식으로는 잠을 못 자겠어요. 선처해 주세요.

간호사 그렇게 입원 생활이 계속될까 봐 걱정이 되셨군요. 제가 그 환자분과 말씀 나누어 볼게요.

환자 갑 (감정이 푹 수그러진 듯 나지막한 어조로) 부탁드립니다.

환자 갑은 병실로 들어갔습니다. 저도 병실로 따라 들어갔습니다. 예전 같으면 병실로 들어가서 '이 병실이 왜 이렇게 춥죠? 누가 문을 열어 놨어요? 이러니까 이 방 환자가 감기에 걸리죠. 누구든지 문 함부로 열어 놓지 마세요.' 했을 텐데 저는 할 말을 생각하며 말했습니다.

간호사 이 병실이 참 춥네요. 날씨가 추운데 창문을 닫아도 될까요?

환자 을 머리가 아파요.

간호사 (환자 을을 보며) 예, 머리가 아프시군요. (옆에 있는 담당 간호사를 향하여) 추 간호사님, 담당 선생님께 말씀드려야 겠네요.

환자 을 창문을 닫으면 머리가 아프단 말이에요.

간호사 예, 머리가 아파서 창문을 여셨군요. 그런데 어떡하죠. 창문을 열어서 이 방에 계신 다른 분이 감기에 걸리셨거든요.

환자 을 (고개를 숙인 채 가만히 있고 말이 없다)

간호사 죄송합니다.

환자 을 그러면, 문 닫으세요.

간호사 협조해 주셔서 고맙습니다.

저는 조용히 그 방을 나왔습니다. 서로 다투지 않고 순조롭게 문제가 해결되었습니다. 아마 제가 말이 나오는 대로 말했으면 이렇게 쉽게 편안히 해결되지는 않았을 것입니다. 그렇게 문제가 해결되고 나니 환자들도 서로 미안해 하는 것 같았습니다. 사실은 저 역시 그 다음날 퇴원을 했다는 환자 을에게 미안하다는 생각이 가시지 않았습니다. 제가 그날 언성을 높이면서 함부로 말하고 다퉜다면 속 썩이는 환자 퇴원해서 시원하다고 생각했을 텐데요. 그날 일은 제게 자신감과 용기를 주었습니다. 환자와 간호사의 만남. 잠시 잠시 스쳐 가죠. 고통을 덜어 주는 곳, 그리고 삶의 의미를 되새기게 되는 곳. 여기서 저는 더욱 사명감을 갖고 캡을 쓸 때의 선서를 떠올리며 배운 대로 실천하도록 노력하겠습니다.

아저씨, 안 아프게 꿰매 줘요

외과 의사인 남편이 퇴근 후 내게 말했다.

"여보! 요즘 대학생들 어떻게 된 거지? 남학생이었는데 학생들 끼리 다투었대. 수술하려고 준비 중인 나를 보고 '아저씨, 안 아프게 꿰매 줘요.' 하더라고. 취기가 약간 있기는 했지만. 그래서 내가 대답했지. '그래요 학생. 내가 의사로서 학생 상처를 수술해 주려고 했는데 아저씨로서 꿰매 줄게요. 아저씨가 꿰매 줘도 되겠어요? 하고 말했지 그들이 21세기를 눈앞에 둔 우리의 대학생들이었다고."

"…… 당신 참 씁쓸하셨겠어요."

나는 더 이상 할 말이 생각나지 않았다. 남편은 다시 조용한 어조로 말했다.

"나도 참 이상하지? 아저씨면 어떻고 선생님이면 어때. 그런데도 '아저씨' 하는 말을 들으면 갑자기 성심껏 치료해야지 하는 마음이 싹 가신다고. 맥도 풀리고. 적당히 해치우고 말까 보다 하는 마음을 달래기가 어렵더라고. 하긴 내가 사람이 덜 됐나 봐."

허허로운 표정으로 말하는 남편의 어깨에서 힘이 다 빠져 버리는 것 같았다. 나는 남편의 그 공허함 뒤의 감정을 읽을 수 있을 것 같다. 남편이 의과 대학 본과 2학년일 때부터 사귀기 시작한 나는 그가 외과 전문의가 되기까지의 긴 인내와 노력을 옆에서 지켜보았기 때문이다. 의사는 그 오랜 연마의 시간들을 선생님이란 호칭으로 이해받고 또 그것으로 보람을 얻고 싶은 것이 아닐까. 남편은 지금도 시험에 시달리는 꿈을 꾼다고 한다.

나는 생각해 본다. 수강자가 "아줌마, 질문이 있는데요…….' 하면서 나를 아줌마라고 부르면 그 수강자를 한 인격체로 대우하며 최선을 다한 강의를 할 수 있을까. 물론 앞에서 말한 대학생 같은 모습은 극히 일부에 불과하겠지만 그들의 모습이 장차 한국의 미래라고 생각하니 걱정이 된다.

초보 운전자가 주위의 운전자들에게 도와 달라고 협조를 요청할 때 '초보 운전이니까 괴롭히지 마세요.' 나 '당신도 초보였다.' 보다는 '햇병아리 운전입니다.' 나 '초보 운전이라 죄송합니다.' 라고 썼을 때 더 도와주고 싶은 생각이 들지 않을까.

얼마 전 뇌 수술을 세 번이나 받고 ○○병원에 입원 중인 동료 강사에게 병문안을 갔었다. 그의 빡빡 깎았던 머리카락은 많이 자라서 오래 전 본 명화 〈길〉에서의 주인공 젤소미나를 연상케 했다. 그는 묵직한 고통을 눌러 삼키며 말했다.

"선생님, 이제 부축 없이 1분 정도는 혼자 설 수 있습니다. 5분 정도 혼자 서게 되면 걷는 연습을 시작한답니다. 선생님, 저는 반드시 일어나서 전국의 병원을 돌며 이 강의를 하고 싶습니다.

제가 뇌 수술을 받고 회복실에 있을 때였습니다. 희미하게 정신은 돌아왔지만 손, 발, 입이 제 뜻대로 움직여 주지 않았습니다. 그런데 그분들은 말 한마디 없이 이 사람 저 사람 수시로 제 몸을 꼬집는 것이었습니다. 저는 꼼짝할 수 없는데요. 그 고통이 얼마나 끔찍했는지요. 수술하는 것이, 아니 죽는 것이 두려운 것이 아니라 회복실에서 꼬집히는 것이 두려웠습니다. 그때 전 말 한마디를 듣고 싶었습니다. '아주머니, 마취 상태를 확인하기 위해서 두세 번 꼬집어 보겠습니다.' 라는 말을요. 그 말을 들었다면 저는 꼬집힘에 대해서 준비할 수 있었고 인간으로 존중받을 수 있었을 텐데.

그리고 세 번째 수술을 받고 회복실에 있을 때였습니다. 갑자기 제 눈에서 쉼없이 눈물이 흘러내렸습니다. 이제 에미의 따뜻한 손길이 가장 필요할 고등학교 1학년 아들, 아직은 여리고 눈에 넣어도 아프지 않을 중학교 2학년 딸, 그들을 남겨 두고 떠나야 할지도 모른다는 서러움, 남편과 아이들에게 미안한 마음이 뒤엉켜 그냥 눈물이 흘렀습니다. 그런데 저를 지켜보던 간호사가 뭐라고 한 줄 아세요?

'아줌마, 왜 이렇게 자꾸 우세요!'

짜증섞인 그 말은 제 가슴에 비수가 되어 꽂혔습니다. 그 순간 속에서 불 같은 저주의 말이 떠올랐습니다.

'그래요, 왜 우느냐고 짜증내는 당신도 더도 덜도 말고 나와 같은

처지에서 뇌 수술을 세 번만 받아 보세요. 웃음이 나오나.' 하고요. 선생님, 제가 못됐죠. 제가 회복실에서 눈물을 흘릴 때 '아주머니, 그 두렵고 힘든 수술을 세 번씩이나 받았으니 얼마나 고통이 크시겠습니까?' 라는 말을 들었다면 저는 위로를 받고 다시 마음의 평화를 얻을 수 있었을 것입니다. 그리고 그 간호사는 제게 천사의 모습으로 영원히 기억되었을 것입니다."

병원에 온 모든 환자는 의료진 앞에서 보호받기를 원한다. 그들은 이해받고 위로받기를 원한다. 의료진은 환자로부터 존중받기를 원한다. 환자와 의료진 사이에 사랑의 대화가 싹트는 계기가 되길 희망하며 이 글을 쓴다.

행복은 유리 그릇처럼

"맹호!"

아들은 우렁차게 구호를 외치며 거수 경례로 면회간 우리 부부를 환영했다. 군복을 입고 듬직한 모습으로 나타난 아들, 훌쩍 커 버린 듯한 아들의 가슴에 포옥 안긴 감개무량한 만남. 삼수생이었던 작은아들은 대학교 2학년을 마치고 군에 입대하였다. 숫자 개념에 약한 내가 겨우 일병과 이병의 계급을 제대로 분간하게 되었을 즈음, 아들은 그 당당한 육군 김 일병이 되었다.

"맹호!"

아들의 두 번째 경례를 받으며 면회소를 나왔다. 남편은 아들의 뒷모습을 쉽게 떨쳐 버리지 못하는 에미의 애잔한 아쉬움을 알아차린 것일까 위로하듯 한마디 했다.

"자아식, 훨씬 건강하고 당당해졌어, 저 녀석은 군대 생활도 멋있게 잘해 낼 거야."

"그럼요, 어느 분의 아들인데요."

짧은 대화였지만 사랑하는 아들을 등 뒤에 남겨 두고 돌아서는 허전한 마음이 조금은 걷히는 것 같았다. 남편이 자동차 오디오를 켰다. 이동원 씨의 음성으로 '향수'가 흐르기 시작했다. 육군 일병인 작은아들이 우리가 좋아할 거라며 사다 준 테이프였다.

"넓은 벌 동쪽 끝으로 옛이야기 지즐대는 실개천이 휘돌아 나가고…… 흙에서 자란 내 마음 파란 하늘빛이 그리워…… 전설 바다에 춤추는 밤물결 같은 검은 귀밑머리 날리는 어린 누이와 아무렇지도 않고 예쁠 것도 없는 사철 발 벗은 아내가 따가운 햇살을 등에 지고 이삭 줍던 곳, 그곳이 차마 꿈엔들 잊히리야……."

구성지고 감미로운 선율은 우리를 고향으로 안내했다. 아이들의 어린 시절에 대한 기억이 떠올라 우리는 목이 메였다. 두 아이가 태어나던 날의 흥분, 아이들을 키우는 동안 우리의 가슴을 철렁이게 했던 사건들, 아이들 일로 깊은 번민에 빠졌던 일까지 그리움으로 되살아났다.

여름날 초저녁, 차창 밖으로 촉촉히 안개비가 내리고 있었다. 우거진 수풀 사이로 왕복 2차선 도로가 뻗어 있고, 오른쪽으로는 차도 두 배 정도의 넓은 개천이 휘돌아 나가고 있었다. 모든 것이 한 폭의 그림 같았다.

"자아식, 군대 가서도 효자 노릇 톡톡히 한단 말이야."

"그러게 말이에요. 고맙기도 하지. 주말에 이렇게 아름다운 곳을 엄마, 아빠가 데이트하게 하다니……."

아들은 진정한 의미의 행복이 무엇인가를 우리에게 가르쳐 주었다. 자동차의 속도가 차츰 느려졌다. 왕복 4차선인 큰길이 가까워지자 피서 차량과 면회 차량이 모아지면서 생긴 병목 현상으로 도로는 자동차로 가득했다. 시속 15~20킬로미터 정도 될까. 면회를 마친 우리는 속도가 늦어도 좋았다.

노랫말을 음미하며 향수에 젖은 내 시야에 두 사람 모습이 들어왔다. 개천 가운데서 무릎까지 물에 잠긴 채 엎드려 무엇인가를 열심히 하는 사람과 우리가 가는 길 정면에서 개천을 향하여 서 있는 사람이었다. 길가에 있는 사람은 차양이 큰 모자를 쓰고 빨간색 웃옷과 반바지 차림이었다. 나는 그들을 보며 짐작해 보았다. 차양 있는 모자를 쓴 저 사람은 물 가운데 있는 남편을 기다리는 아내일까? 그때 남편이 말했다.

"저 남자가 미쳤나? 길에서 오줌을 갈기다니!"

"네에? 남자라고요, 어디요?"

"저기 있잖아, 바로 저 앞에."

남편이 가리키는 사람은 조금 전에 내가 '아내'라고 생각했던 바로 그 사람이었다.

'저 사람이 무슨 남자예요? 여자지. 저 옷차림 좀 보세요.'

마음속에 있는 말이 튀어나오려 했지만 간격을 두고 말했다.

"저는 여자로 보이는데요."

"아니? 어떻게 저 사람이 여자야? 오줌 갈기는 포물선이 안 보여?"

"저는 여자로 보이는데요."

"참! 어떻게 저 사람이 여자란 말이야?"

남편은 한심하다는 듯 중얼거렸다.

'상황 파악을 좀 하시지. 저 개천 가운데 있는 남자를 기다리는 아내 모습을 왜 모르실까.'

강한 반발심이 생겼지만 다시 한 번 말했다.

"저는 여자로 보여요."

"내 참."

남편은 나를 이해시키기를 완전히 체념한 듯 입을 다물었다. 남편은 음악이고 향수고 들을 기분이 아니라는 듯 테이프를 꺼 버렸다. 영원히 이어질 것 같던 따스하고 정겨운 차 안의 분위기는 꺼 버린 음악과 함께 사라져 버렸다. 조금 전의 그 완벽한 것 같던 행복은 신기루였던가. 묘한 침묵이 남편과 나와의 거리를 서서히 떼어 놓고 있었다. 운전하는 남편의 시선은 왼쪽으로, 나의 시선은 오른쪽으로 갈 수 있는 곳까지 가 있었다. 다시는 두 사람 시선이 만날 일이 없을 것처럼. 그러나 자동차가 문제의 그 사람 바로 앞까지 갔을 때 내 시야에 들어온 모습.

'아니! 저럴 수가!'

볼일을 보고 있는 그 사람의 적나라한 실체가 다 보이는 게 아닌가. 정말로 포물선과 함께 그 모든 것이 뚜렷했다.

"정말 남자네요."

"그럼? 내가 거짓말을 하겠어!"

남편은 참았던 억울함을 터뜨리듯 격앙된 목소리로 말했다.

'누가 당신더러 거짓말을 했대요. 저는 거짓말의 '거' 자도 꺼내지 않았어요.'

나도 속으로 지지 않고 반박하고 있었다. 그러나 겉으로는 침묵으로 위기를 넘기고 안으로는 자신과 싸우고 있었다. 내가 하고 싶은 대로 말하면 이어질 대화의 끝은 뻔하다.

'그럼 왜 내 말을 못 믿어?'

'못 믿긴요. 저는 여자로 보이니까 여자로 보인다고 했죠.'

'그래, 됐어. 그만하자고.'

이렇게 얘기가 이어졌다면 냉전의 농도는 더 짙어졌을 것이다.

그래서 침묵으로 대처했다. 그러나 침묵으로 조용해진 차 안의 분위기는 여전히 긴장으로 팽팽했다. 다행히 자동차가 왕복 4차선 도로로 나오면서 조금씩 속도가 빨라지기 시작했다. 차창 밖 풍경이 빠르게 변화되어 갔다. 내 머리도 조금씩 맑아지기 시작했다.

'이게 뭐란 말인가. 그만한 일로 속을 어지럽히다니. 명색이 대화 방법 강사라는 사람이 그 작은 사건으로 사랑이 넘치는 분위기를 망가뜨리다니. 아무리 감정에는 도덕성이 없다지만 그럴 때마다 깐깐하게 고집을 부리려 하다니. 나 역시 감정의 동물이라 어쩔 수 없다고 변명이라도 해 볼까. 부끄럽다. 아직도 얼마나 많이 부족한가. 그러면서도 또 따지고 싶어진다. 강사이기 때문에 그래도 꽤 많이 참고 노력하고 있는데. 오늘 일도 그렇지. 남편이 다음과 같이 너그럽게 받아 주면 안 되나.

'여자로 보이네요.' 했을 때 '그래, 당신 보는 각도가 다른가 봐, 나는 포물선까지 정확히 보이는데.' 라고 말이야. 그리고 또 내가 '정말 남자네요.' 했을 때도 '그래, 가까이서 보니까 확실해졌군.' 할 수도 있을 텐데. 하긴 나도 그래. 남편이 '저 남자가 미쳤나? 길에서 오줌을 갈기다니!' 했을 때 '그래요. 길에서 볼일 보는 사람이

있어요. 저는 보는 각도가 다른가? 여자로 보이네요.' 했으면 좀 나았을 텐데.'

결국 혼자서 이런저런 생각을 하다 보니 차츰 여유가 생기면서 너그러워졌다.

'그래, 남편의 마음을 헤아리며 내가 먼저 말을 해야지.'

생각이 정리되자 나는 곧바로 남편에게 말했다.

아내 여보! 미안해요. 아까 그 사람이 남잔데 제가 세 번씩이나 여자라고 우기니까 당신 많이 답답하셨죠?

남편 쳇!!

아내 …….

남편 ……당신도 여자로 보이는데 내가 계속 남자라고 우기니까 답답했지…… 이렇게 말하면 되는 거요?

우리는 한꺼번에 웃음이 터져 나왔다.

아내 당신은 이제 대화 방법 강사를 하셔도 되겠네요.

남편 이럴 때 내가 먼저 사과를 하면?

아내 …….

남편 여보, 고마워!

아내 저도요. …… 음악 들을까요?

오디오 ……서리 까마귀 우지짖고 지나가는 초라한 지붕, 흐릿한 불빛에 돌아앉아 도란도란 거리는 곳, 그곳이 차마 꿈엔들…….

우리는 큰일로 다투지 않는다. 그날도 아주 사소한 일이었다. 우리와는 무관한, 길가에서 볼일을 보는 한 남자로 인해 아름다운 평화가 산산조각 나 버리지 않았는가. 그가 남자면 어떻고 여자면 어떤가. 그러나 그 순간에는 그 일만이 가장 큰 문제로 느껴지는 것은 우리 부부만 겪는 일일까. 물론 비 온 뒤에 땅은 더욱 굳어진다고 하지만.

다른 수강자의 얘기를 듣는다.

아내랑 얘기 중이었어요.

"이 보라색 옷이……."

"그게 무슨 보라색이에요. 연보라지."

"이게 무슨 연보라야! 보라지."

"당신 학교 다닐 때 색상에 대해서 어떻게 배웠어요?"

"어떻게 배우긴, 정확히 배웠지."

"정확히 배웠다면서, 이게 보라예요?"

그러다가 결국 아내는 이렇게 말하더라고요.

"그래요 그래, 그걸 보라라고 해요. 이제 됐어요?"

그 말은 더 찜찜하더라고요. 그 일로 며칠 냉전했죠.

이 상황이 며칠간 냉전할 만한 이유는 아니다.

다음 사례는 갈등을 풀어 나간 얘기다. 들어본다.

평소 저의 남편은 식탁에서 입버릇처럼 짜다, 싱겁다 말이 많아요. 저는 그날 배운 것도 있고 해서 잔소리 듣지 않으려고 특별히 반찬에 신경을 썼어요. 그런데 그 날도 남편은 찌개를 한 입 떠먹더니 말하는 거예요.

"찌개가 왜 이렇게 짜?"

'뭐라고요, 찌개가 짜다고요. 당신 입맛은 맨날 변하나 봐요.' 하고 생각나는 대로 말을 하려다가 느끼하지만 안 쓰던 말을 했어요.

"찌개가 짜다고요? 여보 죄송해요. 그럼 찌개를 다시 끓여 올까요? 아니면 물을 끓여서 넣을까요?"

"……응? 응, 아니 됐어. 그냥 먹지 뭐."

남편은 제 말이 의외였는지 더듬거리며 말하더라고요.

'짜다면서 어떻게 그냥 먹냐. 맹물이라도 왕창 넣어서 먹지.'

저는 속으로 빈정댔지만 말은 다르게 했어요.

"당신 괜찮으시겠어요?"

"그래, 됐어."

'그렇게 되는 걸 왜 짜다 싱겁다 잔소리냐.'

하고 싶은 말이 많았지만 덮고 넘어갔습니다. 남편은 찌개를 다 먹었습니다. 저는 빈 찌개 그릇을 보며 제 생각의 전부가 그렇지는 않았지만 배운 대로 했지요.

"여보! 찌개에 간이 맞지 않았는데도 다 드셔서 고마워요."

"뭘, 하다 보면 짤 때도 있고 싱거울 때도 있지."

"당신이 이해해 줘서 고마워요."

"고맙긴. 당신 힘들었을 텐데 오늘은 슬슬 내가 설거지 좀 해 볼까."

처음 해 보는 말과 행동이라 어색한지 남편은 얼른 빈 그릇을 들고 싱크대로 가며 제 얼굴을 피했습니다. 얼굴이 빨개졌나 봅니다. 저도 얼른 일어나 남편 등 뒤로 가서 꼬옥 안으며 말했지요.

"여보, 고마워요!"

이번에는 진심으로 말했습니다. 그 뒤는 여러분 상상에 맡깁니다.

저는 결혼한 지 14년째입니다. 말하는 방법을 배운다는 것은 상상도 못했습니다. 그리고 처음엔 배우면서도 '누군 모르나, 다 아는 얘긴데 어떻게 쑥스럽게 그렇게 말하냐.' 하고 회의적이었습니다. 그러니까 그동안 제가 너무 잘난 아내였더라고요. 이번에도 간이 맞지 않는다는 찌개를 남편이 다 먹었을 때 평소처럼 말했으면 어떻게 끝났을까 생각해 봤어요.

'짜다, 싱겁다 잔소리하더니 잘만 먹네.'

'그래, 짠 찌개를 다 먹은 것도 문제냐.'

'사람이 하는 일인데 하다 보면 짤 때도 있고 싱거울 때도 있지. 당신은 당신 할 일 완벽하게 다 잘하고 있어요?'

'그래 내 할 일 못하는 게 또 뭐야 뭐? 말해 보라고!'

이렇게 이어지다 보면 제 남편은 밖에 나가서 술에 잔뜩 취하고 흥청거리며 와요. 저는 또 술에 취한 남편을 보며 제 감정을 다스리지 못하고 하고 싶은 대로 했다면 그날 우리 부부에게 남은 건 무엇이었을까요.

그는 스스로 질문을 던지고 스스로 답을 하려고 노력했다. "노력이란 온 힘을 기울여 어떤 일을 끝마치는 것을 뜻한다. 단지 그 일

을 싫증이 날 때까지 해 보는 것은 노력이 아니다." 하워드 케이트
가 말한 그러한 노력을.

따뜻한 사람이 되기 위한 기본 방법

그날은 직장 동료들과 저의 집에서 저녁 식사를 하는 날이었습니다. 손님들이 막 식사를 시작하려는데 초등학교 1학년인 아들이 어디서 나타났는지 쪼르르 제 앞으로 달려왔습니다.

"야, 어디 보자. 이 녀석이 이 집 장남이야?"

"야, 그동안 많이 컸네."

"그 녀석 잘생겼네."

모두들 한마디씩 하는데 아들은 인사할 생각이 없는지 차려 놓은 음식을 엎드려 빤히 들여다보며 "와아! 맛있겠다. 맛있겠다." 하는 것이었습니다.

"야! 정호야. 인사해야지!"

제가 한마디 했습니다.

"안녕하세요. 안녕하세요."

제 아들 정호는 이쪽저쪽 번갈아 가며 고개를 쳐든 채 적당히 인사를 하더니 저를 향해 손을 내밀며 말했습니다.

"아빠! 나, 돈 천 원만."

"와하하……."

아들의 말에 격의 없는 손님들은 일제히 웃음을 터뜨렸습니다. 순간 저는 황당하고 창피했습니다.

이런 경우 만일 당신이 정호 아버지라면, 혹은 어머니라면 어떻게 하겠는가. 우선 정호 아버지의 얘기다.

저는 정말 기가 찼습니다. 가끔 친척들이 집에 올 때 그런 일이 있었지만 그때마다 야단치고 설득을 했습니다. 아직은 아이가 어리니까 그러려니, 차츰 변하겠지, 하고 넘어갔는데 그날은 그냥 넘어갈 수가 없었습니다. 저는 끓어오르는 화를 참으며 점잖게 손님들에게 말했습니다.

"죄송합니다. 식사들 하시죠. 자식 교육은 이럴 때 시켜야 할 것 같아서 잠깐 실례하겠습니다. 정호야. 너 이리 나와!"

저는 아들을 데리고 방을 나왔습니다. 팔목을 쥔 제 손의 힘으로 제 기분을 눈치챘는지 아들은 제 손에서 빠져나가려고 끙끙거렸습니다. 저는 더욱 세차게 아들의 팔목을 휘어잡고 구석방으로 끌고 갔습니다. 문을 잠그고 소리를 죽여 가며 말했죠.

"손님들 앞에서 돈 달라고? 네가 거지야? 너 지금 몇 살이야. 그리고 몇 번째야? 아빠가 그러지 말라고 했지. 손님들 앞에서 애비 망신시켜야 속이 시원하겠어? 엉?"

저는 손에 잡히는 대로 들고 때렸습니다. 정호는 제 무서운 모습에 울지도 못했습니다. 그럴 때 울다가는 더 많이 맞는 걸 잘 알고 있거든요.

“너 또 그럴 거야, 안 그럴 거야?”

“안 그럴게요.”

아들은 제가 무섭게 하니까 금방 알아듣더라고요. 그렇게 한 번 혼나더니 그 버릇이 싹 없어졌습니다. 부모는 아이들에게 꼭 가르쳐야 할 일이 있을 때는 무섭게 때리면서 가르쳐야 하는 것 아닙니까.

위 상황에서 정호 아버지의 교육적인 가르침을 잠시 생각해 본다. 손님 앞에서 아버지에게 돈 천 원 달라고 했다가 야단맞고 매까지 맞은 정호가 아버지에게 이해받고 있고, 또 사랑받고 있는 아들이라는 생각이 들까. 아버지의 체벌로 정호의 행동은 시정되었지만 아버지에 대한 정호의 감정은 서운함으로 남는다. 아직은 정호가 아버지보다 약하기 때문에 아버지의 힘에 눌려 억지로 행동을 변화시키지만 머지않아 아버지의 힘이 한계에 부딪히게 될 때가 올 것이다. 아버지에 대한 신뢰나 존경, 사랑의 관계는 힘을 잃게 된다. 그때는 어떤 힘으로 아들을 변화시킬 것인가. 정호가 성장하면서 겪게 될 고민을 아버지에게 털어놓고 상의하기를 꺼리는 소원한 관계가 된다면 아버지가 원하는 교육이 이루어진 것인가.

그렇다면 앞의 상황에서 정호 아버지가 정호에게 어떻게 하는 것이 가장 바람직한 것일까. 그 구체적인 방법을 알아본다. 한국지역사회교육중앙협의회에서는 이러한 부모들을 위하여 ‘부모에게 약이 되는 프로그램’을 개발하였다. 그중에서 ≪부모·자녀의 대화기법≫(이성진 서울대 교수 저)에서 제시하는 이론은 그 해답을 얻는 지름길이 될 것이다. 그 이론을 소개하면서 앞의 상황의 해답을 찾고자 한다.

부모(나)는 자녀(상대방)를 예의 바르고 반듯한 자녀로 가르치기 위해 도움이 된다고 생각되는 말을 한다. 그러나 우리들의 일상적인 대화는 도움이 되기보다는 오히려 방해되는 말이 많다.

〈1〉 대화에 방해되는 말투

① 지시, 명령하는 말투

"손님들께 똑바로 인사해!"

"나가 있어!"

② 설득, 설교, 도덕적 행동을 요구하는 말투

"웃어른께 인사할 때는 고개를 숙이고 공손하고 정중하게 해야지."

"손님 계신데 돈 달라고 하면 버릇없는 아이야."

③ 충고, 제안하는 말투

"돈이 필요하면 손님 가신 다음에 말해야지."

"급하면 엄마에게 얘기하거나 엄마도 바쁘시면 손님 가실 때까지 기다려야 해."

④ 경고, 위협하는 말투

"한 번만 더 손님 앞에서 돈 달라고 하면 매달 주는 용돈 반으로 줄인다."

"그렇게 버릇없이 굴면 지난번에 사 준 오락기 다시 팔아 버린다."

⑤ 평가, 비판, 우롱하는 말투

"그걸 인사라고 하는 거냐!"

"너 거지야? 툭하면 돈 달라고 하게."

⑥ 탐색 및 심리 분석의 말투

"애비 망신시키려고 작정을 했냐."

"손님 앞에서 돈 달라고 하면 아빠가 거절하지 못해서 돈을 줄까 봐 기회를 잡은 거야?"

⑦ 둘러대기

"다른 날은 그렇지 않더니 오늘 뭐 잘못 먹었냐!"

"나가 있어. 나중에 줄게."

⑧ 비교하기

"너보다 어린 동생도 그러지 않는데, 동생 본 좀 봐라."

"네 친구는 인사를 잘하던데 너는 왜 그렇게 엉망이냐."

위와 같은 말들은 상대방인 자녀의 행동을 변화시키기보다는 오히려 반발심이나 적개심을 일으키게 된다. 이러한 말들은 자녀를 부모의 소유물로 생각하여 부모 마음대로 하고 싶을 때 나오는 말이기 때문이다. 그러므로 부모는 자녀를 대하는 다음과 같은 태도를 지녀야 한다.

〈2〉 대화의 기본 태도

① 자녀(상대방)를 한 개인으로 존중한다.

② 자녀(상대방)를 성실한 마음으로 대한다.

③ 자녀(상대방)를 공감적으로 이해한다.

④ 자녀(상대방)의 행동과 말, 그리고 감정을 수용한다.

부모는 자녀가 고쳤으면 하는 행동을 대화의 기본 태도로 자녀가
기분 상하지 않고, 자존심 상하지 않도록 말한다.

〈3〉 자녀(상대방)의 행동을 수정하는 방법

"애비 망신시키려고 작정을 했냐! 그렇게 버릇없이 행동하면 며
칠 전에 사 준 오락기 팔아 버린다" 대신에 "네가 손님들께 고개를
들고 인사하니까(정호의 행동을 사진 찍듯이 표현) 아빠는 몹시 당황
스럽고 창피했어(아빠의 생각이나 느낌)"라고 말한다.

〈4〉 자녀(상대방)의 어려움이나 고민을 도와주는 방법

① 관심을 가지고 조용히 자녀(상대방)의 애기를 들어 준다.
② '그래', '그랬구나' 등의 말로 자녀(상대방)가 하는 말을 인정
　 해 준다.
③ 자녀(상대방)가 느끼는 감정을 말해 준다.
　 "네가 갑자기 돈 쓸 일이 생겼구나."

부모가 생각이나 느낌을 자녀의 자존심이 상하지 않도록 조심하
여 표현한다 하더라도 부모와 자녀의 모든 갈등이 해결되는 것은 아
니다. 이런 경우 대부분은 다음의 두 가지 방법으로 대처한다.
첫 번째, 부모 입장에서 해결 방안을 제시하여 설득하고 결정하
려고 한다. 순조롭게 진행되지 않으면 부모의 힘을 사용하여 부모

가 원하는 쪽으로 결정한다. 자녀는 이러한 부모에게 반발심을 갖게 되며 부모에게 이해받고 사랑받고 있다고 느끼지 못하게 된다.

두 번째 방법은 자녀의 욕구대로, 자녀의 고집에 따라 해결 방안이 결정된다. 부모는 자녀에 대해 불만을 갖게 되어 진정한 의미의 사랑을 줄 수 없게 된다.

이렇게 부모와 자녀의 생각이나 욕구가 달라 갈등이 생기는 경우 다음과 같은 6단계로 문제를 해결한다.

〈5〉 문제 해결의 대화

1단계 자녀(상대방)의 감정과 욕구를 귀 기울여 들어주면서 자녀(상대방)가 원하는 것을 정의한다.

2단계 부모(나)의 감정과 욕구를 말하고 정의한다.

3단계 서로의 욕구를 충족시킬 수 있는 해결 방법들을 제안한다.

4단계 제안된 해결 방법들을 평가하며 선택한다.

5단계 선택된 해결 방법을 실행한다.

6단계 실행한 후에 재평가한다.

위에 제시된 이론을 바탕으로 일상 생활에서 부딪치는 부모와 자녀와의 크고 작은 갈등들을 해결한다. 다음은, 위에서 제시한 방법을 배운 한솔이 아버지가, 정호네가 겪었던 비슷한 상황을 어떻게 풀어 갔는지 발표한 내용이다.

저희 집에서도 정호네와 거의 같은 상황이 벌어졌습니다. 제 아들 한솔이도 손님들 앞에서 "아빠! 나, 돈 천 원만." 하더라고요. 저도 일단 화가 났습니다만, 배운 보람인지 예전처럼 크게 흥분하지는 않았습니다.

'아, 기회가 왔구나. 아들을 가르칠 기회구나. 배운 대로 해 봐야지. 일단 멈추고, 생각하자. 그리고 말하자.'

저는 생각을 가다듬고 아들에게 말했습니다.

아버지 한솔아, 네가 갑자기 돈 쓸 일이 생겼구나.

한솔 …… 네?! 아…… 네, 아빠.

아들은 제 부드러운 음성에 의외인 듯 놀라며 주춤거렸습니다. 저는 얼른 돈을 주었습니다.

한솔 아빠, 고맙습니다!

아들도 전과 다르게 깍듯이 인사하고 나갔습니다. 손님이 돌아가시자 저는 배운 대로 아들에게 말했습니다.

아버지 한솔아, 아빠가 궁금한 일이 있는데 아까 손님 계실 때 갑자기 필요했던 돈 어디에 쓸 돈이었는지 궁금해.

한솔 …… 준비물도 사고요. 너무너무 더워서 아이스크림도 사 먹고요.

'야 임마. 뭐 준비물? 준비물을 꼭 그때 사야 되냐, 그리고 또 뭐? 아이스크림?' 야단치며 하고 싶은 이런 말이 입술까지 기어 나왔지만 꿀꺽 삼키고 그 다음에 해야 할 말을 생각하며 말했습니다.

아버지 그랬구나. 덥기도 하고, 준비물도 미리 챙기려고 돈이 필요했구나. 그런데 아빠는 손님들 계신 데서 네가 돈 달라고 하니까 굉장히 당황스럽고 창피했어.
한솔 …… 죄송해요 아빠. 다시는 안 그럴게요.
아버지 그래. 우리 한솔이가 아빠 마음을 이해해 줘서 고맙다. 아빠가 다음엔 그런 일로 창피해 하지 않아도 된다는 말이지.
한솔 네, 아빠.

저는 아들을 번쩍 안아 올렸습니다. 여기서 배울 때는 이론적인 것 같았는데 실제 상황에서는 정말로 아들이 사랑스럽고 또 흐뭇하더라고요.

같은 상황에서 정호와 한솔이는 각각 자신의 아버지에 대해 어떻게 이해하게 될까. 누가 아버지로부터 이해받고 있고 존중받고 있으며 또한 사랑받고 있다고 느낄까.

물론 위와 같은 행동이 단 한 번에 고쳐지지 않을 수도 있다. 같은 행동이 다음에 또 반복되었을 때를 생각해 본다. 두 번 같은 행동이 반복되더라도 처음에 했던 말을 한다.

"아빠! 나, 돈 천 원만!"

"네가 갑자기 돈 쓸 일이 생겼구나." 하고 말하면서 돈을 준다. 그리고 손님이 돌아간 뒤에 잊지 않고 챙겨서 말한다.

"한솔아. 아빠랑 지난번에 손님 오셨을 때 했던 약속 깜빡 잊었지. 아빠는 오늘도 당황스럽고 창피했어. 아주 많이."

여기까지만 말한다. 그 뒤에 덧붙이고 싶은 말들은 자녀가 자신의 행동을 후회하게 하는 데 방해가 된다. 왜냐하면 당신이 만일 아이의 입장에 놓였을 때 다음과 같은 아버지의 훈계, 설득, 평가, 비난하는 말을 들으면 당신의 행동을 바꾸고 싶겠는가.

"너 이리 와. 너 아까 손님들 계신 데서 뭐라고 했어. 지난번에 아빠가 말했지. 손님들 앞에서 돈 달라고 하면 아빠가 창피하다고. 아빠 말 들었어. 안 들었어? 아빠 말이 말 같지 않아? 한 번 말하면 알아들어야지. 너 맞아야 정신 차리겠어, 엉? 너 내년이면 2학년이 되잖아. 아무리 급하게 돈이 필요하더라도 훌륭한 사람이 되려면 꾹 참고 기다리는 참을성이 있어야 한다고 했지. 손님들이 흉보지 않겠어? 앞으로 한 번만 더 그런 행동을 하면 그땐 정말로 그냥 두지 않겠어? 내 말 알아듣겠어?"

또 다른, 앞일이 걱정되는 수강자가 질문을 한다.

"선생님. 그렇게 우리가 배운 대로 인내하면서 두 번이나 세 번만에 행동이 바뀌면 좋겠지만 같은 행동이 다섯 번이나 여섯 번 계속해서 반복되면, 그때까지도 때리지 않고 기다려야 합니까?"

자녀는 부모가 염려하는 것처럼 어리석지 않다. 그들은 부모로부터 존중받으면 존중받는 행동을 한다. 그러나 만일 같은 행동이 여러 번 반복되면 다음과 같이 때리지 않고 때리는 말을 한다.

"한솔아, 아빠가 요즘 네 일로 고민되는 일이 있는데 얘기해도 되겠니?"

"뭔데요?"

"손님이 오셨을 때 고개를 쳐든 채 손님들께 인사하고, 또 돈 달라고 하는 행동 말이야. 아빠가 그동안 다섯 번을 참으면서 좋은 말로 했는데 네 행동이 변하지 않거든. 그래서 그럴 때 너를 때려야 네 행동이 변할지 때리지 않아도 변할지 무척 고민이야. 어떻게 해야 네가 인사를 공손하게 하고 돈 쓸 일이 생기더라도 참고 기다렸다가 손님이 가신 다음에 돈 얘기를 하게 할 수 있는지 고민이야. 아빠는 아빠가 사랑하는 한솔이에게 때리지 않고 좋은 말로 하고 싶거든."

아마도 이렇게 말하는 부모 앞에 대부분의 자녀들은 울먹이며 이렇게 말하게 될 것이다.

"아빠, 죄송해요. 다시는 안 그럴게요."

그러면 아버지는 대답한다.

"고맙다. 네가 다시는 안 그런다는 말을 들으니까 아빠가 마음이 놓이는구나. 아빠 고민을 해결해 줘서 고맙다."

이렇게 말하며 아들을 번쩍 안아 준다면, 아이는 어른이 되어 어린 날의 아버지를 어떤 모습으로 기억할까.

"내가 초등학교 1학년 때였던가. 집에 손님이 오실 때면 돈 달라고 아버지께 떼를 썼지. 아버지는 눈을 부릅뜨고 흘겨보시면서 돈을 주셨어. 나는 아버지의 눈이 무서웠지만 돈을 받는 재미에 가끔 그 짓을 했지. 그날은 인자하신 목소리로 네가 갑자기 돈 쓸 일이 생겼구나 하시면서 얼른 돈을 주시더라고. 나는 어리둥절했지.

그런데 참 이상한 일은, 어린 생각에도 왠지 미안한 생각이 들더라고. 급하게 쓸 돈이 아니었거든. 아버지는 손님이 가신 후에 말씀하셨지. 손님 계실 때 네가 돈 달라고 하니까 아빠는 창피하고 당황스러우셨다고. 나는 다시는 그러지 않겠노라고 약속을 하고도 또 그 짓을 했어. 어느 날 아버지는 슬픈 표정으로 말씀하셨지. 네가 다섯 번이나 말로 얘기해도 그 행동이 변하지 않으니까 때려야 할지 어떨지 고민이라고. 아버지는 다섯 번씩이나 참으시고도 나를 때리시기를 고민하셨어. 나는 말했지, 다시는 그러지 않겠노라고. 그리고 마음속으로 결심했지. 아버지를 기쁘게 해 드릴 일을 찾아서 해야겠다고 말이야. 아버지는 내 마음을 아셨는지 나를 번쩍 들어 안아 주시면서 말씀하셨어. 네가 아빠 마음을 이해해 주어서 고맙다고. 아버지는 화내지 않고 나를 사랑하는 방법을 아시는 분이셨지. 돌아오는 주말엔 아버님 산소를 찾아 가 뵈어야지."

아버지가 된 아이는 그의 아버지 산소를 행복한 마음으로 찾아가지 않을까. 고마운 마음으로 아버지의 산소를 찾아가는 그가 손님 앞에서 돈 달라는 그의 아이를 구석방으로 끌고 가 때리겠는가. 그러나 구석방에서 맞았던 아이라면 어린 날의 아버지를 어떻게 회상하겠는가.

"내가 어렸을 때 얄팍한 꾀를 썼지. 손님 오셨을 때 돈 달라고 떼를 쓰면 아버지 체면에 꼼짝 못하고 주실 거라고. 한번 말했다가 구석방으로 끌려가 지독히 맞았지. 지금 생각해 보면 아버지를 이해할 수 있어. 그러나 돈도 안 주시면서 때리기까지 하시다니. 난 그

때 아버지께 맞으면서 내가 하는 행동이 잘못이라는 생각을 못했거든. 잘못했다는 생각이 들지 않더라고. 때리지 않고 나를 가르치는 방법은 없었을까?"

이러한 회상을 하는 그가 그의 아들이 같은 행동을 했을 때 때리지 않고 다른 어떤 방법을 선택하겠는가. 사람은 좋든 나쁘든 아는 대로, 배운 대로 행동하게 된다.

나는 어떤 아버지로, 혹은 어머니로, 남편으로, 아내로 그리고 어떤 이웃으로 기억될 것인가. 그 어떤 방법을 쓰든 선택은 자신이 한다.